붉은 호론손

붉은 호론손

조엘 타운슬리 로저스 지음
정태원 옮김

해문

서문

만일 당신이 지금 조엘 타운슬리 로저스의 《붉은 오른손》을 처음 접하는 것이라면 나는 지금부터 당신이 겪을 경험에 질투를 느끼지 않을 수 없다.

이 펄프 작가의 걸작은 1945년 〈뉴 디텍티브 매거진〉 3월호에 중편으로 소개되었다가 같은 해 사이먼 앤 슈스터 출판사에서 리 라이트가 재편집해 '이너 생텀 시리즈'의 하나로 출간돼 그 당시 베스트셀러가 된다. 1951년에는 《Jeu de Massacre》라는 제목의 프랑스판으로 나와 그해 프랑스 추리소설대상을 받는다.

나는 1957년 앤서니 바우처가 편집한 페이퍼 북 시리즈인 〈델 그레이트 미스터리 라이브러리〉에서 재간될 때까지 《붉은 오른손》에 대해 알지 못했다. 물론 작가에 대해서도 그랬다. 이 뛰어난 작품에 충격을 받은 나는 즉시 앤서니 바우처에게 편지를 써서 로저스의 다른 작품들에 대해 요청했다. 놀랍게도 구할 수 있는 책은 매우 적었고, 새 작품 《The Stopped Clock》이 다음 해 출간될 예정이라는 답장을 받았다. 1958년 《The Stopped Clock》이 출간되었을 때,

앤서니 바우처와 다른 평론가들은 좋은 평을 했지만, 《붉은 오른손》 만큼 고전의 지위를 얻지는 못했다.

이 특이한 작품의 주목할 만한 점은 무엇일까?

작가는 첫 문장부터 당신을 숨 막히게 하는 문체로 사로잡을 것이다. 이것은 놀랍고도 당황스러운 충격적인 소설이다.

《붉은 오른손》 은 이름마저도 수수께끼인 헨리 리들이라는 젊은 의사의 1인칭 서술로 이루어져 있다. 그는 담당했던 환자가 사망한 집을 떠나 버몬트에서 뉴욕으로 운전하고 있었다.

작품에 나오는 대부분의 살인은 이미 일어난 상태다. 은퇴한 하버드대학 교수 거실의 책상에 앉은 해리 리들. 옆에 있는 소파에서 수수께끼의 젊은 여자가 잠들어 있는 동안 그는 살인 사건들을 마음속으로 검토하고 있다.

리들은 코네티컷을 지날 때 숲 덤불에서 도망쳐 나오는 그 여자를 만난 것이다. 여자는 약혼자와 함께 북쪽으로 운전을 하고 가다가 부랑자(리들은 그를 코르크스크루라고 부른다)를 태워주었고, 약혼자와 부랑자가 싸우다 약혼자가 살해당했다고 한다. 잘린 오른손, 낡은 모자, 사라진 부랑자, 그리고 범죄심리학 전문가인 하버드대학의 교수, 이 모든 것들이 몽환적인 악몽처럼 해리 리들의 머리에 계속 떠오른다.

리들은 자신이 미쳐가고 있다고 생각한다. 일어난 사건의 상황들이 그의 머리로는 믿거나 이해하기 힘들기 때문이다.

플롯이 전개되고 모든 미스터리가 해결될 때, 우리는 그 완벽한 구성에 전율을 느끼며 놀라움을 만끽하게 될 것이다.

나를 믿어라, 이 작품은 정말 뛰어나다. 할리우드가 적합한 감독을 선정해 《붉은 오른손》을 영화로 만든다면, 〈디아볼릭〉, 〈현기증〉, 〈싸이코〉와 필적할 만한 명작을 탄생시킬 수도 있다.

실제로 한 추리작가 모임에서 《붉은 오른손》이 화제가 됐었는데, 지금까지 나온 추리소설 가운데 베스트 5에 이 작품이 들어가는 것에 작가들 모두가 동의했었다고 편집자 리 라이트가 말한 적이 있다.

조엘 타운슬리 로저스의 몽환적인 이미지, 미로 같은 구성, 숨 막히는 스타일의 묘사력은 현재도 빛을 잃지 않고 있다.

1997년 1월
에드워드 D. 호크

　오늘 밤 연달아 일어난 음침한 미스터리 가운데 가장 중요한 하나를 든다면, 뭐라고 해도 그 추하고 작은 남자의 행방이다. 적갈색 머리에 붉은 눈, 찢어진 귀, 개의 송곳니처럼 날카로운 이, 코르크스크루처럼 뒤틀린 다리, 잘린 것처럼 작은 키. 이런 특징을 몇 개나 갖고 있는 남자가 이니스 세인트에이메를 살해한 후, 어떻게 시골 땅에서 완전히 모습을 감추었는지 그것이 문제다.

　모든 수수께끼 가운데 그것을 첫째 포인트로 하자.

　둘째 포인트는 이 작은 남자가 세인트에이메의 오른손을 도대체 어디에 두었는가 하는 의문이다. 결혼을 앞둔 젊은 백만장자 세인트에이메의 시체는 이미 발견되었다. 그러나 발견 현장인 스웜프로드 일대를 계속 수색하고 있는 주 경찰과 이웃 농부들로 구성된 수색대는 손목 앞부분을 지금까지 발견하지 못했다. 진상규명을 위해서, 내가 이렇게 사건의 경위를 노트에 쓰는 작업을 끝내려는 이 시점까지도. 적어도 세인트에이메의 오른손이 처음부터 없었던 것은 아니다. 그렇다면 그것은 틀림없이 어딘가 있어야 한다.

이상 두 가지가 내가 해결하려는 일련의 기괴한 수수께끼 가운데 가장 중요한 의문점이다. 이 수수께끼를 여러 면에서 자세히 검증하고 조금이라도 빨리 해답을 찾아야 한다. 맥코메르가 희생된 것처럼, 나까지 살인자의 손에 희생당하기 전에. 예민한 두뇌를 소유한 유명한 살인심리학자 아담 맥코메르는, 이 살인자의 정체에 지나치게 접근한 게 틀림없다. 칠흑같이 어두운 밤에 많은 사람들이 범인을 계속 수색하고 있지만, 아직 발견하지 못했는데도 말이다.

그래서 또 수수께끼가 두 개 떠오른다.

1. 살인범은 왜 발견되지 않을까?
2. 살인범의 두뇌는, 느슨해진 톱니바퀴나 망가진 스프링으로 뒤범벅된 것 같지 않다. 그렇다면 그의 동기는 도대체 무엇일까?
이 두 개의 의문 중 하나라도 풀리면, 경찰도 앞으로 일어날 흉행을 저지할 수 있을 것이다.

물론 수수께끼는 이것만이 아니다. 이것들이 가장 알 수 없는 문제점인 것은 분명하지만, 게다가 머리를 갸웃하게 하는—적어도 나는 그렇다—것은 살인자가 탄 회색 차가 어떻게 나에게 목격되지 않고 통과할 수 있었는가 하는 의문이다. 피처럼 산뜻한 붉은색 좌석이 있는 차. 그 차에는 거의 죽어가거나 이미 죽은 세인트에이메를 조수석에 태우고, 작은 부랑자가 악마처럼 웃으면서 핸들을 잡고 있었을 것이다.

그는 클랙슨을 크게 울리면서, 해지기 전의 스웜프로드 입구에 서 있던 내 앞을 지나갔을 텐데.

나는 해리 리들이다. 즉, 닥터 헨리 N. 리들 주니어는 뉴욕 시 세인트 존 종합병원에 근무하는 의사다. 주의력이 뛰어나고 관찰에도 자신이 있고, 현실적인 사고방식을 갖고 자제심도 있는 외과의사로 자부하는 내가 눈을 뜬 채 잠을 자기라도 했단 말인가? 아니면 잠시 완전히 의식을 잃은 걸까? 분열증환자의 정신적 공백 같은 증상이 어떠한 예고도 없이, 그것도 사후에도 전혀 인식되지 않고 나를 습격해 살인범의 차를 보이지 않게 했거나 또는 의식에서 탈락시키기라도 했을까? 나는 그때 스웜프로드 입구의 삼거리에서 엔진이 멈춘 차의 시동을 걸려고 고생하고 있었다. 살인범의 차가 돌투성이의 좁은 길을 달려와 내 바로 옆을 지나 스웜프로드 쪽으로 빠른 속도로 꺾어져 갔다는 것이다. 만약 사실이라면 차문의 손잡이가 내 몸을 스칠 정도로 접근했을 것이고, 고속으로 회전하는 타이어가 노면의 작은 자갈을 날려 내 복사뼈 부근에 부딪쳤어도 이상하지 않다. 운전석에 앉은 살인범의 웃는 얼굴이, 내가 팔을 뻗으면 닿을 정도의 거리를 통과한 것이 된다.

내 의식의 탈락이나 일시적인 몽유병 증상보다도 더 알 수 없는 힘이 작용했을까? 괴기현상이나 초자연현상, 그런 것이 일어났을까? 즉 어떤 믿기 어려운 원인이, 눈이 붉은 작은 남자와 죽은 사람을 태운 차를 내 눈에 보이지 않게 했을까?

어쨌든 내가 차를 목격하지 않은 것은 틀림없다. 절대로 목격하지 않았다. 로젠블랏 경감에게도 그 부하 경관에게도 나는 그것을 명확히 말했다. 반복해서 몇 번이나 말했다. 이 주장을 바꾸는 일은 결코 없다. 맥코메르만 최종적으로 어느 정도 믿는 것 같았다. 적어도 이 주장이 내포한 중요성을 알아주는 것 같았다. 하지만 유감스럽게도, 경찰은 지금도 믿지 않는 것 같다.

내가 자신의 믿음을 지나치게 고집하는지도 모른다. 그래도 이 불안감은—살인범이 탄 차를 목격하지 못했다는 것이 단순한 믿음이라면, 그것은 나의 지각이나 심리상태에 관계되는 일이다. 그것들의 기능이 정상이었는지 의심받는 것은 처음이다.

로젠블랏 경감의 표지가 두꺼운 수첩에도, 이 의문이 적혀 있다. 오늘 밤 일찍 관계자를 조사한 내용을 경감은 이 수첩에 기록해 두었다. 그 수첩을 여기 맥코메르 집의 거실 책상 위에 놓고 경감은 밖으로 나간 것이다.

질문 : (리들 의사에게) 리들 선생, 살인이 일어난 시간에 당신은 스웜프로드 입구에 있었습니까?
답 : 그렇습니다.
질문 : 그동안 차가 지나갔습니까?
답 : 아니오, 차는 지나가지 않았습니다.
질문 : 범인의 자세한 외모에 대해서는, 여기에 있는 세인트에이메 씨의 약혼자 미스 대리의 증언, 또는 다른 사람들의 증언으로 당신도 알고 있을 겁니다. 그 범인을

본 적이 있나요?

답 : 아니오. 본 적이 없습니다. 내가 기억하는 한 절대
로 본 적이 없습니다.

질문 : 맹세할 수 있습니까?

답 : 네, 맹세코…….

나는 맹세코 범인이나 차를 본 적이 없다.

물론 거시적으로 보면—내가 보았던 보지 못했던—사실에
는 변화가 없다. 차가 통과한 것은 틀림없는 사실이기 때문
이다. 그 길에 있던 다른 사람들은 모두 목격했기 때문이다.
적어도 '죽은 신랑의 연못'에서 내가 있던 삼거리까지 사이
에 있던 사람들은 범인과 차를 목격했다. 문제의 차는 눈에
보이지 않는 유령이 아니었다.

존 플레일이라는 덩치 큰 남자는 그 차에 치여 죽었다. 내
가 있던 장소에서 그다지 멀지 않은 모퉁이 부근을 비틀거리
며 걷다가 차에 치인 것이다. 그를 죽인 차는 유령이 아니었
다.

차가 달려들자, 비명을 지르고 몸을 피하려는 플레일에게,
악마 같은 남자는 웃음소리를 내며 쇳덩어리를 격돌시켰다.
존 플레일은 몸 전체의 뼈가 으스러지는 것을 느꼈을 게 틀
림없다.

이 집의 주인 맥코메르도 정원에서 흙을 파면서 차가 지나
가는 것을 목격했다. 그는 운전하던 악마 같은 작은 남자에
대해서는 특별히 자세한 인상을 기억하지 못했다. 그러나 조

수석에 축 늘어진 세인트에이메에 대해서는 상당히 자세한 점까지 보았다.

물론 약혼자 엘리너 대리는 더 많은 것을 목격하고 알고 있었다. 그녀는 잘생긴 애인과 함께 오늘 일찍 뉴욕을 출발해 이곳까지 160킬로미터나 운전해 왔으니까 말이다.

결국 경찰은 문제의 회색 차를 발견했다. 살인자는 나를 지나쳐가서 스웜프로드 안쪽에 차를 버렸다. 엔진은 따뜻했고 좌석에는 피가 묻어 있었다. 42년식 8기통 회색 캐딜락 스포츠투어링으로 쇠, 알루미늄, 가죽, 고무, 유리, 그 밖에 보통 눈에 보이는 소재로 만들어진 자동차다. 엔진과 차대에는 공장에서 찍힌 번호가 있고 자동차세 납부 스티커와 주유소의 스티커가 프런트 글라스에 붙어 있다. 번호판은 XL 465-297 NY'45이고 글로브 컴파트먼트에는 가솔린쿠폰과 자동차등록증이 들어 있었다. 소유자는 뉴욕 시 웨스트 14 (619) 덱스터 자동차 정비공장의 A. M. 덱스터로 되어 있다. 경찰은 덱스터에게 장거리전화를 걸어, 세인트에이메가 그에게서 차를 빌린 것을 확인했다. 주행거리계로는 아직 8,000 킬로미터도 달리지 않은 깨끗하게 손을 본 차였다. 지금 팔아도 물가관리국 인가 가격으로 3,500달러는 받을 수 있는 차로, 아무리 보아도 유령 같지는 않았다.

불쌍한 피해자 이니스 세인트에이메의 시체도 이미 찾았다. 이 인물 역시 유령이 아니다. 다만 붉은 눈과 찢어진 귀를 가진 작은 남자—챙이 톱날처럼 들쑥날쑥 잘린 파란 모자를 쓴 이름 없는 남자—만은 아직도 찾지 못했다.

내가, 범인이 탄 차를 목격하지 못한 수수께끼는 나중에 생각하는 것이 좋을 것이다. 최종적으로 그 수수께끼가 풀릴지 어떨지 상관없이, 현시점에서 사실관계는 이미 확고하기 때문이다.

그것보다도 지금 바로 생각해야 할 일이 있다. 나의 모든 마음을 기울여 생각해야 할 일이. 이렇게 있는 지금—지금 나는 맥코메르 집의 옛날식으로 장식한 먼지투성이 거실에 앉아 있다. 바로 옆의 소파에는 죽은 세인트에이메의 젊은 약혼자인 미스 대리가 잠들어 있다. 곧 새벽이 오겠지만 달이 없는 무더운 밤이 계속 되고, 집 바깥의 멀리 어둠 속에서는 랜턴과 손전등 빛이 여기저기에 움직인다. 경관과 수색대의 부르는 소리가, 밤에 들리는 사람 소리의 특이한 울림을 갖고 멀리서, 가까이에서 들렸다. 수색대 사람들 일부가 조금 전에 집으로 돌아와 주방의 난로로 끓인 커피를 한잔했다. 사람들의 얼굴에는 음울한 피로의 색이 보였다. 모기에 물려 살이 부풀어 오르고, 다리는 습지의 진흙으로 무릎까지 더러워지고, 또는 옛 제재소의 습한 톱밥쓰레기투성이가 되었다. 그들은 머리를 맑게 하기 위해 커피를 벌컥벌컥 마시면서, 주방의 문틈으로 거실에 있는 나와 잠들어 있는 미스 대리를 가끔 훔쳐본다. 내가 눈으로 성과를 묻자, 아직 아무 단서도 없다는 듯이 머리를 흔들었다. 그들은 다시 습지를 수색하기 위해 방충망 문을 열고 밖으로 나갔다. 랜턴의 불빛은 숲과 습지의 더 안쪽까지 들어가고, 또는 언덕을 넘고, 또는 움푹 꺼진 곳까지 들어갔다. 데리고 온 개들이 짖는 소리가 멀리서 들렸다. 반경 몇 킬로미터 안의 모든 도로에는 무기를 든 사람들이, 두 사람 이상 팀을 만들어 순찰하고 있다. 만약 미친 살인자가 나무그늘에 숨어서 조금이라도 나뭇잎 스치는 소리를 내거나, 붉게 물든 손에 피투성이 톱날 나이프를 들고 이를 보이고 웃으면서 어둠 속을 지난다면, 바로 쏠 것이다—이렇게 있는 지금, 새벽이 다가오는 어둠 속에서 한시라도 빨리 해답을 찾아야할 문제는 단 하나, 이것이다.

살인범은 지금 어디에 있을까?

랜턴의 불빛, 사람 목소리, 개의 울음소리가 훨씬 멀리서 들려왔다. 그러나 나의 오싹하는 예감은 살인자가 다른 곳이 아닌 바로 내 옆 어딘가에 숨어 있다고 알려주었다. 동시에 바로 여기에서 자고 있는 젊은 여자, 즉 살인자에게 희생된 남자의 약혼녀 바로 가까이 있을 것 같았다. 살인범은 틀림없이 또 습격할 것이다. 살인범은 여기에 있는 내가 그에게 위험한 존재라는 것을 알고 있다. 그가 어떻게 그것을 알았는가는 추측할 수밖에 없지만.

창 밖 어둠 속 어디에 있을까? 어두운 정원에서 나를 보고 있을까?

아니면 그보다 더 가까이 있을까? 발소리가 잘 울리는, 지은 지 2백 년 된 산속의 농장 같은 이 집에까지 숨어들어왔을까? 지금은 수색대도 한 명 없는 침묵만 남아 있는 이 집에.

살인범은 보이지 않지만 희미하게 비웃는 웃음소리가 들려오는 듯하다.

아까 머리 위 다락방의 바닥에서 무언가가 지나간 소리가 들렸다. 하지만 그것은 다람쥐나 쥐일 것이다. 낡은 집에는 그런 것들이 집을 많이 짓고 있기 때문이다.

주방 안의 작은 방으로 통하는 문 맞은편에서 바닥이 삐걱거리는 소리가 들렸다. 헛간이거나 장작을 두는 곳으로, 맥코메르가 정원도구를 넣는 장소로 사용하는 곳이다. 그러나 내가 연필을 움직이는 손을 멈추고, 그곳을 보고 귀를 기울이니 다시 들리지 않았다. 오래된 집의 낡은 바닥판은 자주 삐걱거린다. 사람의 발이 밟지 않아도.

주방의 난로 옆의 골든 오크제 구식 벽걸이전화가 때때로 짧은 벨소리를 내고 있다. 하지만 이 집에 오는 것은 아니다.

이것은 공동전화로 벨소리는 다섯 번 길게 다섯 번 짧게 울린다. 그래도 어떤 번호를 의미하는 것도 아니다. 벨 가운데 흐르는 전류의 장난으로 울리고 있을 뿐이다.

이런 의미 없는 작은 소리 때문에 중요한 생각을 못하는 것은 아무래도 초조하다. 그래도 나의 이성은 예민하게 작용해 한순간도 쉬지 않고 귀를 기울이고, 주위의 그림자에 재빨리 눈을 주며 노트를 할 수 있다.

나는 경찰관도 아니고 아마추어 탐정으로서 알려져 있는 것도 아니다. 범죄에는 흥미가 없다. 나의 본분은 사람의 목숨을 구하는 것이지 범죄자를 쫓는 것이 아니다.

　그렇지만 과학적 방법을 몸에 익힌 의사로서, 사물을 객관적으로 보는 능력에는 나름대로 자신이 있다. 나는 분석가이며 냉정한 관찰자다. 따라서 사물을 생각할 때는 언제나 여러 가지 사소한 데이터를 노트에 쓰는 습관이 몸에 배어 있다. 정보를 머릿속의 정리선반에 정리해 넣는 것이다.

　그렇게 해서 지금까지 몇 시간에 걸쳐, 천천히 적어 온 이들 데이터를 기본으로 하면, 초자연적이지도 비이성적이지도 않은, 어떤 결론을 이끌어 낼 수 있을 것이다. 살인자가 지금 어디에 숨어 있는지 하는 문제뿐만 아니라 그가 누구인지도—물론, 한 사람의 인간이며 환영이나 유령이 아닌 것은 알고 있다. 지금까지의 자세한 경위를 어떠한 작은 요소도 놓치지 않고 마지막 하나까지 썼다면 분명히 밝혀질 것이다.

　이것이야말로 다른 어떤 것보다 지금 꼭 해야 할 일이다. 살인자가 한 명 있다. 사람에게 해를 주는 것은 잡아서 제거해야 한다. 이것이야말로 의료의 본분일 뿐이다.

　외과치료에 앞서, 병력분석 방법에 따라 모든 사실을 고려 검토해야 한다. 지루한 작업이기는 하지만 확실한 방법은 이것밖에 없다. 이런 경우, 사람의 두뇌는 가끔 감각적 직관이 무수한 부정형의 번개처럼, 눈부시게 번뜩이는 일이 있다. 그런 직관은, 하나하나가 순간적으로 눈이 아찔할 정도의 밝기로 빛나는 것으로 생각된다. 하지만 그것들은 머지않아 사라지고 뒤에는 어떠한 명확한 형태의 흔적도 남지 않고 다시 어둠으로 돌아간다. 오히려 그 전보다도 짙은 어둠으로. 그런데 종이 위에 써 놓고 생각하면 확실한 형상과 실질을 남길 수 있다. 하나하나를 측정해서 비교할 수도 있다. 모든 것을 집적하고 통합할 수도 있다.

나는 사물을 생각하는 경우에, 언제나 이 효율적인 방법을 이용한다. 지금도 이 방법을 이용해야 한다. 아직 시간이 남아 있다면.

수색대 사람들은 변함없이 밖을 계속 조사해야 한다. 살인범이 흉행을 계속한다면 시체를 발견할지도 모른다. 조금 전에도, 멀리서 사람들이 외치는 소리가 들린 것 같다. 개들이 시끄럽게 짖는 소리도 들렸다. 하지만 아직까지 살인자를 발견하지 못했다. 이것은 도대체 어떤 이유일까?

퍼즐 조각 가운데, 지나친 것이 몇 개 있는지도 모른다. 아니면 너무 많이 있는지도 모른다. 모두 모아서 대답을 끌어내야 한다. 예를 들어, 죽어 있어야 할 남자가 왜 내 앞을 걸어갔는지도 그것으로 알 수 있을 것이다. 그리고 코르크스크루가 지금 어디에 있는지도—헝클어진 적갈색 머리에, 언제나 웃음을 띠고, 잘라낸 듯이 키가 작은 지저분한 부랑자 말이다—코르크스크루의 목소리는 내 목소리와 기묘할 정도로 비슷하다고 한다.

그것 또한 대답을 찾아야 할 수수께끼의 하나다. 잊어서는 안 될 조각의 하나다. 이 수수께끼가 풀리면 이 남자가 지금 어디에 있는지도 알게 될 것이다.

그렇게 하려면 나는 여기에서 움직여서는 안 된다. 여기에서 모든 것을 시작해야 한다.

나는 지금, 하버드대학에서 정신의학 명예교수로 있었던 고(故) 아담 맥코메르 씨 소유의 피서용 별장 거실에서, 책꽂이가 달린 낡은 책상 앞의 의자에 앉아 있다. 장소는 코네티컷 주 북부의 구릉지, 위플빌과 스토니폴즈 로드를 연결하는 길 중간으로 뉴욕 시에서는 약 160킬로미터 떨어져 있다. 방금 8월 11일 목요일 오전 3시 30분이 막 지났다.

책상의 압지 철 위에는 노란 사무용지와 깎은 연필이 몇 자루 놓여 있다. 녹색 갓이 달린 서재용 램프가, 노트를 잡은 손 주위에 흔들림 없는 하얀 빛을 던지고 있다.

얼굴을 들면 책상에 붙어 있는 책장 유리문에 내 얼굴이 비친다. 내 뒤의 실내 모습이 빛이 닿는 범위만큼 반사되어 비치고 있다. 붉은 머리털을 짧게 깎은 동그란 머리, 주근깨 있는 갈색 얼굴, 적갈색 눈을 가진 이 남자가 나, 해리 리들 ─ 닥터 헨리 N. 리들 주니어다. 나 이외의 누구도 아니다. 태어나서 27년 동안 나로 알고 있는 얼굴이다.

유리문 안쪽의 책장에는 맥코메르의 다양한 장서가 꽂혀 있다. 밝은 붉은 표지의 《미국 명사록》이 있다. 밝은 녹색 장정은 《정원의 화초 심기와 재배》다. 그 사이에 끼어 칙칙한 갈색 버크럼(아교, 고무 따위로 굳힌 발이 성긴 삼베. 양복의 심, 제본 등에 사용) 제본을 한 두꺼운 책이 있다. 두께가 15센티미터나 되는 책으로 맥코메르의 기념비적 저서 《살인심리학》이다. 살인을 할 때의 정신 상태를 분석한 역작으로, 여러 대학의 의학부에서 이미 1세대 이상심리학 상급과정의 고전적 교재로 이용되고 있다. 지금까지 어느 정도 판을 찍었는지 알 수 없다.

책상서랍에는 서류뭉치가 들어 있었다. 몇 장 꺼내 보니 피시험자 접견 때에 기록한 짧은 분석 메모와 병력 메모 같은 것이었다. 아마 이것은 상당히 큰 저작을 새로 정리하기 위해서 사례들을 준비한 것 같았다. 모든 서류는 가늘고 긴 필체로 쓰여 있었다.

A의 사례. 부유한 가정환경에서 자라 교육도 많이 받고, 두뇌가 뛰어나다고 믿는 45세 남자. 사업에 모두 실패하고, 돈에 욕심이 있고, 자신의 삼촌을 죽여서 많은 유산을 받을 계획을—.

서류 하나에는 이렇게 쓰여 있다. 하지만 A가 계획을 세우고 살인에 성공했는지, 아니면 발견되어서 실패했는지는 적혀 있지 않다. 결과로서 어떤 벌을 받았는지도 쓰여 있지 않다. 즉 미완의 단편소설 같은 것이다. 이것이 모여서 책이 되는 일도 이제는 없을 것이다. 이미 고인이 된 맥코메르의 머릿속에서 구상된 많은 살인에 관한 내용이, 지금 이렇게 내 앞에 있다.

책상 위의 사무용지 옆에는 작은 메모장이 있고 메모가 몇 줄 쓰여 있다. 역시 같은 인물이 쓴 가늘고 긴 필체로 쓴 글씨다.

점심식사 후, GU 9-6400, 칼 버나비 앤 버나비 사무실에 전화할 것

편지 건에 대해 문의

존 플레일에게 집과 헛간을 페인트칠하라고 시킨 뒤

오수 탱크 청소, 쥐똥나무 가지치기 시킬 것

설탕, 성냥, 감자, 오렌지, 베이컨, 딸기, 빵 구입할 것

이런 시골에서 혼자 생활하는 사람이 확실히 챙겨야 할 일 상생활 속 작은 일에 관한 메모라고 생각된다. 집을 유지관 리하기 위한 작은 메모다. 고문변호사나 출판사에 전화할 예 정도 있다. 여기에는 살인에 관계되는 것은 아무것도 없다.

다음으로 눈에 들어 온 것은 책상의 램프 옆에 있는 신문 이었다. 댄버리 시에서 발행하는 〈이브닝스타〉. 날짜는 8월 10일 수요일, 즉 어제 오후 판이다. 전황(戰況)에 대한 커다란 헤드라인이 보인다.

그 밖에 전송사진 몇 장과 작은 표제가 지면의 보이는 부 분 거의를 차지하고 있다. 아마 여기에서 말하는 장렬한 전 투가, 앞으로 몇 세대에 이르는 세계의 미래를 결정하게 될 것이다. 많은 군인들이 지금 이 순간에도 처절한 상황의 한 복판에 있다. 그 일이 여기에 기록되어 있다. 그럼에도 불구 하고 우리의 한결같은 관심은 우리의 작은 생활, 겨우 우리 의 죽음에 대한 공포 때문에 배달된 신문을 펴 보려는 사람 조차 여기에는 없다. 누구도 그런 일을 할 시간이 없다. 앞 으로도 읽는 일은 없을 것이다. 여기에 보도된 뉴스는 겨우 몇 시간 사이에도 이미 낡은 것이기 때문이다.

그리고 또 하나 책상 위에 있는 것은, 두꺼운 펄프 종이로 만든 로젠블랏 경감의 수첩이다. 검은 벨트가 달린 파란 제복을 입은 땅딸막한 경감은, 퍼그 강아지처럼 얼굴에 주름이 많았다. 우체국장 퀠치 씨의 비명이, 존 플레일의 오두막 쪽에서 들려온 것을 듣고, 로젠블랏 경감은 총을 들고 뛰어 나갔는데, 그때 이 수첩을 놓고 간 것이다.

한 시간 이상 지났지만 경감은 아직 돌아오지 않았다. 그래서 나는 아까부터 이 수첩을 참조해서, 지금까지의 경위 가운데 무언가 놓친 것이 없나 확인하고 있다.

내 앞에 있는 책상 위의 물건을 들어보면 이상과 같다. 책장에 있는 책 가운데 또는 책상 위에 있는 수첩이나 신문 가운데에서, 살인자를 찾아낼 수 있는 단서가 있는지는 아직 모르겠다. 또는 유리에 비친 내 모습에 힌트가 있을까? 살인자가 남긴 흔적이나 단서가 있다고 해도, 나에게는 아직 그것이 보이지 않았다.

아담 맥코메르는 그런 단서를 본 것이 틀림없다. 노련하고 뛰어난 두뇌와, 살인에 대해 해박한 지식을 갖고 있었으니까. 그럼에도 불구하고 그는 자신의 몸을 지킬 수 없었다. 혼자서 살인자와 상대한 것이다. 그가 죽기 전에 단서를 남겼는지도 모르지만 아직 그것도 발견하지 못했다.

하지만 지금 이렇게—그가 옛날 위대한 사색을 했던 책상을 앞에 하고 있으니 그 사람을 가까이 하고 있는 것 같은 감개를 느끼지 않을 수 없다. 어제 저녁, 교수와 둘이서 이 집 앞길을 걸었을 때보다도 더 가까이 생각되었다. 그때 우리는 어딘가로 사라진 수수께끼의 회색 차를 찾으면서 걸었다. 길가의 풀 속에서 기분 나쁜 신음소리가 들리고, 주위에는 심상치 않은 분위기가 떠있었지만 그때는 두 사람 모두 이것이 살인사건인 것을 몰랐다.

아니, 기분 나쁜 신음소리는 그때 이미 끊어졌을 것이다. 교수는 나와 함께 걸으면서 속으로 어떤 생각을 했는지 모르지만, 나는 왠지 쌀쌀하게 느꼈다. 그런데 지금 생각하니, 교수가 나를 구해준 기분이 든다. 교수는 최대한 나를 도와주었다.

내 왼쪽에는 주방으로 통하는 문이 열려 있다. 주방에는 나무를 때는 난로의 희미한 온기가 떠있고, 때때로 전화벨 소리, 자명종시계 소리가 들렸다. 싱크대 위의 선반에는 램프가 있어 주방 전체를 밝게 비추고 있다. 안쪽에 있는 장작 창고의 하얗게 칠한 문과 H형 경첩, 녹슨 빗장까지 확실히 보인다.

이 거실에서 왼쪽 어깨너머로 돌아보면 침실로 통하는 닫힌 문이 있다. 내 뒤, 방의 가장 안쪽 벽에는 정면의 작은 현관 홀로 통하는 문이 있다. 홀에는 계단이 있고, 계단은 중2층(1층과 2층 사이)에 위치하는 다락방으로 통했다. 그러나 홀로 나가는 문에는 지금은 자물쇠를 걸었고, 더 맞은편 현관 문은 자물쇠를 걸고 못까지 박아 놓았다.

오른쪽의 열린 창에서는 노란 장미꽃 향기와 밤이슬에 젖은 풀 냄새, 정원의 검은 흙 냄새가 섞여서 방 안으로 흘러 들어왔다. 나방 몇 마리가 붉은 눈을 빛에 번쩍이면서 하얀 가루투성이 몸을 구리 방충망에 반복해서 부딪치고 있다.

이 책상 옆의, 벽에 붙어 놓여 있는 소파에는 세인트에이메의 약혼자였던 젊은 여자가 깊은 잠을 자고 있다. 잠든 것은 1시쯤이다. 내가 밖에서 돌아왔을 때, 로젠블랏 경감이 수첩기록을 정리하면서 그렇게 말했다. 긴장의 연속, 육체적인 소모, 그리고 이름 붙이기 어려운 공포에 쫓기기는 했지만, 열아홉 살 나이의 뛰어난 회복력이 모든 것을 한 장면의 악몽으로 쫓아버릴 것이다.

그녀는 아직 세인트에이메의 시체를 발견한 사실을 모른다. 잠에서 깨어나면 나나 다른 사람이 말해야 한다. 하지만 그 이상의 것을 말할 필요는 없다.

그녀는 긴장이 풀리는 것 같다. 완전히 릴랙스 하고 있다. 청자색 가운과 깃에 토끼털을 약간 배합한 얇은 여름코트를 입고, 두 무릎을 옆으로 굽힌 자세로 소파에 누워 있다. 얼굴을 빛 반대쪽으로 향해서 내 쪽에서는 보이지 않는다. 숨소리는 희미하고 마치 강경증(强硬症: 수동적으로 취해진 자세를 장시간 유지하는 것으로 정신분열증 환자 등에게 일어남)처럼 가슴은 거의 움직이지 않았다. 크고 짙은 파란색 눈은 처음에 만났을 때는 공포로 가득 차 있었지만 지금은 속눈썹 밑에 숨어 있다. 왼팔은 소파 끝에 늘어져 있고 손가락이 바닥에 닿을 듯했다. 세인트에이메가 준 에메랄드 약혼반지가 그늘진 카펫의 장미무늬에 닿아있다. 그녀의 손가락에는 너무 커서 지금이라도 빠질 듯하다. 안전하게 보관하려고, 내가 빼려 하면 깨어날지도 모른다.

그녀는 방금, 소파팔걸이에 놓여 있던 머리의 방향을 바꾸었다. 이제 얼굴이 보인다. 이마에 희미하게 땀이 배어 있다. 윗입술에도. 조용한 밤의 더위 탓이다. 검은 머리카락이 하나 붙어 있다. 입술이 조금 열리고 호흡은 점점 깊어간다.

램프의 빛이 그녀의 가슴과 얼굴 아랫부분까지 비추고 있다. 눈에 빛이 닿지 않게 하려고 램프 앞에 신문을 세워 가려주었다. 때문에 지금은 얼굴 전체에 그림자가 져 있다. 그녀가 꾸는 꿈에 어두운 그림자 같은 것은 없으면 좋겠다. 적어도 정신을 차릴 때까지는.

밖에서 수색하는 사람들의 소리도 지금은 들리지 않을 정도로 멀어졌다. 다락방의 쥐나 다람쥐도 달리기를 그만두었다. 바닥판이 삐걱거리는 소리도 나지 않았다. 창의 방충망에는 변함없이 벌레들이 부딪치는 약한 소리를 내고 있지만 그것만이라면 미스 대리의 잠을 방해하지는 않을 것이다. 나도 연필을 노트 위에 슬슬 움직일 수 있다.

모든 사실을 써서 여러 각도에서 문제를 검토해야 한다.

먼저, 여기 있는 미스 대리부터 시작하자. 그녀에 대해서 나는 얼마나 알고 있을까?

그녀와 처음 만난 것은 주위가 어두워지기 시작한 저녁 무렵이었다. 호숫가에서 돌투성이 길을 12킬로미터 정도 혼자서 비틀비틀 걸어 온 그녀는 곤혹과 공포와 비탄에 젖어있었다.

나는 스웜프로드 입구에서 엔진이 멈춘 차를 고치는데 시간을 뺏긴 뒤였기 때문에, 뉴욕으로 돌아가기 위해 빨리 메인 고속도로로 나가려고 서둘러 차를 달리고 있을 때였다.

하지만 변함없이 지독한 길이 계속되었다. 나무들로 덮인 급한 비탈과 바위가 양쪽에 있고, 좁은 돌투성이의 길이 그 사이를 구불거리며 뻗어 있다. 지나가는 다른 차는 없고 길을 따라 인가가 몇 채 있을 뿐이었다.

그녀의 하얀 옷이 헤드라이트 빛 안으로 들어온 것은, 뾰족하게 나온 바위모퉁이를 돌았을 때였다. 콜리지의 시에도 나올 것 같은, 이 세상의 것 같지 않은 모습으로 나에게 도움을 청하는 자세를 했다.

창백한 얼굴에 검은 눈이 컸다. 진흙으로 더러워진 뺨에는 스친 상처가 있고, 검은 머리에는 낙엽이 붙어 있다. 코트에는 녹색과 갈색의 들풀의 씨가 잔뜩 붙어 있다. 하얀 펌프스는 흙투성이고 돌에 긁히고 게다가 한쪽 힐이 없었다.

손에는 아무것도 없었다. 핸드백마저—약혼자와 둘이 차에서 내렸을 때, 핸드백과 다른 물건들을 차 안에 두었다고 했다. 나중에 그들의 차가 스웜프로드에서 발견되었을 때, 분명히 차 안에 짐이 그대로 남아 있었다. 하지만 신혼여행 출발 전에 은행에서, 약혼자가 그녀에게 준 50달러짜리 지폐와 같이 있던 잔돈은 없었다.

걷다가 뛰다가 헤매며 온 탓인지 호흡이 거칠고, 온몸을 떨고 있었다. 나는 차를 세웠다.

"부탁이에요!"

그녀는 숨을 헐떡였다.

"태워 주세요! 그 남자가 차를 뺏고 내 약혼자를 납치했어요! 그리고 나를 노리고 있어요! 가까이에는 인가도 없고, 아무도 길을 지나가지 않아요!"

"타세요."

나는 조수석 문을 열어주었다.

"경찰에 데려다 드리지요."

그러자 그녀는 갑자기 암벽까지 물러났다.

"자, 타세요."

나는 진정시키듯이 다시 말했다.

"약혼자를 납치한 남자를 함께 찾겠소. 그는 도대체 어떤 사람이요?"

"오, 하나님!"

그녀가 소리쳤다.

"닥Doc!"

그녀는 내가 팔을 뻗어서 그녀를 잡으려 한다고 생각한 것 같다. 그녀는 공포의 비명을 지르고 방향을 바꿔 도망갔다. 내가 진행하는 방향으로, 내 차 앞을 달렸다.

"기다려요! 왜 그래요? 왜 무서워하지요?"

히스테리에 대처하는 방법은 하나, 공격하는 것이다. 왜 그렇게 무서워하는지 모르지만, 어쨌든 넘어져서 상처라도 입기 전에 멈추게 해야 한다. 나는 차문을 열고 달려서 쫓아갔다.

그녀는 더 이상 달리기에는 너무 지쳐 있었다. 대여섯 걸

음도 가지 못해서 펌프스의 힐이 비틀거려 두 손과 두 무릎
을 땅에 대고 쓰러져 울었다.

"괜찮아요?"

뒤에서 두 어깨 밑에 손을 넣으며 일으켜 세우려고 했다.

"다친 데는 없나요?"

겨우 일으켜 세워 내 쪽으로 향하게 했다. 내 손은 아직
그녀의 팔을 잡고 있다. 헤드라이트에 비친 얼굴에는 핏기가
가시고 다리는 휘청거리고 손에 닿은 몸은 차가웠다.

"정신 차려요! 무서워하지 말아요. 나는 수상한 사람이 아
니니 걱정하지 않아도 돼요."

그녀는 동공이 열린 눈으로 나를 보았다. 나는 천천히 손
을 떼었다. 그녀의 눈빛은 내 얼굴을 하나하나 확인하는 것
같았다.

"좋아요. 당신은 그 남자가 아니에요! 그렇죠?"

그녀는 몸을 한 번 크게 떨고는, 얼어붙은 표정이 조금 풀
어졌다.

"당연히 아니에요!"

그녀가 말했다.

"그 남자는 키가 더 작고 나이도 많고 머리는 헝클어지고
얼굴은 수염투성이였어요. 그리고 아주 특별한 옷을 입고 있
었어요. 미안해요. 눈이 나빠서……. 그런데 당신 목소리는 마
치 그 사람—."

눈이 나쁘다고? 틀림없이 지독한 근시다.

"나는 리들 의사입니다. 해리 리들. 뉴욕에서 의사를 하고 있습니다. 약혼자가 차와 같이 납치되었다고 했지요? 그 차는 캐딜락 오픈카 아닌가요? 붉은 시트에 번호판은 XL로 시작하지요?"

"그래요! 그 차예요! 여기를 지나는 것을 봤나요?"

"당신 약혼자는 이니스 세인트에이메죠? 눈동자가 검고 키는 상당히 크고 머리도 검고 회색 개버딘 양복을 입고 파나마모자를 쓰고 있지요?"

"그래요!"

그녀가 말했는데 머릿속은 아직 혼란스러운 것 같았다.

"당신 이니스를 알아요? 나는 엘리너 대리예요. 우리는 결혼하려고 버몬트로 가는 길이에요. 내가 누구인지 어떻게 알았죠? 댄버리를 나왔을 때, 히치하이커를 태워주었어요. 정말 무섭게 생긴 남자로—."

"눈이 빨갛고 길게 헝클어진 적갈색 머리를 한 키가 작은 부랑자 말이오? 송곳니처럼 날카로운 이빨, 찢어진 왼쪽 귀, 키는 160센티미터 아닌가요? 흑백 줄무늬 스포츠코트에 녹색 셔츠를 입고 연푸른 펠트 모자를 쓰고 있었지요? 모자는 테가 톱날처럼 들쑥날쑥 잘렸지요?"

"그 남자예요! 그를 알고 있군요. 그는 이니스를 어떻게 했을까요? 가르쳐 줘요! 이니스는 지금 어디 있죠?"

"몰라요. 당신 약혼자를 본 적이 없어요."

"당신이 그 차를 보았을 때, 이니스는 차에 없었나요? 그러면 틀림없이 지금쯤—."

"당신 차를 본 적이 없어요."

내가 말했다.

"본 적이 없다고요?"

"말한 대로요. 나는 아무것도 못 봤어요. 당신 약혼자도 못 봤어요. 유감이지만 말이요. 물론 그 부랑자도 못 봤소. 하지만 그가 운전하는 차가 이 길을 지난 것은 틀림없는 것 같아요. 당신 약혼자도 틀림없이 타고 있었던 것 같고. 어쨌든 내 차에 타요. 유턴해야죠? 근처에 집은 없을지 모르지만 조금 돌아가면 한 채 있으니 그 집에서 전화를 빌리지요. 지금쯤은 경찰에도 통보되었을 겁니다. 그 작은 남자가 한 사람을 차로 치어서 죽였어요. 아니, 차에 치인 것은 당신 약혼자가 아니에요. 길 가던 남자예요. 걱정하지 않아도 됩니다. 그렇게 멀리 도망가지 못했을 테니 당신 약혼자도 바로 찾을 수 있을 거예요."

그녀를 내 쿠페에 태우고 출발했다. 유턴할 수 있는 장소를 찾아 앞으로 나아갔다. 내용이 빈약한 위로였다고는 해도, 조금은 기분을 가라앉힐 수 있었나 보다. 차에 타고 어딘가로 가고 있다는 것도 안심이 되었을 것이다. 이제 사람이 없는 어두운 길을 혼자 터덜터덜 가지 않아도 되기 때문이다.

"당신이 멀리 돌아가는 게 아니었으면 해요."

여자가 아이처럼 사과 말을 했다.

"나는 정말 바보예요, 그렇게 당황하고 무서워하다니. 그러나 그 남자가 이니스에게 어떤 지독한 일을 했을지도 몰라요. 당신, 바쁘지 않아요? 나 때문에 시간을 낼 수 있어요?"

"괜찮아요. 일이 있어 버몬트까지 갔다가, 이제 집에 가는 일만 남았으니까요."

"아, 우리도 버몬트에 가려고 했어요. 결혼하려고요. 사실 오늘 댄버리에서 결혼하려고 했는데 바로 되지 않는다는 것을 알고, 차로 어딘가로 가려고 결정했어요. 그리고 마침 댄버리를 나왔을 때, 그 부랑자를 만났어요."

"글러브 컴파트먼트에 알코올 병과 화장용 티슈가 있으니 사용하세요."

내가 말했다.

"빗도 있을 거예요. 그렇게 하면 조금 기분이 좋아질 거요. 거울을 그쪽으로 돌려드리지요. 내가 말하는 의미, 알겠죠? 그 남자를 생각하지 않는 게 좋아요. 자신을 생각해요. 그렇지 않으면 나에 대해서라도 좋아요. 틀림없이 잘 해결될 거예요. 나머지는 경찰에 맡겨두면 돼요."

차의 실내등을 켰다. 그녀는 엷은 종이를 알코올로 적셔 고양이 화장하듯이 열심히 얼굴을 닦고 손을 문지르기 시작했다. 빗도 찾아서 검은 머리를 빗었다. 머리 손질은 여성에게 가장 좋은 기분 전환 방법의 하나다. 바로 옆에서 보는 나도 기분이 좋았다.

"덕분에 조금 나아졌어요."

여자가 말했는데 아랫입술이 아직 조금 떨리고 있다.

"당신, 리들 씨라고 했나요? 우연이군요, 나는 리들이라는 분의 사무실에서 일했어요. 폴 리들이라고 뉴욕 웨스트 44에서 리들 보험대리점을 하고 있어요. 당신도 뉴욕분이라고 했지요? 정말 의사예요?"

"그래요. 해리 리들 의사. 세인트 존 종합병원에 근무하지요. 살고 있는 곳은 웨스트 11가 511. 소속된 단체는 유니버시티 클럽, 외과의사협회, 더치 트릿(Dutch Treat: 비용을 각자가 부담하는 모임). 공화당원이고 백인이지요. 분명히 아버지의 사촌 중에 폴 리들이라는 분이 있고, 보험업을 하고 있다고 들었어요. 잘 모르지만 친척인 것은 분명합니다. 이런 것은 뭔가 인연일지도 모르겠군요."

"웨스트 11가 511이요? 그곳이 당신의 주소예요? 내가 사는 곳 바로 맞은편 오른쪽의 그 커다란 아파트죠? 나는 514예요. 맞은편에 나란히 있는 오래된 붉은 벽돌집의 하나예요. 아시죠? 이런 우연이라니. 그곳에 산 지 넉 달 돼요. 지금까지 몇 번 만났다고 해도 이상하지 않을 텐데, 아직 한 번도 만나지 않았죠?"

"그렇겠죠. 당신을 오늘 처음 보니까요. 하지만 뉴욕은 그런 곳이지요. 길 하나 건너 이웃사촌인데도 이렇게 160킬로미터나 떨어진 시골길까지 와서, 외로운 길에서 만나다니."

"조금 이상한 질문이지만, 당신 아파트 2층 끝 방에 사는 사람을 알아요?"

그녀가 주저하면서 물었다.

"2층 방? 당신 방을 쌍안경으로 훔쳐보는 사람이 있나요?"

"그래요."

여자는 조금 부끄러워했다.

"잘 알고 계시는군요. 나는 처음엔 몰랐어요. 그런데 어느 때, 이니스와 저녁식사에 나갈 약속을 하고 그가 밖에서 기다리고 있을 때, 맞은편 방의 커튼 틈에서 누군가 쌍안경으로 본다고 그가 말했어요. 그때부터 창의 블라인드는 언제나 내려두고 있어요."

"맞은 편 아파트에 예쁜 여자가 살고 있다면 남자는 흥미를 갖게 됩니다. 그래서 대개 쌍안경을 사용하지요. 뉴욕에서 가장 대중적인 스포츠의 하나 아닌가요? 그러나 유감이지만 2층에 누가 살고 있는지는 몰라요. 내 집은 14층 뒤쪽 방이에요. 기대에 어긋나서 안됐지만."

"어머, 당신을 쌍안경으로 훔쳐 본 사람이라고 생각한 것은 아니에요. 그렇게 크고, 그렇게 많은 사람이 사는 아파트에 당신이 산다고 생각했을 뿐이에요. 당신이 훔쳐보는 남자라면 지나치게 우연이죠."

"그렇게만 말할 수 없죠. 당신은 아름다운 여자고 이렇게 보여도 나도 남자요. 만약 2층에 살고 있고 쌍안경을 갖고 있다면 어떻게 했을지도 모르지요. 이렇게 말하지만 여자의 몸은 의사라는 직업 때문에 계속 봅니다. 그런 것은 어쨌든 이것으로 나와 이웃사촌인 것을 알았어요. 당신의 보스가 나의 친척이라는 것도요. 그런데 당신 일은? 비서인가요?"

"접수담당이에요. 아니, 접수담당이었다고 하는 편이 좋겠

어요. 결혼하려고 어제 그만두었거든요. 댄버리에서 혼인신
고를 하려고 했는데, 신청하고 5일 기다려야 한대요. 그래서
버몬트까지 가려고 했어요. 그래서 그런 남자를 만났어요."

그녀는 머리카락을 빗는 손을 내렸다. 이제 입술은 떨리지
않았다. 일단 안정을 찾은 것 같았다.

"상당히 기분이 좋아진 것 같군요. 슬슬 사정을 이야기해
봐요. 도대체 어떤 일이 있었나요?"

일반적으로 아주 간단한 사건이었다. 그녀와 약혼자 세인
트에이메는 해가 지기 전에 문제의 부랑자를 차에 태웠다.
장소는 댄버리를 막 나온 위치로, 여기에서 90킬로미터쯤 떨
어진 곳이다. 혐오감을 주는 작은 남자였는데 세인트에이메
가 불쌍하게 생각하고 태워주었다. 그들은 간선도로에서 샛
길로 빠져, 야외에서 저녁을 먹으려고 호수 가까이에서 차를
세웠다. 나와 그녀가 만난 장소에서 조금 떨어진 곳에 있는
호수라고 했다.

세인트에이메와 그녀는 부랑자를 차에 남겨두고 짐과 먹을
것도 차에 둔 채, 숲을 지나 호숫가까지 걸었다. 저녁식사를
하기에 적당한 장소를 찾기 위해서였다. 물가에 와서 좋은
장소를 찾자 세인트에이메는 일회용 연료를 피우려고 재빨리
그 부근의 돌을 주었다. 가까이 있던 그녀가 문득 비탈 위를
올려다보자, 두 사람 뒤쪽의 절벽 위에서 부랑자가 내려다보
고 있었다.

차에서 내려 두 사람 뒤를 따라서 400미터를 온 게 틀림

없었다. 호기심에서 훔쳐보는 것일지도 모른다. 그녀는 이미
이 남자에게 불안을 느끼고 있었다. 그런데 지금 어두운 황
혼의 호숫가에서, 들쑥날쑥 잘라진 모자 그늘에 오싹한 작은
눈을 번뜩이며 유령 같은 모습으로 내려다보고 있으니 더욱
공포에 사로잡혔다.

"안 돼요!"

그렇게 외친 것은 남자의 거동이 수상했다기보다도 단순히
가까이오지 않았으면, 하는 마음에서였다.

세인트에이메는 그녀의 비명을 듣고 돌을 하나 주워들고,
굽힌 자세에서 몸을 일으켰다. 그도 부랑자가 훔쳐보는 것을
발견하고 화를 냈다. 욕설을 퍼부으며 갖고 있던 돌을 남자
에게 던졌다. 남자는 몸을 돌려 도망갔다. 숲을 지나 차를
세워둔 길 쪽으로 돌아간 것이다.

세인트에이메는 화를 내고 뒤를 쫓았다. 아마 자신의 약혼
자를 무섭게 한 보복으로 몸을 잡아 흔들거나, 한두 대 때려
주려고 했을 것이다. 체격이 크고 힘이 센 세인트에이메는
이런 남자가 싫었을 것이다. 자신의 몸이 위험하다는 것은
생각지도 않았을 것이다. 차 안에 나이프가 숨겨져 있으리라
고는.

쫓고 쫓기는 두 남자를 따라 미스 대리도 나무들로 덮인
비탈을 달려서 올라왔다. 그때 길에서 사람의 소리라고는 생
각할 수 없는 무서운 비명이 들려왔다. 계속해서 소름끼치는
기묘한 웃음소리. 그러나 곧 정적이 찾아왔다.

그녀는 전율을 느꼈다. 눈에 잘 뜨이는 하얀 코트를 벗고 숲으로 몸을 숨겼다. 부랑자는 그녀가 있는 쪽으로 돌아오는 중이었다. 부랑자의 줄무늬 재킷과 챙이 들쑥날쑥한 모자가 숲으로 가까이 오는 것이 보였다. 오른손에 뭔가 들고 있는 것 같았다. 남자의 작고 붉은 눈이 지금은 기묘하게 창백하게 보였다. 차가운 살의가 감도는 얼음 같이 창백한 눈이었다.

남자는 몸을 숙이고 살금살금 걸어서, 그녀에게서 9미터도 떨어지지 않은 곳을 지나고 있다. 그녀가 아직 호숫가에 있다고 생각해 그쪽으로 가는 것이다. 하지만 다시 숲으로 달려 돌아왔다. 그녀는 차로 돌아가려고 했지만 아직 도착하지 못했다. 남자는 그녀의 이름을 부르고, 욕을 하고, 짐승처럼, 미친 사람처럼 낮은 신음소리를 냈다. 그녀는 공포에 두 다리가 마비되어 숲 그늘에 몸을 숨겼다.

남자는 그녀가 벗어 놓은 코트를 발견했다. 집어 들고 뒤집어보더니 바로 내던졌다. 그녀는 오랫동안—몇 시간으로 생각했지만 사실은 10분이나 20분이었다—어두워지는 숲에서 소리 내지 않으려고 필사적으로 노력하며 몸을 낮추고 숨었다. 그 사이 남자는 60미터를 벗어나지 않는 주위를 계속 살폈다.

하지만 결국 그녀를 찾는 것을 포기하고 차 있는 쪽으로 돌아갔다. 주차해있던 차 뒤까지 온 그녀는 조수석에 축 늘어져 움직이지 않는 세인트에이메를 확실히 보았다. 그의 머리가 문 끝에서 반 정도 밖으로 나와 있었다. 부랑자는 운전석에 타고, 차를 출발시키고, 내가 온 방향으로 달려갔다.

그녀는 차가 멀리 간 것을 확인하고, 숨어 있던 장소에서 겨우 일어났다. 벗어던진 코트를 다시 들고 비탈을 올라와 겨우 길로 나왔다. 혼자서 터덜터덜 길을 걸었다. 주위에 인가는 보이지 않고 지나가는 사람도 없다. 피곤이 몰려왔지만, 공포는 사라지지 않고 마음은 미친 듯 계속 날뛰었다. 그러다가 바위모퉁이 맞은편에서 내 차의 헤드라이트가 보여서 필사적으로 도움을 청했다는 것이다.

사건 내용은 이렇다. 적어도 그때는 그것을 모든 것이라고 보았다. 세인트에이메는 부랑자에게 반대로 당한 것이 틀림없었다. 타이어레버나 크랭크핸들 같은 것으로 맞아 기절했을 것이라고 그녀가 말했다. 머리를 다쳤을 거라고 생각했다. 상상하는 것만으로도 오싹하다. 하지만 나이프로 당했을지도 모른다는 것은 아직 생각하지 못한 것 같다. 나이프로 당했을지도 모른다고 그녀가 말한 것은 더 나중의 일이다.

그녀가 나에게 말한 것은 이상이 전부였다. 범인은 약혼자를 공격하고 차를 훔쳐서 도망갔다. 공포에 떤 나머지 조금 윤색되었을지도 모른다. 하지만 어두운 숲에서 코르크스크루에게 쫓겼을 때의 공포가 쉽게 사라지지 않았다고 해도 무리는 아니다.

1킬로미터쯤 가서 나는 드디어 유턴할 수 있는 장소를 발견했다. 왼쪽에 4.5미터 길이의 넓고 평평한 장소가 있고, 노랑 데이지 같은 들풀이 무성히 피어 있었다.

가장자리에는 오래된 울타리가 있고 울타리 너머는 숲을 이루는 비탈이었다. 숲의 나무들 틈으로 비탈 아래에 별빛을 반사하는 검은 호수가 보였다.

"저 호수예요. 우리가 저녁식사를 하려 했던 곳은."

여자가 말했다.

"차를 세운 것은 바로 여기예요. 여기에서 물가로 내려가서 그 남자가 훔쳐보는 것을 알았어요. 이니스가 그 남자를 쫓아간 것도 이 비탈이에요. 나중에 그가 돌아왔을 때에는 나는 저 숲으로 도망갔어요. 여기저기 덤불이나 바위 그늘에 숨으면서요."

나는 차를 유턴시키기 전에 글로브 컴파트먼트에서 손전등을 꺼내고, 차에서 내려 지면을 비췄다. 차의 타이어에 밟혀 풀이 쓰러진 흔적이 보였다. 차는 길에서 벗어나 길가의 풀숲으로 들어갔다가 다시 길로 나온 것 같다.

타이어 흔적의 오른쪽—숲과 경계를 이루는 울타리에 가까운 쪽—풀줄기에 무언가 검고 끈끈한 것이 붙어 있다. 차의 크랭크오일은 아닌 것 같다. 몸을 숙이고 살짝 손바닥을 대보니 그것은 피였다. 코피나 머리를 맞아 흘린 정도가 아닌 상당한 양의 출혈이다. 동맥이 절단되어 분출한 것이 아니라면 이 정도 양은 되지 않을 것이다.

나는 그 장소에 웅크리고 손바닥을 무릎에 닿지 않도록 눈앞에 들고 1시간 전의 황혼 때에 일어난 사건을 생각했다. 길가의 풀숲에서 신음소리 같은 것이 들려왔을 때의 일이다. 그리고 같은 시간에 챙이 들쑥날쑥한 파란 모자를 주운 것도 생각났다. 생각하고 싶지도 않은 그 모자를.

더럽지 않은 풀잎으로 손을 닦았다. 하지만 이미 손만으로는 끝나지 않았다. 나는 살인사건에 완전히 발을 내디딘 것을 느꼈다. 이미 목까지 빠진 상태다. 나는 다시 차를 타고 유턴해서 여기 맥코메르 집으로 그녀를 데리고 왔다. 이곳에는 경찰이 이미 기다리고 있었다.

그때 '죽은 신랑의 연못'이 내려다보이는 길가의 들풀 잎이나 꽃 사이에 과연 세인트에이메의 오른손이 있었을까? 적어도 내 눈에는 보이지 않았다. 당연하다. 그런 것을 찾고 있던 것이 아니기 때문이다. 나중에 세인트에이메의 시체가 발견되고, 오른손이 잘려진 것을 알게 되지만 이때는 아직 알 수 없었다. 현재 로젠블랏 경감의 지휘 아래 경찰과 주민으로 구성된 수색대 일부가 그 일대의 풀밭과 숲을 수색하고 있다. 그러나 세인트에이메의 오른손이 그 부근에서 발견되리라고는 아무래도 생각할 수 없었다.

표면상의 양상을 보면, 흔히 있는 범죄의 하나라고 할 수도 있다. 악마 같은 남자가 범한 1급 살인에 관해서는 말이다.

특히 경찰에게는 거의 일상적인 일에 속하는 패턴의 범죄일 것이다. 정신이 이상한 부랑자가 히치하이크를 해서 차를 얻어 타고, 어떤 계기로 갑자기 본성을 나타냈다. 단순히 물건을 훔칠 생각으로 친절을 베푼 운전자를 살해하고, 차와 물건을 뺏어간다. 몇 킬로미터 도망가는 사이—아니 수백 킬로미터 도망갔을지도 모르지만—자신이 무슨 짓을 했는지도 모르고 경찰에 쫓기는 것조차 모르는 케이스다.

평소에는—아니, 지금과 같은 가스 부족시절에도 자주—미국의 모든 주에서 매년 적어도 한 사람은, 하찮은 동기로 사람을 죽이고 가스실로 간다. 이야기를 들어보니, 이 코르크 스크루도 그런 멍청한 살인자들과 별로 다르지 않은 흔히 있는 범죄자에 지나지 않는다. 그러나 나중에 이 남자가 사건의 진상을 은폐하기 위해, 도저히 있을 것 같지 않은 기괴한 수단을 사용한 것이 밝혀진다. 그리고 그 은폐가 잘되지 않자 그는 계속해서 사람을 죽인다.

문제는 그 남자의 행방을 아직도 모른다는 것이다.

내가 보기에 수사 지휘관 로젠블랏 경감은, 관계자의 심문방법으로 보건대 이 사건의 표면적인 양상에 처음부터 만족하지 못하는 것 같았다. 로젠블랏 경감은 그다지 예리하지 않고, 경찰관으로서는 조금 무디다고 할 수 있지만 완고하고 끈기는 있었다. 지금도 생생하게 생각나는 것은, 바로 이 거실의 대리석테이블 앞에서 경감이 우리를 조사했을 때의 광경이다. 경감은 불도그처럼 주름 많은 얼굴을 목이 거의 없는 땅딸막한 어깨 위에 의젓하게 놓은 모습으로 두 무릎은 테이블에 붙인 채 뿌리를 뻗은 듯이 움직이지 않았다. 그는 애용하는 두꺼운 수첩에 작고 아담한 독특한 글자로 우리의 대답을 자세히 써넣었다. 엘리너 대리의 지금까지의 반생에 걸친 여러 가지 일, 세인트에이메의 일, 그들 두 사람과 조금이라도 관계가 있는 사람들의 일, 특히 신원을 알 수 없는 살인자에 관련된 요소가 그들의 신변에 있었는지 어떤지를 계속 찾으려고 했다.

　질문 : (미스 대리에게) 당신에 대해 말해주시겠어요? 고향은 어디입니까? 현재 사는 곳은? 세인트에이메 씨와 언제 알게 되었습니까? 만나는 다른 남자가 있습니까? 또는 과거에 있었습니까?
　답 : 나는 엘리너 대리입니다. 열아홉 살이고 고향은 펜실베이니아 주 스파더스버그입니다. 직업은 뉴욕의 리들 보험대리점에서 사무를 보고 있습니다. 주소는 뉴욕 시 그리니치 웨스트 11가 514.

　내가 그녀와 알게 된 것은, 지금까지 그녀의 인생 가운데 몇 시간에 지나지 않는다. 그러나 그녀의 사람 됨됨이에 대해서는 지금은 어떤 자세한 점도 알고 있는 기분이다. 펜실베이니아 주의 작은 마을에서 태어났고, 아버지는 그곳 신문 편집장이고 어머니는 학교선생이었다. 그녀가 어렸을 때, 화재로 부모를 동시에 잃고, 그 후에는 암만파(간소한 생활을 실천하는 그리스도 교파) 신도인 할머니 밑에서 자랐다. 고등학교에 들어가 집에 머물며 할머니를 돌보며 살았다. 소설을 쓰는 것이 취미였다. 고아들에게 흔히 있듯이 상상력 넘치는 로맨틱한 성격으로 언젠가 소설가가 되려고 꿈꾸었다.

　올 봄, 할머니가 죽고 그녀에게는 저당 잡힌 집만 남았다. 부동산업자와 보험대리업자가 유산의 처분을 맡아, 집을 팔고 약간의 돈을 그녀에게 주었다. 그 돈을 갖고 그녀는 뉴욕으로 나와 그리니치빌리지에 작은 아파트를 한 칸 빌렸다. 구인광고를 보고 리들 보험대리점의 접수담당 자리를 얻었다. 그리니치빌리지에 산다는 것은 그녀가 계속 꿈에 그리던 일이었다. 작은 시골도시에 사는 젊은 여자가 모두 생각하듯이, 그녀에게도 그리니치빌리지는 자유로운 세계와 예술로 둘러싸인 멋진 생활이라는 이미지의 상징 같은 지명이었다. 나도 그리니치빌리지에 살고 있지만, 그녀에게 말할 때까지는 그런 장소에 내가 살고 있다고 의식한 적은 없었다. 다른 어느 거리처럼 비슷한 빌딩, 가게, 음식점, 더러운 골목이 모인 장소라고만 생각했다.

그녀는 그때까지 고향 스파더스버그에서만 살았다. 할머니는 그녀를 과보호로 키우고 보통 여자아이가 즐기는 사회적인 자유를 주지 않았다. 때문에 세인트에이메와 만나기까지는 연애할 기회도 없었고, 고등학교에서도 남자친구조차 없었다. 남자는 무서운 것이라고 교육받지 않은 한, 생각할 수 없는 일이다. 남자는 짐승이라는 이미지를 심어주었기 때문일 것이다. 오히려 그러한 순진한 점이 남자를 끌리게 하는 수도 있는데, 그녀의 경우는 거의 남성을 접근하지 못하게 하는 원인으로 작용한 것이 아닐까?

미스 대리의 지금까지의 반생 가운데, 질투로 살인을 할 만한 인물의 존재는 전혀 없었다. 그 부랑자도 그녀가 아는 한 이전에 만난 적이 없었다고 했다.

질문 : 웨스트 11가 514요? 리들 의사의 주소 가까이 아닙니까? 미스 대리?

답 : (대답은 리들 의사가 했다) 내가 사는 곳 바로 맞은편입니다. 그러나 미스 대리를 전에 만난 적은 없습니다.

질문 : (리들 의사에게) 그렇습니까? 그런데 선생, 미스 대리가 근무하는 리들 보험대리점을 알고 있습니까?

답 : 아버님의 사촌형제 폴 리들이 경영하는 사무실일 겁니다. 그분과 만난 적은 없지만 사업상 이름은 알고 있습니다. 나는 그 회사와는 아무 관계도 없습니다.

질문 : 세인트 존 종합병원이 당신이 근무하는 병원입니까?

답 : 그렇습니다.

질문 : 전문은 외과입니까?

답 : 주로 뇌 외과입니다. 물론 다른 부분에 협력하는 일도 있지만…….

질문 : (미스 대리에게) 세인트에이메 씨에 대해 말해 주세요. 고향은 어딘지, 직업은 무엇인지. 그리고 신체적 특징 또는 성격적 특징이 있었습니까? 이니스 세인트에이메는 풀네임입니까? 아니면 미들네임이 있습니까?

답 : 이니스는 그의 미들네임이에요. 퍼스트네임은 이니셜이 S—때문에 S. 이니스라고 한다고 했어요. 하지만 그렇게 쓴 것은 서명할 때뿐인 것 같았어요. 보험서류에 그렇게 쓰여 있고, 오늘 아침 은행에서 돈을 꺼낼 때 끊은 수표에도 그렇게 썼어요. S가 어떤 이름인지는 묻지 않았어요. 그는 언제나 이니스라고 부르는 것을 좋아했

어요. 스코틀랜드계의 이름 같으니, 그의 어머니 쪽 성이
아닐까요? 라스트네임은 프랑스계이고 고향은 중서부의
오클라호마 주 어디라고…….

미스 대리가 세인트에이메를 처음 만난 것은 두 달 전이었
다. 그녀가 근무하는 보험대리점에 그가 손님으로 찾아왔었
다. 사업에 관한 보험에 들기 위해서였고, 사람들의 권유로
리들 대리점을 선택했다고 했다.

그는 검은 눈에 키가 크고 서른세 살이었다. 나이는 보험
가입신청서에 그가 직접 쓴 데이터로 알았다. 물결치는 검은
머리를 길게 늘이고 하얀 이를 보이며 부끄러운 듯 미소 지
었다. 그는 옷을 잘 입고 오른손에 커다란 인장 달린 반지를
끼고 있었다.

그녀가 나중에 알게 된 일이지만, 세인트에이메는 오클라
호마 주 북부의 텍사스 주에 가까운 곳에서 태어났다. 프랑
스계 캐나다 출신인 아버지는, 석유채굴에 돈을 탕진했다가
다시 재산을 모았다. 아들이 생각하는 한, 아버지는 가장 좋
을 때에 죽었다고 한다. 다시 모은 재산을 다 쓰기 전이었기
때문이다. 어머니는 스코틀랜드인과 아메리칸 인디언의 피를
받은 여성이었다고 한다. 미스 대리가 추측하기에는—확증이
있는 것은 아니지만—그의 퍼스트네임은 어쩌면 인디언계 이
름으로, 그것을 싫어해서 그녀에게 가르쳐 주지 않은 게 아
닐까? 예를 들면 새첨, 세미놀이라는 이름이 아닐까?

미스 대리와 마찬가지로, 세인트에이메에게도 뉴욕은 그다

지 친숙한 지역은 아니고 친구도 없었다. 그것이 처음부터 두 사람을 친밀하게 만든 이유의 하나였다. 그녀가 아는 한, 뉴욕에서 세인트에이메가 알고 있는 사람이라면 대화 중에 때때로 이름이 나오는 변호사나 중개인 정도였다. 그리고 사업파트너 한두 사람의 이름을 들어서 그녀는 알고 있을 뿐이었다. 그의 사업은 창업이나 투자 같은 것으로, 이익이 있을 것 같으면 때때로 투자도 하는 것 같았다.

지금까지 여자와 만난 일은 한 번도 없었다고 그는 미스 대리에게 밝혔다. 여성에 대해 언제나 공포를 느꼈다고 했다. 하지만 그녀는, 오히려 여성에게 매력을 느끼지 못하기 때문이라고 생각했다. 남성의 대부분이, 아니 남자라면 거의가—연애 중이나 결혼을 앞두고는—여자의 외모나 얼굴에 끌리는 것인데 그에게는 그런 것이 없었다. 그의 관심은 아이 때부터 거의 경제적인 방면으로 향했던 것 같다. 기분 전환 방법이라면 신문을 읽거나 영화를 보러 가는 정도였다. 그것도 여자나 연애가 거의 등장하지 않는 서부극이나 모험영화였다. 문학이나 독서에도 거의 흥미가 없었다. 아니 흥미가 있어도, 그의 눈이 글자를 읽을 수 없었을 거라고 미스 대리는 생각했다.

세인트에이메는 눈이 그다지 좋지 않았다. 하지만 콘택트렌즈를 끼고 있었고, 자연스럽게 행동해서, 눈이 나쁘다고는 바로 알지 못했다. 본인이 직접 말한 적도 없었다. 그가 콘택트렌즈를 끼고 있는 것을 미스 대리가 알 게 된 것은, 만나고 한 달이나 지나서였다. 레스토랑에서 식사를 할 때였다. 그의 눈을 어느 각도에서 보면 촛불의 빛을 받아 반짝 빛나고, 공허한 유리표면이 한순간 나타났다. 그것을 보고 그녀는 분명히 생각나는 것이 있었다. 도로보다 조금 높은 경계석에 발이 걸리거나, 그녀의 아파트를 방문할 때는 무릎 방석의 위치가 조금 바뀌어 있으면 부딪치거나 했다. 어느 경우도, 그녀가 안경을 쓰지 않고도 확실히 알 수 있는 것들이었다.

그런 사실을 알고서도 그녀는 눈에 대해 묻지 않았다. 사실은 그녀도 근시로, 핸디캡 의식이 언제나 열등감이 된다는 경험을 했기 때문이다. 물론 그녀의 시력은 세인트에이메의 나쁜 시력에 비교할 수는 없었다. 그래도 그의 그런 점을 아는 것으로 점점 사랑스러웠다.

그런데 세인트에이메는 눈이 나쁜 것을, 이상할 정도로 필사적으로 숨겼다. 자신이 좋아하는 여성을 상대로, 그런 태도를 보이는 것은 아이 같은 허영심의 발로로 보였다. 그녀가 느낀 분별 있는 건실한 실업가라는 이미지에는 어울리지 않았다. 성인 남자는 작은 것을 숨기거나 가장하지 않는다. 그러나 반면 사람은 누구나 쓸데없는 것을 자랑하기 때문에 그 이상의 이유는 아닐지도 모르겠다. 예를 들어 코르셋을 하는 사람은 보통 그런 것을 사람들에게 말하지 않는다.

그리고 일반적으로 살아있는 인간으로 완벽한 인간은 없다.

시력이 나쁜 것은 생명보험에 들 때 장애가 되지 않는다. 가입자의 눈이 젤리로 되어 있던 유리로 되어 있던 보험 검진의사는 관심을 보이지 않는다. 관심을 갖는 것은 심장이나 간이다. 만약 눈에 관심을 갖는 일이 있어도, 검안경으로 안구 기저부의 모세혈관을 들여다보고, 보험 신청인이 어느 정도 오래 살까 예상하는 정도다. 그런 것으로 정확한 수명을 예측할 수 있는 의사는 한 명도 없지만.

나는 세인트에이메의 살아있는 모습을 직접 보지는 못했다. 지금 말했듯이 그에 관한 자세한 정보는 '죽은 신랑의 연못'에서 여기에 올 때까지 차 안에서 미스 대리가 말한 것, 그리고 로젠블랏 경감의 질문에 대해 그녀가 말한 것이다.

질문 : (미스 대리에게) 만약 범인이—즉 우리가 코르크 스크루라고 부르는 남자인데—세인트에이메 씨가 약시라고 해도 좋을 정도로 시력이 나쁘다는 것을, 당신들 차를 세우기 전부터 이미 알고 있었다면 그는 범행을 하기에 좋았겠지요. 미스 대리, 당신은 세인트에이메 씨의 눈이 나쁜 것을 누구에게 말했나요?

답 : 그런 것을 다른 사람에게 말하다니 생각할 수도 없어요. 이니스는 나에게조차 알리지 않으려고 했어요. 다른 사람에게 말했다면 화냈을 거예요. 어떤 일이든 그에 대해 다른 사람에게 말하지 않았어요.

질문 : 아무에게도 말하지 않았나요?

답 : 분명히, 리들 씨에게는 이야기했어요. 내 고용주 폴 리들 씨에게 말이에요. 세인트에이메 씨를 훌륭한 사람이라고 생각하고 말했어요. 그 밖에는 아무에게도 말하지 않았어요.

질문 : 세인트에이메 씨가 보험에 가입할 때 검진을 담당한 의사는 누구입니까?

답 : 번스테터 선생입니다. 리들 씨의 보험대리점을 위해 40년이나 검진을 한 의사입니다.

질문 : 그 의사는 세인트에이메 씨의 눈이 나쁜 것을 알았습니까?

답 : 진단서에는 그런 것을 쓰지 않았다고 생각합니다. 물론 보험가입자의 건강 전반에 특별히 나쁜 영향이 없으면 쓰지 않는 것이 당연하지만요. 사실, 이니스는 아주 건강했어요. 눈 이외에는 나쁜 곳은 없었습니다.

질문 : 진단서에는 쓰지 않았는지도 모르지만 번스테터 의사가 세인트에이메 씨의 눈을 제3자에게 말했다고는 생각할 수 있지 않습니까?

답 : (대답한 것은 리들 의사) 형사님, 그것은 생각할 수 없습니다. 의사는 자신의 환자의 장애나 결함에 대해 다른 사람에게 말하지 않습니다. 이유의 하나는 너무나 많은 사례를 다루기 때문에 어느 특정 환자에 대해서 관심을 가질 여유가 없기 때문입니다. 또 다른 이유는 의사의 도덕에 위반되기 때문입니다.

질문 : 그러나 다른 의사에게라면 이야기할 수도 있지 않을까요, 선생?

답 : 어느 증상에 대해 화제로 삼는 것이, 의학적인 면에서 유익하다고 판단된 경우에만 하지요.

질문 : 그런데 선생, 당신은 번스테터 의사를 알고 있습니까?

답 : 아니오. 그 사람에 대해서는 들은 적이 없습니다. 물론 나와 같은 의사회에 소속된 사람일지도 모릅니다. 어떤 회의에서 우연히 만나 이야기했을지도 모릅니다. 그러나 그 사람에 대한 기억도 없고, 진지하게 논의한 일도 없습니다. 그 사람이 담당한 보험가입자가 근시였다고, 나에게 이야기했다고는 전혀 생각할 수 없습니다. 나는 세인트에이메도 전혀 모릅니다.

질문 : (미스 대리에게) 세인트에이메 씨가 가입한 보험에 대해 알고 싶습니다. 이 사람이 죽음으로 이익을 얻는 사람은 누구입니까?

답 : (미스 대리가 대답) 이니스가 보험에 든 것은 자동차정비공장 사장 덱스터 씨와 공동으로 하는 사업을 위해서였습니다. 무언가를 발명하는 사업이라고 들었습니다. 하지만 그가 죽었다고 덱스터 씨에게 이익이 되는 일은 없을 겁니다. 그가 살아있다면 덕분에 덱스터 씨는 많은 돈을 벌 수 있었을 텐데…….

세인트에이메가 생명보험에 들어서 원조하려고 했던 사업은 그가 흥미를 갖고 있는 부업이었다. 그는 먼저 자동차정비공장 사장 A. M. 덱스터를 만났다. 덱스터는 뉴욕 웨스트 14에서 정비공장을 경영하며, 여러 가지 도구나 기계를 발명하는 데 재능을 보였다. 세인트에이메는 이 인물의 파트너가 되어 발명사업의 촉진과 판매를 맡으려고 했다.

세인트에이메를 처음 만났을 때 덱스터는 다음과 같은 상황이었다. 그는 기술적인 방면에 타고난 재능이 있고, 아주 독창적인 창조성이 있었지만, 일의 능률적인 면이나 사업적인 면의 재능은 거의 없었다. 예를 들면 어느 발명품 제작에 열중해서 완성단계까지 노력하다가 갑자기 흥미를 잃거나 또는 자금이 몇백 달러 부족해서 발명품 제작이 막히거나 하면 갑자기 다른 아이디어에 열중해서 또 쓸데없는 작업을 반복하는 상태였다.

덱스터는 자신의 발명특허를 받지 않았다. 그 이전 발명품을 최종적으로 완성한 것조차 드물었다. 또 자신의 발명에 대해 실용성이나 영리성을 생각한 적이 없었다. 즉, 그것에 의해 얻어지는 이익이나 사용할 때의 간편함에 배려가 없었다. 외모는 언제나 기계기름에 젖어 비틀거리는, 머리가 벗겨진 중년 남자였다. 기묘한 기계를 만드는 취미에만 몰두해서, 작게 하는 본업은 언제나 도산 직전 상태였다. 세인트에이메가 처음 그의 정비공장을 방문했을 때, 그는 몇 가지 발명을 동시진행으로 하고 있었다. 그 가운데는 수중탐지용 레이더장치의 동작원리가 있었고, 또 가볍고 값싼 구조의 텔레비전 부착 휴대무선기가 있었으며, 탄광의 폐기분탄에서 고무 대용물을 만드는 방법도 포함되어 있었다. 세인트에이메는 그 고무 제조단가가 제품 1파운드당 1센트가 조금 넘는 것을 알았다.

세인트에이메는 기계나 기술을 자세히 아는 사람은 아니지만, 전문적인 지식이 없어도 그들 발명 중 어느 하나라도 실용화된다면 현재 전쟁 중인 조국에 군사용으로 공급해서 막대한 이익을 얻을 수 있다고 충분히 예측할 수 있었다. 다만 그것은 각별한 애국심 때문이 아니고 어디까지나 비즈니스였다. 그는 이익의 50%를 받는 조건으로 자재조달과 시제품 제작에 필요한 자금을 지원하겠다고 제안했다. 최악의 경우 모든 제작물이 발명광의 꿈이었다는 결과로 끝나도 자금투자자가 입는 손실은 그렇게 많지 않을 것이라는 예상이었다.

그는 사업파트너가 되기 위한 계약서를 덱스터와 교환했다. 자금운용에 대해서는 비즈니스로서 확실한 방법으로, 샐러리 대신 은행계좌에서 정기적으로 인출하도록 덱스터에게 지시했다. 만일 세인트에이메가 사망하더라도 그는 발명을 계속할 수 있도록 해주려고 생각했다.

그 목적을 위해 특별히 은행계좌를 만들고 2만 5천 달러쯤 확보해 둘까도 생각했다. 하지만 그렇게 하는 것보다도 보험을 드는 것이 좋다는 것을 알았다. 현금을 준비하면, 만약 덱스터가 정말로 단순한 발명광이거나 또는 단순한 사기꾼일 경우에는 돈을 찾기 위해 소송을 해야 할 것이다. 하지만 보험을 들면 그런 경우에 덱스터에게 한 푼도 주지 않고도 끝난다.

세인트에이메가 생명보험에 들려고 한 것은 변호사가 그렇게 조언했기 때문이었다.

한편 덱스터는 자신을 위해 세인트에이메가 보험에 든 것은 알지도 못했다. 적어도 어제 저녁 덱스터와 전화로 얘기한 맥코메르 교수의 증언에 의하면 그런 것은 몰랐던 것 같다.

덱스터는 세인트에이메에 대해 아무것도 몰랐다. 뉴욕의

어디에 살고 있는지도 모르고, 약혼자에 대해서도 모르고. 그것뿐인가, 결혼을 앞둔 것도 모르는 것 같았다. 세인트에이메가 자신의 차를 빌린 것조차도, 그 말을 듣고 생각해낼 때까지 잊은 것 같았다. 발명에 몰두하고 있어 다른 일은 생각할 여유도 없다고 했다.

"젊은 세인트에이메 말인가요?"

덱스터는 맥코메르가 전화했을 때, 전화 저쪽에서 그렇게 말했다. 귀에 거슬리는 소리가 옆에 있던 나에게까지 들렸다.

"아, 알고 있어요, 교수. 나를 도와주는 남자요. 돈이 많은 친구지요. 젊고 확실하고 머리도 좋은 것 같소. 둘이서 한 재산 벌어보자고 그가 제안해 왔소. 내가 만든 발명을 하나, 완성했을 때는.

아니, 오늘은 그를 만나지 못했소. 살고 있는 곳은 뉴욕 시내의 호텔일 거요. 이름은 잊었지만. 그렇게 말하니, 동행인 여자가 있어요. 그 여자라면 알 거요. 그는 저녁에 전화해서 내 스포츠투어링을 며칠 빌려달라고 했소. 여자와 함께 어디로 간다고 했소.

그런데 교수, 이 전화는 어디서 거는 거요? 코네티컷 북부의 버크셔 힐에서? 내 차가 지나가는 것을 보았소? 차 번호는 XL465-297이오. 그에게 빌려준 차요. 여자가 운전한다고 했소. 내가 아는 것은 그것뿐이오. 설마 나쁜 일이 일어난 건 아니지요? 만약 그에게 어떤 일이 일어났다면 내가 곤란해져요. 아, 미안하지만 난로에 올려놓은 것이 끓어 넘치오. 나머지 얘기는 다시 전화하시오."

거기서 찰칵 소리가 났다. 160킬로미터 떨어진 뉴욕에 있는 세인트에이메의 발명사업 파트너는 전화를 끊은 것이다.

세인트에이메가 살해되었다고 생각되는 시간부터 길게 잡아도 1시간 이내의 일이다. 그의 몸에 무언가 불길한 일이 생긴 것은 아닐까 하고, 막연하게 상상의 영역을 아직 벗어나지 못했을 때이다. 그때 그는 아직 죽지는 않았다. 이렇게도 충분히 생각할 수 있다. 여기에서 1.5킬로미터 정도 떨어진 스월프로드에서, 나이프를 들고 미친 듯이 웃는 작은 남자 코르크스크루를 보면서, 공포를 확실히 의식했는지도 모른다.

그때의 장면이 내 뇌리에 반복해서 떠올랐다. 스월프로드 입구에서 엔진이 고장 나서 어떻게 해서든 다시 시동을 걸려고, 사람의 도움을 빌리려고 황혼 속에 처음 이 집을 찾아왔을 때 일이.

매미 울음소리, 눈앞을 미친 듯이 날아가는 회색 새, 풀이 무성한 도랑에서 들리는 커다란 개구리 울음소리 같은 기분 나쁜 소리, 내가 발견한 모자, 챙이 들쑥날쑥한 파란 모자, 그 모든 것이 머릿속에서 되살아난다. 그 가운데 맥코메르 교수의 머리를 아프게 한 무언가가 있을 것이다. 무언가가 이상하다고 교수는 확실히 의심했다.

그때 이 집에는 교수와 나 두 사람만 있었다. 어디에서 살인사건이 일어났다는 것은 두 사람 모두 아직 몰랐다. 세인트에이메에 대해서 나는 아직 이름도 몰랐다. 코르크스크루라는 범인은 아직 그림자도 형체도 없었다. 그러나 엄청난 스피드로 달려가는 회색 차를 맥코메르 교수는 목격했고 나는 목격하지 못했다. 그래서 교수는 의문을 품었다.

교수가 덱스터에게 전화한 것은 날카롭고 노련한 두뇌에 어떤 추리가 떠올랐기 때문일까? 문제의 차에 대해서 어떤 정보를 확인하고 싶었던 것은 분명하다. 주방 끝에 서서 전화로 이야기하던 그의 모습을 지금도 확실히 기억한다. 정원 작업용 반바지에 모카신(북아메리카 원주민의 뒤축 없는 신) 복장, 흙과 땀으로 더러운 모습인 채 피부가 하얀 가슴에는 얇은 회색털이 보였다. 그는 어깨를 앞으로 기울인 조금 어두운 모습으로 전화기의 송화구 밑의 경사진 메모판에 커다란 은 회중시계를 주의 깊게 놓았다. 그리고 주소록에서 덱스터의 전화번호를 찾고, 나무껍질로 싼 하얀 막대기 같은 팔로 핸들을 돌리며 코네티컷의 교환원을 불러 장거리전화를 부탁했다.

전화가 덱스터에게 연결되자 교수는 깊게 생각하면서 천천히 질문하고, 귀에 거슬리는 상대의 대답을 들으면서 주소록을 계속 보았다. 아마 목격한 차가 덱스터의 것이 아니라는 것을 알았을 경우에 대비해서, 마음 가는 곳의 다른 전화번호를 찾고 있을 것이다. 벗겨진 편편한 머릿속에서 크고 현명한 두뇌를 움직여, 살인에 대해 너무나도 많은 것을 아는 날카로운 파란 눈을 빛내고 있음에 틀림없다.

하지만 교수가 어떤 추리를 하는지 나는 읽을 수 없었다. 적어도 전화를 끊고 돌아온 얼굴이 덱스터로부터 얻은 정보에 만족한 표정을 띠고 있는 것은 분명했다. 하지만 나는 아무것도 읽을 수 없었다. 더구나 세인트에이메의 파트너라는 정비공장 사장과 눈이 붉은 작은 남자 코르크스크루가 어떤 연관이 있는지 짐작도 하지 못했다.

세인트에이메가 어디의 누구와 어떤 관계인지, 나와 아무 관계도 없다. 아무것도 모르는 곳에서 나타났다가 사라진 인간에 지나지 않는다. 여기에서 사건을 처음부터 생각해 보자. 문제의 남자—붉은 눈을 번쩍이는 허니문 동행자—가 언제 처음 등장했는지, 가능한 한 거슬러 추적해 보자.

질문 : (미스 대리에게) 당신과 세인트에이메 씨가 오늘 신혼여행을 가려고 결정한 것은 언제입니까? 세인트에이메 씨는 여행경비를 얼마나 갖고 있었습니까? 당신들의 행선지를 알고 있는 사람이 또 있습니까?
답 : 우리가 결혼하려고 결정한 것은 그저께 점심식사 때였어요. 이니스가 어느 정도 돈을 갖고 왔는지는 확실히 모르지만 적어도 2,500달러는 있었다고 생각해요. 여행 목적지는 아무도 몰라요. 우리도 결정하지 않았으니까요.

그렇다면 그녀와 세인트에이메가 결혼하려고 결심하고, 미스 대리가 나와 만날 때까지 30시간 지난 것이 된다.

그들 두 사람은 그녀의 직장 가까운 작은 레스토랑에서 점심식사를 했다. 옥외의 스페인 식 파티오에서 식사를 하는 가게로, 옆에서는 분수가 물보라를 일으키고 새장의 새가 울었다. 8월의 밝은 햇볕이 내리쪼이는 날로 두 사람이 알게 되고 두 달 가까이 되었다.

세인트에이메는 그때까지 결혼에 대해 그녀에게 말하지 않았다. 그녀도 그때는 아직 결혼은 생각하지 않았다. 아니, 젊은 여자라면 누구나 그렇듯이 언젠가는 할 거라고 의식한 적은 있지만 가까운 장래에 현실이 된다고는 예상하지 않았다. 두 사람은 나이 차가 있고, 사회적인 지위도 차이가 있기 때문이다. 프러포즈 받는다고 해도 1~2년 후에, 그것도 세인트에이메가 그때까지 그녀와 교제를 계속하고 그녀에게 질리지 않을 경우라고 생각했다. 결혼에 대해서 생각한 것은 그때부터였다.

그녀는 세인트에이메 이전에 남자와 사랑한 경험이 없었다. 그야말로 자신의 결혼상대가 될 남자라고는 아직 의식하지 못했다.

그러나 장소는 대도시 뉴욕이다. 시골 도시 스파더스버그가 아니다. 또 세인트에이메는 멍청한 소년도 아니고 결단력 있는 성인 남자다. 뉴욕 전체에서 아니 세계에서 두 사람은 비슷한 처지로 자연히 두 사람의 일만이 모든 것이 되었다. 식사를 하고 영화를 보고 센트럴파크 동물원을 구경하고, 라디오시티 홀에 가고, 페리를 타고 스테이튼 아일랜드에 가서 음악당 콘서트를 듣고 한 여름 동안 뉴욕 거리에서 할 수 있는 여러 가지 일을 함께 했다. 그렇게 하는 동안 세인트에이메는 그녀에 대해 여러 가지를 알게 되었고, 그녀도 또 그에 대해 가능한 한 알게 되었다. 그때부터 서로 이해는 하지만 지금에 이르러서도 편안함은 없었다.

세인트에이메가 갑자기 작은 찻잔을 놓고 둥글게 뭉친 냅킨을 테이블 위에 던졌다.

"결혼합시다."

하얀 이를 보이고 미소 지으며 그가 말했다. 검은 눈동자가 빛나는 눈가에 주름을 만들었다.

"바로 합시다. 오늘이라도."

만나고 아직 얼마 되지도 않았는데 결혼이라니. 하지만 여자는 누구라도 결혼상대의 모든 것을 아는 것은 불가능하다. 알 수 없는 운명의 페이지를 여자는 펼쳐야 한다. 망설이면 모든 것을 잃게 된다.

"네, 기뻐요."

그녀가 대답했다. 가슴이 뛰었다.

결혼약속은 이렇게 이루어졌다. 밝은 여름날 점심식사 후에 새가 지저귀고 분수가 올라가는 파티오에서. 허가를 받을 친척도 없이, 기쁨을 나눌 친구도 없이, 다만 전 세계에서 두 사람만 간단한 말을 나누었을 뿐이다. 지금 순간이 영원히 계속 되기를 빌었다.

세인트에이메가 계산을 끝내고 두 사람은 바로 가게를 나왔다. 도중에 공중전화에서 그녀는 자신의 직장에 연락해 오늘 오후는 사무실에 가지 않겠다고 말했다. 사실은 그전부터 오후는 쉬어도 좋다는 허락을 받아 놓았다. 준비도 계획도

없이 두 사람은 재빨리 시청 건물로 가려고 가까운 지하철역
으로 서둘러 갔다.

하지만 시청 창구에서 뉴욕 주에는 3일법(결혼식을 올리려면 혼인
허가증을 받고 3일 기다려야 한다는 주법)이 있는 것을 알았다. 그러자
세인트에이메는 많은 커플이 그렇게 하듯이 코네티컷 주에
가면 된다고 했다. 뉴욕에 오래 산 사람들조차 코네티컷은,
사랑의 도피를 하는 커플의 천국이라고 생각하기 때문이다.
그 이유는 아마 철도로 뉴욕에서 코네티컷에 들어간 경우,
그리니치가 첫 정차역인데 그 지명이 그레트나 그린을 연상
시키기 때문이 아닐까? 하지만 사실은 코네티컷 주에도 훨씬
이전부터 5일법이 있었다.

세인트에이메도 미스 대리도 그 사실을 몰랐다. 뉴욕 주의
법률을 알았을 때, 코네티컷 주가 갑자기 그의 머리에 떠올
랐을 뿐이었다. 어쨌든 그날 여행을 하기에는 너무 늦어서,
다음 날 하기로 했다. 자동차로 가는 것을 세인트에이메가
생각한 것은 그때였다. 그렇게 하면 그대로 신혼여행을 갈
수 있다. 최종 목적지는 메인이나 캐나다의 몬트리올 부근이
좋다.

세인트에이메는 자신의 차를 동부까지 갖고 오지 않았다.
운전기사는 군대에 갔고, 전쟁으로 가솔린이 부족했던 시기
이기 때문이다. 운전기사 딸린 리무진을 렌터카 회사에서 빌
리는 방법도 있지만, 오히려 덱스터에게 차를 빌려 미스 대
리가 운전하는 것이 좋다고 생각했다.

자신이 차를 운전하지 않는 것은 눈이 나쁘기 때문이라고

세인트에이메는 말하지 않았다. 작은 허영심 때문에, 운전을 배울 시간이 없었다고 간단히 설명했다. 한편, 언제나 할머니의 차를 탔던 미스 대리는 물론 운전을 할 수 있었다. 할머니는 옷의 단추마저 죄 많은 현대문명의 산물이라고 하는 암만파 신도로, 세단 뒷좌석에 타기를 좋아했다. 할머니는 이 고무와 가스시대에도 독특한 검은 밤버진(비단, 무명, 털 따위로 짠 능직) 옷을 입고 두 손을 무릎 위에 놓고 차창 밖을 흘러가는 나무, 집, 전화선 전주, 소떼를 보는 것을 좋아했다.

미스 대리는 차를 운전하는 것을 즐겼다. 처음 뉴욕 시에 왔을 때 3년 유효한 운전면허증을 1달러 50센트 내고 취득했다. 언젠가는 집에서 사용했던 낡은 세단을 갖고 오려고 생각했다. 하지만 그 차는 타이어를 도둑맞고, 그 후 할머니의 유산관리인이 본체를 75달러에 팔았다. 그녀의 차와의 인연은 거기까지였다.

계획이 결정되자 저녁식사 사이에 세인트에이메가 덱스터에게 전화해서 회색 캐딜락 스포츠투어링을 필요한 만큼 사용해도 좋다는 양해를 얻었다. 다음 날 아침, 흑인소년이 덱스터의 정비공장에서 캐딜락을 운전해 미스 대리의 아파트까지 가져다주었다. 소년은 그녀를 태워 거리를 조금 돌고 차에 익숙해지도록 도와주었다.

"인수증을 써줄까? 이름은 세인트에이메가 좋지?"

미스 대리는 소년에게 길의 순서를 물으며 자신이 운전해서 몇 블록 떨어진 정비공장까지 가면서 물었다.

소년은 고개를 저으며 대답했다.

"저는, 이 차를 오늘 아침에 당신에게 갖다 주라는 말만 들었어요. 인수증에 대한 말은 없었어요."

"덱스터 씨는 직접 나에게 갖다 줄 생각이었지만, 바빠서 할 수 없었지."

미스 대리가 소년에게 말했다.

"아주 멋진 차네. 망가뜨리지 않게 조심해서 운전할 테니 걱정하지 마."

"덱스터 씨는 아직 공장에 오지 않았을 거예요."

소년이 말했다.

"언제나 아침은 늦어요. 당신이 기억해야 할 것은 기어시 프트가 핸들 아래에 있다는 것. 손을 밑으로 뻗어 무릎 근처를 아무리 찾아도 기어는 없어요. 당신은 그렇게 운전이 서툴지 않으니 망가뜨리지 않으리라고 생각해요. 그리고 훔치거나 할 사람도 아니라고 생각해요. 훔쳤다고 해도 이 차로는 그렇게 멀리 도망갈 수 없어요. 소방자동차를 훔친 것 같으니까요. 이 클랙슨을 들어봐요."

소년은 차에서 클랙슨 버튼을 눌러 엄청 큰 소리를 냈다.

"이 소리는, 자, 회색 불덩어리가 지나간다! 통행인은 물을 맞지 않도록 모두 옆으로 비켜요! 라고 말하죠."

그는 싱긋 웃었다.

"나도 언젠가 이런 차를 갖고 싶어요. 모두 눈이 튀어나올 정도로 놀라게."

클랙슨 소리를 들었는지 정비공장 출입구에서 기계기름이

찌든 작업복을 입은 키가 작고 머리가 벗겨진 남자가 나타났다.

"미스 버리?"

씻어도 깨끗해질 것 같지 않은 손을 닦으면서 남자가 말을 걸었다.

"덱스터 씨로부터 전화가 왔소. 차가 당신에게 잘 도착했는지. 주소를 틀리게 가르쳐주지 않았는지 걱정했다고. 하지만 틀리지 않은 것 같군."

"저는 대리예요."

미스 대리가 정정했다.

"당신이 덱스터 씨라고 생각했어요. 그분에게 나와 세인트 에이메가 감사한다고 전해 주세요."

"내가 덱스터라고?"

남자는 웃었다.

"나는 거스요. 덱스터 씨는 나보다 배나 몸이 크고, 배나 수수하고, 배나 말이 없는 사람이지. 누가 감사한다고? 새턴 씨? 좋아, 덱스터 씨가 알겠지. 그 사람은 잘 아는 사람이 아니면 차를 빌려주지 않아요. 가솔린은 가득 채웠고, 글로브 컴파트먼트에는 쿠폰도 들어 있소. C권에서 H권까지 있으니 충분히 사용해요. 틀림없이 상당한 거리를 타고 가야 할 테니. 신혼여행 가나요?"

"그런 셈이죠."

미스 대리는 얼굴을 붉히며 대답했다.

"나는 옛날에 끝냈지. 지금 아이가 아홉 명이나 있소. 당신도 나처럼 되는데 그리 오래 걸리지 않을 거요. 행복을 빌겠소."

미스 대리는 차를 운전해서 세인트에이메가 묵고 있는 호텔에 그를 데리러 갔다. 그녀의 직장에서 그리 멀지 않은 다운타운에 있는 프레지던트 호텔이었다. 그다음 세인트에이메가 수표를 현금으로 바꾸기 위해 두 사람은 가까운 은행에 들렀다. 그곳은 미스 대리가 계좌를 갖고 있는 은행이기도 해서, 그녀도 10달러 정도 인출하려고 했다. 그녀는 평소에는 동전 밖에 갖고 다니지 않았다. 현금을 꺼내는 동안, 자동차는 짐을 실은 채 은행 밖에 세워두었다.

다운타운에 있는 은행은 수요일 오전에 손님으로 가득 차는 것이 보통이다. 조금 차이는 있지만. 50명 이상 아니 100명 가까이 있을까? 미스 대리는 세인트에이메와 같이 창구의 카운터에서, 자신의 소액수표에 날짜를 기입하고 서명했다. 엘리너 대리라는 이름을 쓰는 것은 이것이 마지막일지도 모른다니 묘하게 섭섭한 감정을 느꼈다. 그리고 얼마 인출할까 하고 자신의 수표를 끊고 있는 세인트에이메에게 상담했다.

"이니스, 나는 10달러나 15달러 갖고 있으면 되겠어요?"

세인트에이메는 싱긋하고 미소로 대답했다. 많은 돈을 갖고 있고, 그 돈을 사랑하는 여성을 위해 쓸 수 있는 남자의 자랑과 기쁨을 나타내는 표정이었다.

"이제 절약할 것은 없어. 20달러도 좋겠지."

그는 미스 대리의 조심스런 경제관념을 재미있게 생각하는 것 같았다.

갑자기 그가 그녀의 팔에 손을 겹쳤다.

"차는 괜찮을까?"

그가 날카롭게 말하자 미스 대리는 놀랐다.

"차가 어떻다고요?"

은행 로비 창문으로 밖을 보면서 그녀가 되물었다.

"저기 있잖아요."

"아니, 거리를 지나는 남자가 차 뒤에 서서 계속 보고 있었어."

세인트에이메는 불안을 지우듯이 말했다.

"차 안에 손을 뻗은 것처럼 보였어. 하지만 이제 간 것 같아."

"당신, 열쇠를 빼서 가져왔지요? 빼놓는 편이 좋다고 했잖아요."

"가방이 조금 걱정되는군. 덱스터가 생각한 고무소재의 화학식을 쓴 서류를 넣어두었거든. 나도 연구해보려고 생각해서. 어쨌든 이런 전쟁 때에는 누구나 스파이로 보이거든. 그 남자는 그냥 지나가는 사람일 거야. 버스정류장에 가는 길이겠지. 하지만 당신이나 나나 누가 짐을 신경 쓰자고. 만일에 대한 대비야."

미스 대리는 자신의 수표도 세인트에이메에게 맡기고 창가로 가서 차를 감시했다. 그의 수표금액이 어느 정도인지 그때 그녀는 보지 못했다. 100달러 정도일 거라고 생각했다. 창구의 손님 줄에 서서 세인트에이메가 돌아서, 그녀에게 미소를 보내는 것이 보였다. 뭔가 말하려는 것 같았다. 밖에는 은행경비원이 두 사람의 차를 자세히 보고 있다. 늠름하고 신뢰할 수 있는 경비원이었다. 그래서 그녀는 잠시 로비의 창에서 눈을 떼어도 괜찮을 거라고 생각했다. 세인트에이메 옆으로 가자 마침 창구담당이 50매의 현찰을 세었을 때였다.

"경비원에게 차를 감시해달라고 부탁했어."

그가 말했다.

"자, 이제 준비는 됐어."

창구담당이―머리카락이 모래색인 묘하게 눈이 불안정한 젊은 남자로 그녀가 직장의 돈이나 자신의 적은 급여를 입금 하러 왔을 때에 한두 번 인사를 한 남자가 틀림없다―창구 안에서 우울하게 끄덕였다.

"50달러짜리 50매입니다."

남자가 말했다.

"안녕하세요, 미스 대리. 새로운 출발을 하는군요. 행복을 빌겠어요."

그녀는 얼굴이 뜨거워졌다. 덱스터의 정비공장에서 거스라 는 남자가, 아이가 아홉 명 있다고 이야기했을 때 느낀 것과 같은 부끄러움이었다. 세인트에이메의 팔을 잡고 은행을 나 와 차로 향했다.

"당신과 결혼했다고 알고 모두 재미있다는 눈으로 보기 때 문에 싫어요. 이니스, 당신이 말해서 그래요. 정말 결혼할 때 까지 잠자코 있으면 좋겠어요."

세인트에이메는 눈가에 주름을 만들며 웃었다.

"저 은행원에게 아무 말도 하지 않았어. 뭔가 느낌이 작용했겠지. 묘하게 눈이 불안정한 남자라고, 당신이 말한 것은 그를 말한 거야? 젊은 소여라고? 깜박 잊었어. 예의 바른 젊은이군. 신혼여행에서 돌아오면 우리와 함께 쇼라도 보고 식사를 해도 좋아. 다른 젊은 여자도 같이."

"왜요?"

미스 대리는 놀랐다.

"나는 그 사람과 이야기한 적도 거의 없어요. 창구의 명찰도 잘 보지 않아서 이름도 몰라요. 그런 사람과 같이 왜 쇼를 보고 식사를 해야 하지요?"

"나는 당신에게도 또래의 친구가 있는 것이 좋다고 생각했을 뿐이야."

세인트에이메는 부드럽게 대답했다.

"사교생활은 중요해. 나와 결혼해서 인생이 끝났다는 생각을 하지 않았으면 해. 하지만 저 남자를 좋아하지 않는다면 무리할 필요는 없어."

"그가 싫은 것은 아니에요. 다만 나와 관계없는 사람일뿐이에요."

"물론 그렇지."

세인트에이메는 끄덕였다.

은행 문을 나왔을 때, 그는 현금에서 한 장을 꺼내 미스 대리에게 주고 나머지를 지갑에 넣고, 두꺼운 지갑을 가슴 주머니에 넣었다.

"그것은 당신 핸드백에 넣어둬."

"50달러나요?"

미스 대리는 기쁜 나머지 큰소리를 냈다. 통행인이 한두 명 뒤돌아보고 그녀의 행복한 얼굴을 보았다.

"내 수표는 20달러였는데."

"너무 소액이라 그 청구서는 찢어버렸어."

세인트에이메는 조금 진절머리가 난 듯했다.

"이제 당신 돈은 내지 않아도 돼. 상관없으니 그것을 써."

"하지만 이런 큰돈으로 뭘 사면 좋지요?"

미스 대리는 소중하게 돈을 넣으면서 말했다.

"이런 돈은 지금까지 가져본 적이 없어요."

"그래?"

세인트에이메는 웃었다.

"뭘 사면 좋을까라니? 가끔 월도프에서 혼자 점심을 먹거나 이상하게 생긴 모자를 사. 이상하게 생긴 모자는 얼마나 할까?"

"모자 같은 건 그렇게 비싸지 않아요."

두 사람은 행복을 느끼며 서로 마주보고 웃었다. 50달러를 큰돈이라고 생각하는 미스 대리의 순진함에. 여자의 모자 가격이 얼마인지도 모르는 세인트에이메의 무지에.

보도를 지나자 차 옆에는 아직 경비원이 있었다. 두 사람은 차에 탔다. 차에 손댄 사람은 아무도 없는 것 같았다. 없어진 물건은 없었다. 경비원은 두 사람을 보고 웃었다. 부와 젊음과 아름다움과 걱정 없는 기쁨이 그들에게 넘쳤다. 태양빛이 눈부신 여름날이었다. 세계는 두 사람 앞에 펼쳐져 있다. 반짝이는 회색 대형차의 천장을 내리고 붉은 시트에 편안히 앉아 여행을 출발하려고 했다. 경비원은 분명히 두 사람을 부러워하고 있다. 가능하면 자신도 함께 타고 같이 세계의 끝까지 가는 것을 생각했을 것이다. 하지만 경비원에게는 자신의 일이 있다. 은행 강도 등의 범죄를 미연에 방지하도록 감시해야 한다. 때문에 은행에서 벗어날 수는 없었다. 예를 들어 함께 갈래요, 하고 두 사람이 유혹한다고 해도.

경비원은 싱긋 웃고 가볍게 끄덕인 후, 경비를 재개하려고 갔다.

세인트에이메는 도대체 얼마나 돈을 찾았을까? 그 금액을 몰래 계산하고 있던 미스 대리는 몇 블록 지난 곳에서 그 액수를 드디어 알았다. 50달러짜리 50매는—2,500달러다. 이미 갖고 있는 돈이 얼마인지는 모르지만, 적어도 이만큼 돈을 지갑에 갖고 있다. 아니 그녀에게 준만큼 액수가 적을 것이다. 어쨌든 그녀에게는 놀라울 정도로 큰돈으로, 며칠의 생활비로 주머니에 넣고 다니기에는 너무 많다. 예를 들어 여행기간이 한 달 이상이 된다고 해도.

하지만 세인트에이메의 금전감각은 틀림없이 그녀와 규모가 다르다. 여러 일에 관한, 가치관의 차이에 지금부터 익숙해져야 한다. 지금까지 갖고 있던 작고 좁은 생각은 변할 수밖에 없다.

미스 대리는 이미 오전 이른 시간에 직장에 전화해서 이전부터 허가받은 장기휴가 사용이 아직 유효하다면 오늘부터 사용하고 싶다는 내용을 전했다. 하지만 무엇 때문에 사용하는지는 말하지 않았다.

어제 오후 시청에서 실망을 맛보았기 때문에 아무에게도 말하지 않은 게 좋았다고 안심했다. 아마 그녀의 마음 깊은 곳에서, 무언가 예기치 못한 일이 일어나 두 사람이 가는 길을 방해하지 않을까 하는 불안감이 작용했을 것이다. 그녀와 세인트에이메의 앞길을 방해하는 존재가 있는 것은 아닐까 하는, 형태 없는 희미한 예감이 있었는지도 모른다.

그때 그런 예감이 있었는지도 모른다고 그녀는 나중에 생각했지만, 확실하게는 말할 수 없었다고 했다. 어쨌든 그녀는 여행을 아무에게도 알리지 않았고, 세인트에이메도 누군가에게 알려야 할 필요는 없다고 했다. 두 사람이 여행가는 것을 아는 사람은 정비공장 사장 덱스터와 차를 가져다 준 흑인소년과 정비기사 거스뿐으로 그 밖에는 아무도 없었다. 두 사람의 여행 목적지가 어디인지, 어떤 경로로 갈지는 덱스터도 흑인소년도 거스도 알지 못했다.

그들 자신도 몰랐다. 여행일정은 아무것도 결정하지 않았다. 어쨌든 차를 출발시켜 그랜드 콘코스에서 브롱크스 리버 파크웨이를 지나 북동쪽으로 가는 도로를 적당히 선택해 갈 뿐이다. 코네티컷이 신이 결정한 장소라는 것을 믿고, 두 사람 가운데 누구든 마음에 드는 길을 선택해 갈 뿐이었다. 오늘은 자동차가 적어서, 도로를 거의 전세 낸 것처럼 여행을 계속했다. 마주 오는 차를 몇 대 만났고, 그들이 가는 방향으로 가는 차도 몇 대 있었다.

만약 그 은행에서 창구 손님의 줄 가운데 세인트에이메의 뒤에 있던 누군가 그가 큰돈을 인출한 것을 훔쳐보고 몰래 뒤를 쫓아왔다면, 그 누군가는 눈에 보이지 않는 자동차에 타고 쫓아 온 것이 된다. 연기처럼 흐리고 유리처럼 투명한 차에 타고 있어야 한다. 어쨌든 햇빛이 비치는 콘크리트 고속도로가 몇 킬로미터나 계속되는 동안에도, 물결치듯 구부러진 그늘진 머캐덤(쇄석을 아스팔트 또는 피치로 굳힌 것) 길인 샛길을 달리는 사이에도 다른 자동차는 한 대도 시야에 들어오지 않았다.

두 사람은 뉴욕 주 경계를 벗어나기 전에, 길가의 식당에서 늦은 점심식사를 했다. 물레방아 위에 증축한 가게로 경치가 좋은 저수지에 있었다. 다른 손님이 한 명 있었다. 머리가 벗겨진 이가 없는 노인으로 두 사람에게서 멀리 떨어진, 이야기 소리도 들리지 않는 구석자리를 차지하고 있었고, 부드러워 보이는 음식을 우적우적 먹고 있었다. 그들에게는 아무런 관심도 보이지 않는 것 같았다. 미스 대리가 잘 기억하는 것은 아무래도 묘한 풍채의 노인이었기 때문이고, 거기에 그녀는 언젠가 당신도 저런 식으로 될 거라고 말해 세인트에이메를 괴롭혔다. 저렇게 되어도 나에게 사랑받고 싶어요? 하고 묻기도 했다. 그녀가 두 사람이 나이 먹는 것을 말한 것은 농담이었다. 나이를 먹는 것은 다른 사람에게 일어나는 것으로 자신들에게는 있을 수 없는 일이었다. 언제까지나 밝은 여름 해 속에서 계속 사랑하고 오늘이 영원히 계속되는 것으로 생각할 수밖에 없었다.

하지만 세인트에이메는 조금 심각하게 받아들인 것 같았다. 당신 눈에는 내가 나이 들어 보이나? 하고 되물었다. 미스 대리의 눈에는—물론 그에게 정직하게 말하지 않았다—처음 만났을 때부터 그녀보다 훨씬 연상으로 보였다. 눈초리에 주름이 있을 뿐만 아니라 오래 살아온 남자의 인생경험이나 인간으로서의 깊이가 몸에 배어 있었다. 하지만 그때의 그녀는 이미 나이 차이 등은 잊었다. 완전히 잊고 있었다. 노인을 계기로, 그녀의 농담이 두 사람 사이에 한순간, 그림자를 던졌다. 밝은 태양빛이 조금 어두워진 기분이었다. 다리 밑의 물레방아의 물소리가, 묘지에 내리는 빗소리 또는 슬픈 사람이 우는 소리처럼 들려왔다. 테이블을 끼고 두 사람 사이에 눈에 보이지 않는 어두운 그림자가 찾아왔다. 사실은 그녀도 알고 있었다. 자신도 또 어느 날인가 나이 먹는다는 것을. 그리고 그날이 올 때에는 이미 세인트에이메가 없을지도 모른다고. 다만 그날이 얼마나 빨리 찾아올 것인지, 그녀는 알 수 없었다.

노인은 먼저 식당을 나가서 자신의 차를 타고, 두 사람과는 다른 방향으로 갔다. 거기부터 뒤를 쫓아오는 사람은 없었다.

코르크스크루는 아직 그들 주위에 없었다.

코네티컷 주 경계를 넘어 댄버리에 도착한 것은 오후 3시

30분이 지났을 때였다. 하지만 그곳에서 5일법이 있는 것을 알았고, 더 북쪽에 있는 매사추세츠 주에도 3일법이 있는 것도 알았다. 곧 결혼할 수 있는 가장 가까운 곳이라면 버몬트 주 밖에 없다는 것을 알았다.

작은 아이스크림 가게에 들어가 자리에 앉아 두 사람은 이야기했다. 그날 안으로 버몬트에 도착하기에는 이미 늦었다. 미스 대리의 가슴은—아마 세인트에이메의 뇌리에도 마찬가지로—무언가 좋지 않은 것이 기다리는 예감에 휩싸였다. 눈에 보이지 않는 어떤 손이 가는 곳에 나타나서 방해하는 기분이 들었다.

이대로 돌아간다면 신혼 기분은 완전히 사라질 것이다. 신혼 기분은 두 번 다시 돌아오지 않기 때문이다. 하지만 두 사람은 초조한 마음에, 몇 번이나 돌아가려고 생각했다. 며칠 또는 몇 주 아니면 영원히 연기하는 것도 방법이다. 내일 결혼한다고 해도, 오늘 밤을 호텔에서 보내는 것을, 그녀는 상상도 할 수 없었다. 그리니치빌리지에서 혼자 생활을 시작했지만, 그녀는 그렇게 개방적인 생각을 갖지 않았다. 언제나 마음에 깃들어 있는 것은, 암만파 신도였던 할머니의 엄격한 규율과 도덕을 중요시한 가르침이었다.

호텔에 묵는다는 생각은 세인트에이메도 그다지 마음에 들지 않는 것 같았다. 그에게도 자제심이 있고, 흘러가는 대로 하룻밤을 함께 보낸다는 것을 좋아한다고는 생각하지 않았다. 호텔 프런트에서 숙박수속을 하는 것을 상상하는 것은 유쾌하지 않았다. 부부처럼 행세하거나 또는 각각의 이름으로 따로 방을 잡아야 할 것이다. 어느 방법이든 로비의 손님들이 힐끗힐끗 보고, 벨보이는 싱글싱글 웃고, 프런트 담당은 숙박부를 들고 탐색하는 눈으로 두 사람을 보면서 이름을 읽을 것이다.

아이스크림 가게의 칸막이를 한 테이블에서 세인트에이메는 햇볕에 탄 손가락으로 테이블을 두드리면서 생각했다. 돌아가는 게 좋을까요? 하고 미스 대리가 제안한 것이 그를 우울하게 만든 것 같다.

세인트에이메는 하얀 이를 보이고 얼굴을 빛냈다. 문득 존 R. 뷰캐넌 씨가 생각났다고 했다. 뷰캐넌 씨는 철강왕으로 불리는 사업가로, 대통령의 개인적인 조언자로 전국에 알려진 사람이다. 그 사람이 소유한 피서용 별장이 버몬트 주의 경계인 벌링턴에 있다. 존 R. 뷰캐넌 씨는 세인트에이메의 부친의 친한 친구로, 그가 약혼자와 같이 방문하면 기쁘게 맞아줄 것이 틀림없다고 했다.

하지만 지금부터 벌링턴에 있는 뷰캐넌 씨의 별장으로 가면, 도착하는 것은 오전 1시나 2시가 되어 집 전체가 잠들어 있을 것이다. 오히려 서두르지 않고 천천히 가면—도중에 경치 좋은 야외에서 저녁식사를 하고, 가는 길에 있는 피츠필드에서는 런치 왜건(이동식 간이 식당)을 찾아서 커피라도 마시고 가면—뷰캐넌 씨 집에 내일 아침 6시나 7시경에 도착할 것이다. 그 시간이면 사용인도 일어나 있을 것이다. 저택 안에 들어가서는 아무에게도 방해받지 않고 잠을 자면 된다.

존 뷰캐넌 씨는 아마 잠을 재워줄 뿐만 아니라 두 사람을 위해 멋진 결혼 축하파티를 열어줄지도 모른다. 세인트에이메가 또 생각한 것은, 그린 산의 호수 가까이에 있는 뷰캐넌 씨 소유의 통나무집이었다. 몇 년 전, 결혼식을 하루 앞두고 죽은 자신의 딸을 위해 지은 통나무집으로, 꿈처럼 멋진 곳이라고 했다. 뷰캐넌 씨는 세인트에이메의 아버지 레프티 세인트에이메에게 자네 아들 이니스가 결혼할 때에는 신부와 함께 통나무집의 첫 사용자가 되라고 권했다.

세인트에이메는 그 일을 완전히 잊고 있었다. 뷰캐넌 씨가 권했을 때, 그는 결혼을 꿈에도 생각지 않았기 때문이다. 하지만 미스 대리가 말했듯이 눈에 보이지 않는 무언가가 가는 길을 방해하는 기분이 드는 지금, 뷰캐넌 씨의 별장과 산속의 멋진 통나무집에서 허니문을 보내는 것이 처음 머리에 떠올랐다.

세인트에이메는 주머니에서 지도를 꺼내 테이블 위에 펼쳤다. 두 사람은 지금부터 갈 길을 손가락으로 더듬으며 도시에서 도시로 거리를 측정했다. 그렇게 먼 거리가 아니라서, 피곤한 여행은 아닐 거라고 생각했다. 차를 천천히 운전하고 도중에 몇 번 휴식하면 마지막에는 침대에서 푹 잘 수 있다. 세인트에이메의 열광적인 제안을 듣고 미스 대리도 다시 기분이 밝아졌다. 갑자기 길이 열린 듯해서 그때까지 막연했던 결혼을 위한 여정이 확실한 형태를 갖게 되었다. 집으로 돌아가려는 생각을, 그녀는 드디어 마음에서 떨쳐버릴 수 있었다.

지금부터는 모험 같은 여행을 하자고 두 사람은 결정했다.

피크닉에 필요한 먹을 것을 댄버리에서 사고, 중간의 아름다운 장소에서 저녁식사를 한다. 수영할 수 있는 조용한 호숫가가 좋을 것이다. 식사 후에는 불을 피우고, 밤이 깊으면 빛나는 별을 보고, 장작이 다 타면 드디어 일어나 출발한다. 따뜻한 밤기운에 싸여, 산속을 천천히 빠져나와 조용히 잠들어 있는 작은 마을로 들어간다. 런치 왜건의 불빛을 찾아 커피를 마시고 여행을 계속한다. 결국 밤의 어둠이 희미해지고 붉은 새벽이 가까워져 온다. 그리고 머지않아 목적지에 도착하는데 두 사람은 기쁨에 넘쳐 피로도 느끼지 않을 것이다. 팬케이크와 버몬트 시럽과 소시지로 아침을 먹고, 침대에서 휴식할 수 있다. 잠을 잔 후에는 뷰캐넌 씨 저택의 넓은 거실에서 결혼식을 올린다. 꽃을 장식한 오르간이 연주되고 웨딩케이크가 준비된다. 아마 뷰캐넌 부인이 대대로 물려받은 의상을 빌려줄 것이다. 뷰캐넌 씨가 미스 대리의 아버지 역할을 해 줄 것이다. 그 밖에도 젊은 여자가 꿈꾸는 결혼식을 위해 무엇이든 해 줄 것이다. 예를 들어 그녀에게 친척이 한 명도 없고, 혼수 준비도 장래 계획도 아무것도 없는 충동적인 결혼이라고 해도. 식이 끝나면 둘이서 산으로 들어가 천국과 같은 호반의 통나무집으로 간다.

이렇게 해서 신혼여행이 시작되고 행복한 나날을 보낸다. 눈에 보이지 않는 운명에 방해받는 일 없이······.

하지만 세인트에이메가 몰랐던 사실이 있었다. 그가 전혀 모르는 사실이. 존 R. 뷰캐넌 씨 소유의 벌링턴 교외의 별장을 그가 생각한 것은 완전히 우연이었기 때문이다. 그가 젊은 약혼자를 데리고 가려는 별장이, 사실은 이미 죽은 인물의 집이라는 사실은 생각만 해도 오싹하다. 어제 오후, 두 사람이 댄버리의 작은 아이스크림 가게에서 즐거운 계획을 이야기한 그 시간에—물론 전혀 관계없는 사건이지만—벌링턴에 위치한 거대한 별장의 조용한 방에서, 내가 들고 있는 칼 아래에서 뷰캐넌 씨는 죽어가고 있었다.

세인트에이메와 미스 대리는 작고 어두운 아이스크림 가게를 나와, 바로 옆에 식품체인점이 있는 것을 발견하고 그곳에서 저녁식사용 먹을거리를 샀다.

처음으로 함께 쇼핑을 하는 것이 기뻤는지 세인트에이메는 눈에 뜨이는 것을 닥치는 대로 샀다. 미스 대리가 보기에는, 둘이서 먹어도 한 달은 충분히 먹을 양이었다고 한다. 절약하는 습관이 있는 그녀는, 더 이상 사지 못하게 할까도 생각했다. 생활필수품을 구입할 때 필요한 배급수첩은 핸드백 안에 있었다. 호텔이나 레스토랑에서 사치스러운 생활을 하는 세인트에이메는 이때 그녀가 자신의 배급수첩을 사용하려고 꺼낼 때까지 그런 것을 사용한 경험이 없고, 치즈나 케첩을 구입하려면 배급수첩이 필요하다는 것을 알고는 놀라는 표정이었다.

배급수첩에 관한 거라면 모를 수도 있다. 하지만 그것만이 아니었다. 여러 가지 것을 생각하면, 세인트에이메는 일상사에서 모르는 것이 너무 많았다. 예를 들면 도로 경계석이 도로보다 조금 높은 것을 모르고 발이 걸리거나, 또는 집의 거실에 놓여 있는 무릎방석이 평소와 다른 장소에 있으면, 그는 그것을 알지 못했다. 사소한 일이지만, 그의 주의력에서 완전히 제외되어 있는 일이 많았다. 마치 눈을 감고 있는 것 같았다.

결혼에 대해서 뉴욕 주의 법률을 모른 것도 그 하나다. 덱스터의 가솔린쿠폰으로 얼마나 주행할 수 있을지, 예측하지 못하는 것도 그 하나다. 처음부터 여행계획을 세우지 않은 것도 그렇다. 약혼자를 데리고 가겠다고, 댄버리에서 존 R. 뷰캐넌 씨 저택으로 전화하지 않은 것도 그 하나다. 물론 배급수첩에 대해 모르는 것도 그 하나다.

그리고 나중에 코르크스크루가 등장했을 때, 불안을 전혀 느끼지 않은 것도 그의 주의력이 결여되어 있기 때문이다. 정말 맹목적이다. 물론 그는 눈이 나빠서 코르크스크루의 외모를 잘 보지 못했을 것이다. 이런 것들을 종합해 생각해보면 그에게는 기묘하게 둔한 면이 있다. 즉 정신적으로 부족한 남자라는 것을 알 수 있다. 다만 사업적인 면에서만은 완벽한 지력을 발휘하는 남자다. 때문에 금전 면에서는 뛰어난 게 틀림없다. 물론 그런 사람은 많이 있다.

식품점 맞은편에 10센트 물건을 파는 잡화점이 있다. 두 사람은 먹을 것을 차에 실은 후에 그 가게에 들어갔다. 그들은 핫케이크용 팬, 커피포트, 종이컵, 접시, 냅킨, 통조림따개, 나무 스푼을 샀다. 그리고 1달러 15센트 하는 빵 자르는 나이프를 샀다.

손잡이가 빨갛고 톱날 모양 칼이 붙은 30센티미터나 되는 나이프였다.

두 사람이 작고 어두운 아이스크림 가게에서 지도를 펼치고 길 순서를 결정하고 시간을 계산할 때, 코르크스크루가 그 장소에 있었을 수도 있다. 바로 옆 칸막이한 자리에 있었는지도 모른다. 초콜릿 아이스크림을 두꺼운 입술로 핥으면서, 깜박이지 않는 붉은 눈으로 스푼을 보거나 찢어진 귀를 가끔 손가락으로 당겼는지도 모른다. 그가 아이스크림을 좋아하지 않는다고는 누구도 말할 수 없다.

그 남자가 인간이 아닐 리 없다. 어떤 동물이라도 호흡하고 먹고 자야 하기 때문이다. 세인트에이메와 미스 대리는 댄버리에서 먹을 것을 사서 회색 캐딜락에 실었는데, 설마 그것을 노리기 위해 악마적인 살인을 계획했다고는 생각할 수 없다.

물론 나는 단언할 수 없다.

그 남자의 외모를, 나는 내 외모만큼 잘 알고 있다. 아니 그 이상 알고 있을지도 모른다. 신장, 체중, 나이, 눈과 머리카락 색, 이의 숫자까지 알고 있다. 어떤 것을 입고 있는지도 자세히 알고 있다. 그의 교육 정도도 이웃집에서 태어나 자란 듯이 잘 알고 있다. 그의 이야기하는 목소리도 안다. 작은 습관까지 알고 있다. 다만 어디에서 온 남자인지는 모른다. 그리고 그의 이름도 모른다.

사실 나는 지금까지 그를 본 적이 없다. 하지만 오늘 밤이 끝나기 전에 그를 만날 거라고 확신한다. 내 바로 가까이 있는 게 틀림없다. 거의 확실하다. 이미 알고 있다고 해도 좋다. 어떻게 그렇게 알 수 있냐고 물으면 할 말은 없다. 그 차가운 예감은 나에게 알려준다. 내가 그를 찾아야 한다고.

세인트에이메와 미스 대리 두 사람이 그를 처음 본 것은 댄버리를 나오자마자 바로였다. 그는 도로 옆에 서서 엄지를 세우고 두 사람의 차를 세웠다. 그때가—내가 아는 한—이 남자가 처음으로 사람의 시야에 들어왔을 때였다. 그가 모습을 나타내고 실체를 가진 순간이었다.

나이는 마흔다섯 살 정도. 신장은 160센티미터. 지저분하고 불쾌한 얼굴에는 수염이 눈 바로 아래까지 무성하게 자라 있었다.

코는—특별히 특징은 없는데—작고 낮았다. 백발이 섞인 헝클어진 머리카락은 오소리 털로 만든 면도솔처럼 뻣뻣하고 길었으며 귀에서 목덜미까지 깎여 있다. 무딘 가위로 서투르게 자른 것 같았다. 왼쪽 귀는 찢어져 있다. 이빨에 물렸을까? 그 탓으로 앞에서 보았을 때, 얼굴이 일그러진 인상을 주었다—뭐가 빠져 있는가를 알 때까지 왠지 뭔가 부족한 것 같은, 순간적으로 사람을 당혹시키는 인상이었다. 이와 이 사이가 넓고 더구나 웃을 때에는 날카로운 이 끝이 보였다.

낡고 더러운 파란 모자를 쓰고 있었다. 모자의 챙이 톱날처럼 들쑥날쑥한 형태로 잘라져 있었다. 더러운 흑백 줄무늬 스포츠 재킷을 입고 있었다. 싸구려 천으로 만든, 등에 벨트가 붙어 있는 형태의 옷으로 양 팔꿈치 부분이 닳아서 구멍이 나있었다. 그것도 단추가 하나도 없었다. 마치 검소한 주부가 단추를 모두 떼어내고 그에게 준 것처럼 보였다.

색 바랜 녹색 폴로셔츠를 단추를 하나도 잠그지 않고 입었다. 색은 완전히, 라고 해도 좋을 정도로 바래 있었다. 10센트 가게에서 파는, 녹색과 빨강이 화려한 넥타이를 느슨히 매고 있었다. 셔츠의 두 번째 단추 주위까지 내려뜨리고 있었다―그가 입고 있는 것 가운데 신품이거나 더럽지 않다고 생각되는 것은 넥타이뿐이었다. 천이 두꺼운 코듀로이 바지는 허리 부분이 너무 컸다. 그리고 그의 다리에 비해 너무 길어서, 위에서 아래까지 주름이 잡혀 있어, 아코디언의 주름상자처럼 보였다. 또는 그런 식으로 다리가 뒤틀려 보이는 것이 와인의 마개를 여는 스크루 부분 같기도 해서, 하반신 전체가 묘하게 불안정해 보였다.

이름을 붙인다면 용모의 특징으로 보아 '붉은 눈', '찢어진 귀', '톱날 이' 등이 어울릴지도 모른다. 하지만 무엇보다도 다리 형태 때문에 로젠블랏 경감은 임시 별명으로 코르크스크루 다리, 또는 간단히 코르크스크루라고 이름 지었다. 진짜 이름이 밝혀질 때까지 사용할 생각으로.

그는 늦은 오후의 햇빛을 등지고 서 있었다. 작은 회색 물건을 팔로 감싸고 있었다. 그것이 무엇인지는 바로 옆에 가까이 갈 때까지 세인트에이메와 미스 대리는 알지 못했다. 그 밖에는 아무것도 갖고 있지 않았다. 자루나 봉투 같은 것도 손에 들지 않았다.

두 사람의 차가 가까이 다가가자 그는 웃으면서 엄지를 세웠다. 그야말로 보통 작은 남자에 지나지 않았다. 드디어 막이 오르고 그는 짧고도 무서운 출연을 했다.

그들이 탄 차가 가까이 오는 모습이 눈에 떠오른다. 여름의 목초지 또는 숲으로 덮인 구릉지를 좌우로 보면서, 늦은 오후의 햇빛을 받으며 엘리너 대리와 이니스 세인트에이메가 고속도로를 달려온다. 붉은 가죽 좌석을 갖춘 차가, 천장과 프런트 글라스를 내리고 회색 차체를 번쩍이며 하얀 선이 들어간 타이어를 소리 내며 온다.

풍부한 돈과 행운을 거머쥔 기쁨에 넘치는 두 사람이, 여름 해 아래를 나비처럼 날아온다. 결혼과 허니문 그리고 그 후에 영원히 계속될 행복을 찾아서 오고 있다. 미스 대리의 짙은 갈색 머리가 바람에 날리는 모습이 나에게 보인다. 그녀가 자랑스럽게 턱을 앞으로 내밀고 차를 운전할 때에 꼭 필요한 하늘색 테 안경을 통해서 전방의 도로를 주시하는 모습이. 하얀 여름코트 앞을 열고 청자색 드레스 깃을 바람에 날리며 핸들을 쥔 왼손에는 어젯밤 세인트에이메가 준 커다란 에메랄드 반지가 빛나는 모습이 나에게 보인다. 그녀 옆에는 세인트에이메가 앉아 있다. 햇볕에 탄 얼굴에 하얀 이를 보이며 미소 짓고 바람을 향해 조금 머리를 기울이고 있다. 눈까지 내려 쓴 챙이 넓은 고급 파나마모자를 한 팔로 누르고 있다. 보라색이 들어간 회색 캔버스 천 양복에 싸인 팔은 엘리너의 어깨 뒤로 돌려, 좌석 등받이 위에 놓고 있다. 손목에는 하얀 실크셔츠 소매가 조금 보이고, 사랑매듭 형태의 골드 커프스버튼이 보인다. 손가락에는 무늬 조각이 새겨진 피렌체 스타일 금반지가 빛나고 있다.

아니, 다르다. 그는 보르지아 가의 독약을 넣은 반지를 생각나게 하는 것을 언제나 오른손에 끼고 있었다고 한다. 물론 반지는 파나마모자를 누르고 있는 손에 있다. 그 반지도 아직 발견하지 못한 물건의 하나다. 하지만 그때의 그의 몸에는 당연히 오른손에 끼어 있었다. 그 손의 손가락에 그는 반지를 끼고 있었다. 그리고 그 손으로 모자를 누르고 있었다.

그들 두 사람이 그 길을 왔을 때의 정경을 내가 생각해 묘사한다면 이렇게 된다. 코르크스크루도 그 도로 옆에 서서 이것과 같은 정경을 목격했음이 틀림없다.

두 사람은 서둘러 운전하지는 않았다. 전시(戰時) 제한속도 범위 안에서 천천히 달렸다. 바람과 햇빛을 즐기고, 계속되는 녹색 산의 풍경을 즐기면서 달렸다. 버몬트 주에 들어갈 예정 시간까지 아직 충분히 여유가 있다. 넓은 콘크리트 도로는 직선으로 계속 되었다. 저 멀리 남자가 보였다. 잠시 후, 남자를 보면서 가게 된다. 그렇게 긴 시간은 아니었을 것이다. 처음 남자를 봤을 때, 남자와의 거리가 1.6킬로미터 정도였다면 만나기까지는 2분 정도 걸렸을 것이다. 800미터라고 해도 1분은 여유가 있었을 것이다. 하지만 두 사람 모두 유턴해서 돌아가려고 생각하지 않았다.

물론 그만큼 거리가 있어서, 남자의 외모가 자세히 보이지 않았을 수도 있다. 남자 바로 옆에 차를 세웠을 때도 외모를 자세히 보지는 않았을 것이다. 그뿐인가, 남자가 차에 탔을 때마저, 미스 대리는 아직 남자의 모습을 상세히 본 것은 아니었다. 그녀가 남자를 자세히 관찰한 것은—무의식중에—뒷좌석에 앉은 남자가 백미러에 문득 보였기 때문이었다. 그리고 그 잔상은, 숲에 싸인 '죽은 신랑의 연못' 주위에서 숨이 멈출 정도의 공포의 시간을 보냈을 때, 그녀의 마음에 생생하게 되살아났다. 세인트에이메 역시 눈이 나쁘기도 해서 코르크스크루의 외모까지 자세히 관찰하지는 않았다.

하지만 이 인물이 상식을 벗어날 정도로 기분 나쁜 외모를 한 작은 남자라고 알만한 시간은, 두 사람 모두 충분히 갖고 있을 터였다.

기분 나쁜—이 한마디가 엘리너 대리가 처음 이 남자를 보았을 때 느낀 인상이었다. 불결한 남자의 모습에 속으로 오싹했다고 한다. 소름이 돋았다고 했다. 다만 첫 인상은 공포와는 달랐다. 적어도 그녀는 자신이 받은 인상이 공포라고는 생각하지 않았다.

"보여요, 이니스?"

그녀가 큰소리로 말했다.

"저기 서 있는 이상한 남자!"

이니스는 바람에 펄럭이는 모자 챙 밑에서 앞을 보았다.

"저 남자, 어디가 이상하지? 흔히 있는 부랑자 같은데."

"어디라니요? 전부 이상해요!"

미스 대리가 흥분해서 대답했다.

"아무리 부랑자라고 해도 저건 지나쳐요! 봐요, 이니스, 저 남자 싱글싱글 웃으면서 우리에게 엄지를 세우고 있어요. 믿을 수 없어요! 우리가 차를 세우고 태워줄 거라고 생각할까요?"

"뭔가 팔려는 걸까?"

세인트에이메는 그다지 마음에 두지 않고 말했다.

"묘하군! 이상한 것을 손에 들고 있어. 뭐지? 회색 넝마처럼 보이는데 붉은 부분도 있고—."

"새끼 고양이에요! 회색 털의 새끼고양이! 빨갛게 보이는 것은 고양이 입이에요!"

미스 대리는 액셀러레이터 페달에서 이미 다리를 떼었다. 그러나 아직 차를 세우려고 생각한 것은 아니었다. 하지만 남자가 손에 들고 있는 것에 시선을 뺏겨, 슬픔과 혐오감이 섞인 기분이 된 것은 사실이었다. 오싹한 공포의 감정이라고 해도 좋다.

"아, 지독해! 저 새끼고양이 많이 다쳤어요."

세인트에이메는 갑자기 손을 앞으로 뻗어 이그니션을 껐다. 엔진이 정지하고 차는 멈추었다. 바로 옆에 눈이 붉은 작은 남자가 서서 기다리고 있었다.

그때의 세인트에이메는 남자의 얼굴에 기억이 없는 것 같았다. 나중에 생각나는 일도 없었다. 남자의 얼굴을 잠깐이라도 본 기억조차 없는 것 같았다. 여행 도중에 만난 히치하이크를 하는 부랑자 이상의 존재는 아니었다.

남자의 자세한 외모까지 곧 시야에 들어 올 리도 없었다.

세인트에이메가 자세히 보았다고 해도 곧 공포를 느꼈는지 어땠는지는 알 수 없다. 그의 성격으로 보아, 특별한 공포심은 갖지 않았을 것이다. 경제적으로 풍부한 그는 세상의 보통 남자들처럼 직장 상사나 사채업자를 무서워하지 않았다. 군대에 간 적도 없어서 전쟁의 공포도 몰랐다. 또 믿고 있는 종교가 뭐든, 그것 때문에 그가 지옥이라는 것에 공포를 느꼈다는 것도 생각하기 어렵다.

본질적으로, 이것이 세인트에이메를 알 수 있는 열쇠가 될 것이다. 그는 어떤 일에도 두려움을 느끼지 않는 남자다. 그가 가진 점잖은 분위기도 사실은 내면에 있는 강한 자신의 발로일 것이다. 지성, 재산, 교육 기타 모든 면에서, 보통 사람보다 많은 혜택을 받아서, 그렇지 않은 사람들에게 우월감을 느끼는 것도 사실이다.

그가 태어나 자란 환경도, 공포라는 감정을 알 수 없게 만든 하나의 원인이 된 것 같다. 즉 자신은 행운의 별 아래에 태어났다고 믿는, 아버지의 기질을 그대로 이어 받은 것이다.

그것은 단순히 공포의 결여다. 무서워하는 마음이 없을 뿐이다. 그것은 용기 있는 것과 다른—오히려 용기와 관계없는 것이다. 사자를 향해 달려가는 토끼의 용기. 자신의 몸을 지키기 위해 이빨로 물고 손톱으로 할퀴며 싸우려는 필사의 노력. 두 개로 갈라져 죽을 때까지 아니, 죽어도 다시 싸울 정도의 기개. 그런 것은 전혀 아니다.

그런 필사의 투쟁정신은 세인트에이메에게는 없을 것이다. 만약 자신이 다른 사람보다 뛰어나다는 강한 자신이 없었다면 그는 버터처럼 녹기 쉬운 약한 인간이 되었을 것이다. 어쨌든 그는 최소한 작은 남자를 무서워하지는 않았다.

"히치하이크인가?"

세인트에이메는 남자에게 친절하게 물었다.

"태우지 못할 것도 없지. 그런데 그 고양이는 도대체 어떻게 된 거요?"

남자는 더러운 재킷을 입은 왼팔에 새끼고양이를 안고, 불결한 오른손 검지로 고양이의 회색 털을 만졌다. 털에 싸인 여린 새끼고양이는 태어나서 한두 달 된 것 같다. 눈은 아직 연한 청색이다. 보통 새끼고양이와 마찬가지로 최근까지 작고 귀여운 동물이었음이 틀림없다—살아있었을 때까지는. 하지만 이때는 이미 더러운 물체가 되어 있었다. 안고 있는 남자처럼 더러운 상태였다. 고양이 입에서 피가 흐르고 거품이 묻어 있었다. 한쪽 앞발이 어깨에서 빠져 있었다. 마치 다리를 뜯긴 파리 같은 모습이었다. 그리고 머리가 뭉그러져 있었다.

"도대체 어떻게 된 거예요?"

미스 대리가 같은 질문을 했다.

"그렇게 심한 상처를 입다니!"

"길에서 발견했소."

부드럽고 가라앉은 소리로 남자가 대답했다.

"불쌍하게 트럭에라도 치인 것 같소."

"죽었어요?"

"죽었소. 이제 괴로워하지 않죠."

남자는 새끼고양이의 목을 잡고 불타는 듯한 작은 눈으로 보았다. 고양이는 주어진 운명을 이미 다했다. 남자는 시체를 도로 옆의 풀숲에 던졌다. 두 손바닥을 닦고 캐딜락 뒷좌석의 문을 열고 안으로 탔다.

"태워주셔서 감사합니다."

조용한 목소리로 말했다.

"차를 보았을 때, 바로 생각했소. 틀림없이 세워줄 거라고 말이오. 당신들은 나와 같은 부류의 사람이기 때문이오. 나는 캐딜락밖에 탄 일이 없소. 만약 당신들이 오늘 나를 태워준다면 다른 차는 세우고 싶지 않았소. 지금까지 기다리는 사이에 시보레가 두 대, 닷지가 한 대 지나갔지만 어느 것도 세우고 싶지 않았소. 하지만 때로는 좋은 일도 있는 법이오. 이것으로 고양이 일도 어느 정도 잊을 것이오."

"그런데 어디로 갑니까?"

세인트에이메가 물었다.

"아무 곳이나 좋소."

코르크스크루가 대답했다.

"어디든 당신들이 가는 곳으로 가지요."

남자는 두 사람의 짐과 식료품 사이에 앉았다. 미스 대리는 조금 떫은 표정으로 세인트에이메를 보았다. 하지만 그는 무표정으로 전혀 불안을 느끼지 못하는 것 같았다─마치 어떤 것에 홀린 듯 멍한 얼굴을 하고 있었다. 미스 대리는 할 수 없이 엔진을 걸고 차를 출발시켰다. 남자가 그 붉은 눈과 조용한 목소리로 두 사람에게 최면을 걸었을지도 모른다고, 그녀는 나중에 생각했다. 또는 그 찌그러진 새끼고양이의 시체를 이용해 주문을 걸었는지도 모른다고.

어쨌든 부드럽고 조용한 목소리로 남자가 말한 것이, 우선 무엇보다도 그녀의 인상에 남았다. 외모에 어울리지 않는 목소리가 더 인상을 강하게 했다. 마치 교육받은 지적인 남자의 목소리 같았다.

물론 사람의 목소리는 교육과 관계가 없다. 교구위원, 호텔보이, 은행원, 도둑, 모두 조용한 목소리를 갖고 있다. 그들이 초등학교 4학년 이상의 교육을 받지 않았다고 해도 말이다. 한편 항구노동자처럼 계속 떠들거나 바다코끼리 같이 큰소리치는 인간도, 의학박사나 법학박사나 우등졸업생에 많이 있다. 성큼성큼 걷는 사람은 커다란 소리로 말하고 점잖게 걷는 사람은 이야기 소리도 조용하다. 즉 그 사람을 알려면 어떤 소리를 내는가 하는 것만 알면 된다.

그 남자가 대학에 다녔을 가능성도 물론 있다. 그뿐인가. 미스 대리가 느꼈듯이 어떤 지적인 직업에 종사했을지도 모른다. 부랑자나 낙오자 또는 감옥이나 사형수 독방, 지옥의 망자들 중에도 일반사회와 비슷한 비율로 지적인 직업인이 있을 것이다. 인간은 교육을 받았다고 낙오하지 않는 것은 아니다. 내면이 타락해 있으면 누구나 사회에서 따돌림 당한다.

이 남자가 교육을 받았다고 미스 대리가 생각한 이유는,

그의 목소리 외에 대화 중에 라틴어를 인용했기 때문이다. 어쩌면 그녀의 착각일지도 모르지만.

남자는 두 사람에게 시끄럽게 이야기를 걸거나 하지 않았다. 두 사람을 방해하지 않고 좌석에 얌전히 앉아 경치라도 즐기는 것 같았다. 두 사람을 위협해서 두렵게 만들지도 않았다. 차에 탄 것으로, 이미 목적을 완수했다는 듯이 계속 점잖게 있었다.

그렇지만 남자가 바로 가까이 있었다는 사실에 변함은 없다. 미스 대리와 세인트에이메도 대화를 나누는 것이 확실히 적어졌다. 남자의 존재를 의식하기 때문이다. 적어도 동승자가 또 한 사람 있기 때문에 한두 번, 또는 그 이상 뒤에 있는 사람에게 몇 마디 이야기했다……. 그녀가 바람이 너무 세지 않느냐고 물었다. 너무 강하면 뒤의 방풍유리를 올려도 좋다고 했다. 그러자 남자는 바람을 쐬는 것이 좋으니 상관없다고 대답했다. 고향이 어디냐고 세인트에이메가 물었다. 차를 많이 얻어 타고 왔을 거라고 말을 걸었다. 그러자 남자는 고향이 어디인지 모른다고 대답했다. 그리고 그렇게 많이 얻어 타지는 않았지만, 타는 동안에는 특히 유쾌했다고 말했다. 잠시 후, 배가 고프지 않느냐고 미스 대리가 물었다. 먹을 것이 있다면 먹고 싶다고 남자가 대답했다.

그녀는 크래커든 과일이든 좋아하는 것을 먹어도 좋다고 권했다. 그리고 뭐든지, 손이 닿는 것을 먹으면 된다고 했다. 곧 차를 세우고 저녁식사를 할 테니, 그때 더 충분히 먹을 수 있다고 알려 주었다. 물론 그때까지 타고 있다면 말이지만. 도중에서 차에서 내리고 싶으면 언제라도 내려준다고 했다. 하지만 남자는 이렇게 타고 있는 것이 즐거워서 두 사람이 가는 곳까지 따라가겠다고 대답했다.

그러자 세인트에이메가 밤새도록 달려 버몬트 주까지 갈 생각이라고 말했다. 남자는 버몬트 주라면 가고 싶다. 아직 한 번도 간 적이 없다고 했다. 그리고 만약 젊은 아가씨가 피곤하면 대신 운전해도 좋다고 했다.

그렇게 몇 번 나눈 대화에는 아직 무게가 깔리지 않았다. 조용하게 대답하는 남자의 목소리에도 아직 특별한 의미가 느껴지지 않았다. 남자는 경치를 보면서, 포장을 뜯은 상자에서 크래커를 꺼내 먹고, 손을 뻗어 떼어 낸 바나나를 먹었다.

드디어 어느 언덕 위에 도착하자 구부러진 고속도로가 서쪽으로 이어져 있었다. 160킬로미터나 떨어져 있는 허드슨 강 맞은편의 캣스킬산 너머로 붉은 해가 지고 있었다.

미스 대리는 언덕 위에서 거의 멈출 정도로 차의 속력을 떨어뜨렸다.

"봐요!"

일몰을 볼 때는 언제나 목이 막히는 느낌에 빠져 그녀는 소리 질렀다.

"해가 지고 있어요!"

그녀는 잠시, 그 지저분한 남자가 바로 뒤에 있는 것도 잊었다. 옆에 있는 세인트에이메조차 잊었다. 산 넘어 붉은 불덩이가 떨어져 가는 모습에 참을 수 없는 고독감을 느꼈다.

그 감정은 그녀가 어렸을 때 부모가 극장의 화재로 죽은 일과 연결되어 있다. 그리고 부모를 매장했을 때가 황혼이었던 것도 생각났다……해가 지고 있었다. 설교사의 목소리가 울리고 여자들이 슬피 울고, 서쪽 하늘이 불처럼 타오르는 모습이 생각났다.

"해가 지면 다시 떠오른다Soles occidere et redire possunt."

그녀는 숨이 멈출 것 같았다. 뒤에 있는 작은 남자가 그런 의미의 말을 중얼거린 것 같았다. 자기도 모르게 뒤를 돌아보았다.

"그러나 우리를 위해 희미한 빛도 사라진다Nobis cum semel occidit brevis lux."

그녀는 눈물이 나와 자기도 모르게 중얼거렸다.

그러자 뒤에 앉아 있던 눈이 붉은 남자는 다음과 같이 시를 완결시켰다.

"다만 잠을 자기 위한 영원한 밤이 있을 뿐Nox est perpetua dormienda."

현재, 라틴어를 알고 있는 사람은 얼마나 있을까!

카툴루스(Catullus: 고대 로마 시인)가 연인 레스비아(Lesbia)에게 바친 시의 한 구절이다.

젊은 미스 대리가 그런 시를 아는 것 자체가 뜻밖이다. 오래전부터 사용하지 않는 언어로 쓴 시를 알고 있다는 것이. 하지만 고등학교를 졸업한 지 얼마 되지 않았고, 독서를 좋아하는 그녀의 실력일지도 모른다. 남자가 중얼거린 것은 시가 아니라 전혀 다른 것이었는지도 모른다. 아무것도 중얼거리지 않았을 가능성마저 있다…….

어쨌든 그녀는 남자의 목소리에 끌렸다. 강하게 기억에 남는 목소리였다. 그녀는 그 목소리를 잘 기억하고 있다. 그렇다고 해도 목소리에 대해서는 그녀의 이런 증언밖에 추리의 재료가 없는 것도 분명하다. 남자의 목소리를 들은 사람은 그녀밖에 없기 때문이다. 목소리를 들은 사람으로 살아있는 사람은 그녀뿐이기 때문이다.

말할 필요도 없지만 남자는 두 사람에게 코르크스크루라고 말한 것도 아니다. 그가 밝힌 자신의 이름은 '닥Doc' 이었다.

나는 지금, 다시 로젠블랏 경감의 수첩을 넘기며, 코르크스크루에 관한 질문 부분을 보고 있다.

거기에 그의 키에 대해 질문한 부분이 있다.

질문 : (미스 대리에게) 작은 남자라고 했지요, 미스 대리? 키가 작은 남자였다고요. 그 말은 약해 보이는 남자였습니까?
답 : 아니오, 약해 보이지는 않았어요. 어깨도 넓고 상반신도 튼튼했어요. 팔은 오히려 길었고 손목은 두껍고 손도 컸다고 생각합니다. 뭐라고 할까, 전체가 톱으로 자른 느낌이 들었어요. 몸에 비해 다리가 훨씬 짧았어요. 그렇기 때문에 키는 겨우 160센티미터쯤 되어 보였어요.
질문 : 때문에 다리가 코르크스크루처럼 보였지요? 몸을 굽히고 있듯이.

답 : 너무 큰 바지를 입었기 때문인지도 모릅니다만.

질문 : 만약 무릎을 굽히고 있었다면 말입니다, 무릎을 쭉 폈다면 키 큰 남자로 보일 거라고 생각합니까?

답 : 아니오, 그렇게 크지는 않을 거라고 생각합니다. 무릎을 펴도 여기에 계신 퀠치 씨나 이니스보다도 작았다고 생각합니다.

질문 : 그러면 여기 있는 리들 선생 정도 되겠군요?

답 : 네, 선생 정도 되지 않을까요? 물론 굽히고 있는 무릎을 쭉 폈을 때 이야기지만.

질문 : 그러면 170센티미터라는 말입니까?

답 : (리들 의사의 대답) 아주 날카롭군요, 형사님. 내 키는 172센티미터입니다.

남자의 눈동자 색에 대한 질문도 기록되어 있다. 이것도 인물을 특정하는 데 중요한 참고가 된다.

질문 : (미스 대리에게) 붉은 눈이었다고 했지요? 선천적으로 백피증에 걸린 사람의 눈처럼, 핑크색 눈동자였습니까?

답 : 눈동자는 파란색이에요. 아니 연한 파란색이라고 할까요. 회색에 가까웠어요. 눈이 빨갛다고 말한 것은, 눈알 즉 흰자 부분이 불타는 듯한 붉은색을 하고 있었기 때문이에요. 그래서 눈동자에도 붉은색이 얼마쯤 비쳤을 거예요. 금방 알 정도로 붉은색이었습니다.

질문 : (리들 의사에게) 리들 선생, 이것을 어떻게 생각

합니까?

답 : 글쎄요, 어쩌면 만성 다래끼일지도 모릅니다.

질문 : 만성 다래끼요?

답 : 눈병의 하나입니다. 하지만 직접 진단해보기 전에는 확실한 것은 말할 수 없습니다.

질문 : 당신은 그 남자를 정말 못 보았나요?

답 : 네, 전혀 못 보았습니다.

질문 : 만약 그 남자가 약품에 대해 잘 알고 있다면, 어떤 약을 사용해 자신의 눈을 빨갛게 할 수 있다고 생각합니까? 즉 병이 아닐 가능성도 있습니까?

답 : 그런 것이라면 특별히 약품을 몰라도 가능합니다.

그 밖에 남자의 찢어진 귀에 대해서도 적혀 있다. 찢어진 귀에 대해 로젠블랏 경감은 특히 강조해서 질문했다. 베르티용식 인체측정법으로 개인 특정을 하는 경우에 가장 중요한 식별요소의 하나가 되기 때문일 것이다. 일반적으로 목격자는 귀의 형태까지 주의하지 않지만, 귀에 특별한 특징이 있다면 충분히 사람의 눈을 끌 것이다.

위플빌의 말하기 좋아하는 우체국장 퀠치 씨에게 한 질문 가운데, 귀에 관한 질문이 있다. 퀠치 씨는 '죽은 신랑의 연못'에서 사건이 일어나기 전에 이 불가사의한 살인자를 목격한 마지막 인물이다.

질문 : (퀠치 씨에게) 당신은 위플빌 우체국 국장이지

요, 퀠치 씨? 세인트에이메 씨와 미스 대리의 차 뒷좌석에 '닥' 이라고 이름을 밝힌 남자가 타고 있는 것을 목격했지요? 7시 30분 경, 세인트에이메 일행이 우체국에 들러 야외에서 저녁식사를 하기에 적당한 장소가 있냐고 물었을 때, 목격했다고 했지요?

답 : 그렇습니다. 나는 우체국 정면출입구에 서 있었고, 마침 문을 닫으려는 때였습니다. 그곳에 그 남자를 뒷좌석에 태운 대형 회색 차가 가까이 왔습니다. 시간은 정확히 7시 36분이었지요. 피츠필드에서 온 오후 우편은 이미 배송했고, 내일 아침 6시에 우편물과 함께 댄버리의 신문을 실은 배송차가 도착할 때까지 업무는 아무것도 없을 때입니다. 잡담 상대가 되어주던 직원도 퇴근한 뒤여서, 나도 슬슬 집으로 돌아가서 고양이를 상대로 이야기라도 하며 보낼까 하고 생각했지요. 그때 그 커다란 차가 왔어요. 미스 대리라는 아가씨가 운전하고 있었어요. 컬한 검은 머리와 핑크색 뺨이 귀엽게 보이는 아가씨로, 파란 테 안경을 끼고 있었지요. 세인트에이메 씨가 말하기를 지금부터 버몬트 주에 가서 결혼할 예정이라고 했습니다. 밤새도록 차를 운전할 생각이고, 이 근처 야외에서 저녁식사를 하고 싶은데, 적당한 장소가 있을까요 하고 물었지요. 모르는 사람의 집 정원에는 들어가고 싶지 않다고 하더군요. 그래서 나는 이 부근에는 연못, 숲, 바위 언덕은 많지만 두 사람이 뉴욕에서 말하는 코니아일랜드 같은 곳은 없다고 대답했지요. 그리고 이런 곳도 좋아하는 분도 있다고 덧붙여 말했지요. 그러자 세인트

에이메 씨는, 왔던 길로 60미터 정도 되돌아가, 옆으로 빠지는 길로 가보면 어떨까요? 그 길을 따라가면 좋은 장소가 있습니까? 하고 물었지요. 나는 그 길은 스토니 폴즈로 빠지는 길이라고 알려주었죠. 그 길 주위에 있는 인가는 힌터지 노인의 집과 양봉장과 사과주 양조장을 경영하는 존 위긴스 씨의 집뿐이다. 그리고 예술가와 나이 든 대학교수가 소유하고 있는 여름 별장이 한두 채 있을 뿐이다. 나머지는 숲에 싸여 있는 돌투성이 길이라고 가르쳐 주었습니다. 1.6킬로미터 정도 가면 힌터지 노인의 소유지와 같은 쪽에 호수가 있는데, 그 호수는 주인도 없고, 숲과 바위 언덕에 둘러싸여 있어, 두 사람이 피크닉 식으로 저녁식사를 하기에는 좋은 장소라고 생각했지요. 물이 검고 깊어서 일부 사람들이 타고르 호수라고 부르지만 대부분 '죽은 신랑의 호수'라고 합니다. 그렇게 가르쳐주자 미스 대리가 왜 죽은 신랑이라는 무서운 이름으로 부르지요? 하고 물었지요. 백 년 전에 죽은, 이름이 브라이드그룸(신랑)이라는 인물이 소유했던 호수였기 때문에 그렇게 부른다고, 내가 가르쳐 주었습니다. 미스 대리는 조금 몸을 떨고 '그런 불길한 이름은 싫어요.' 하고 말했지요. 세인트에이메 씨는 웃으며 호수 이름에 신경 쓰지 말라고 타이르듯 말했습니다. 그 사람은 나에게 고맙다고 인사하고 그곳으로 가겠다고 하더군요. 그리고 저녁식사를 마치고 버몬트 주로 가려면, 그 길을 계속 가면 되는지, 아니면 다른 길이 있는지 또는 다시 돌아 나와야 하는지를 질문했습니다. 그래서 나는 이렇게 대답했지요. 그 길은 16킬로미터 정도 간 곳에서 스웜프로드로 갈라지게 되는데 그곳으로 들어가지 말고 곧바로 가면 된다고 했지요. 스웜프로드는 오래전부터 그 길에 살고 있던, 인디언의 피가 반 이상 섞인 플레일 일가가 사용하던 길입니다. 지금은 존 플레일이 혼자 살고 있고, 그의 동생 '두 손가락 피트'는 사람을 죽여 교도소에 들어가 있고, 나머지 가족은 모두 죽었습니다. 어쨌든 스웜프로드에 들어가도 마지막에 낡은 제재소가 있을 뿐으로 어느 곳으로도 나갈 수 없으니 그 길로는 들어가지 말고 32킬로미터 가면 스토니폴즈로 가는 루트 49A로 나갑니다. 그러나 거기에 도착할 때까지 타이어가 상하는 울퉁불퉁한 돌투성이 길로 가까운 주민이 가끔 사용할 뿐, 전혀 사람이 지나지 않는 길이오. 때문에 오히려 지금 왔던 길, 즉 루트 7을 가는 것이 좋을 겁니다, 하고 가르쳐주었습니다. 세인트에이메 씨는 인사하고, 그럼 저녁식사를 하고 이 길로 돌아오겠습니다, 하고 말했습니다. 미스 대리는 나를 보고 싱긋 웃었습니다. 두 사람은 차를 후진해서 유턴하고 스토니폴즈로 가는 길로 들어섰습니다.

질문 : 세인트에이메 씨와의 대화를 아주 자세히 말해주셔서 감사합니다, 퀠치 씨. 당신의 안내는 아주 완벽하군요. 그러나 문제는 세인트에이메 씨의 차 뒷좌석에 타고 있던 남자─즉 부랑자입니다. 당신은 우체국 옆에 차가 멈추었을 때 그 남자를 목격했습니까?

답 : 그렇습니다. 보기 싫어도 눈에 들어왔습니다. 두 사

람이 그곳에 차를 세우고 나와 이야기한 시간은 8분 정도입니다. 뒷자리에 남자가 앉아 있는 것이 확실히 보였습니다. 그렇지만 나는 운전석의 미스 대리를 계속 보고 있었습니다. 어쨌든 젊고 모델처럼 아름답고 먹고 싶을 정도로 귀여운 여자니까요. 때문에 뒤의 남자를 자세히 보지도 않고 크게 주의하지도 않았습니다. 도중에 태워 준 히치하이커라고 단순히 생각했지요. 그래도 흑백 줄무늬 상의를 입고, 챙이 들쑥날쑥한 연한 파란색 모자를 쓰고, 수염도 깎지 않은 지저분한 얼굴이었던 것은 기억합니다. 눈이 묘하게 빨갛고 이빨이 아주 날카로운 것 같았습니다. 그러나 키가 큰지 작은지는 자리에 앉아 있어서 알 수 없었지요. 머리카락은 부석부석하고 불그스름한 장발이었습니다.

질문 : 불그스름한 것은 어느 정도입니까? 여기에 있는 리들 선생 같은 머리색입니까?

답 : 글쎄, 갈색이 더 많다고 할까요? 붉은 갈색이라고 하나요? 그래도 회색도 조금 섞여 있어 정말로 짙은 적갈색은 아닙니다.

질문 : 가발을 쓴 것은 아닐까요?

답 : 썼다면 더 아름다운 머리로 보였을 겁니다. 나는 옛날 하트포드에서 이발소를 한 적이 있습니다. 아주 잘 만든 가발을 쓴 손님이 있었는데 가발인 줄 모르고 가위를 댔습니다. 하지만 그 남자의 머리카락은 자신이 거울을 보면서 무딘 과도로 자른 느낌이었습니다. 그런 가발은 없습니다.

질문 : 미스 대리가 말한 것처럼 남자의 왼쪽 귀가 찢어져 있는 것을 알았습니까?

답 : 아니오. 남자는 나에게 얼굴 오른쪽을 향하고 있었어요. 다만 왼쪽 귀 주위를 묘하게 누르는 것 같았어요. 귀가 찢어졌기 때문이라고 할까요. 하지만 나에게는 보이지 않았습니다.

질문 : 목소리는 어땠습니까?

답 : 그 남자는 한마디도 하지 않았어요. 식료품과 짐 사이에 가만히 앉아 있었어요.

질문 : 그 후에 다시 그 남자를 보았습니까? 잘 생각하고 대답하세요.

(퀠치 씨는 잠시 생각하고, 동석한 한 사람을 머뭇머뭇 보고 나서, 그 이후에는 본 적이 없다고 말했다.)

질문 : (리들 의사에게) 선생, 당신도 그 남자를 본 적이 없습니까?

답 : 네, 나도 본 적이 없습니다.

그 남자는 현실에 존재하는 인간이 틀림없다. 분명히 존재하는 남자가 틀림없다. 엘리너 대리와 세인트에이메뿐만 아니라 우체국장 퀠치 씨도 보았다. 뿐만 아니라 '죽은 신랑의 연못'에서 미친 듯이 차를 몰고 도망간 남자를 길가에 있던 사람들이 예외 없이 목격했다.

O자 다리에 코가 비뚤어진 힌터지 노인도 그 한 사람이다.

질문 : (힌터지 씨에게) 당신이 위플빌 우체국에서, 스토

니폴즈에 있는 집으로 걸어가는데, 8시 15분쯤 뒤에서 온 회색 차가 지나갔지요, 힌터지 씨? 그 차는 미스 대리가 운전했고, 옆 자리에는 세인트에이메 씨가 타고 있고, 뒷자리에는 '닥'이라는 남자—코르크스크루—가 타고 있었다고 했습니다.

답 : 그렇소.

질문 : 그런데 미스 대리는 그 길에서는 아무도 만나지 않았다고 했어요.

답 : 나는 길옆의 도랑에 있었고, 주위의 풀도 키가 커서 못 봤을 거요. 나는 작년 봄에 떨어뜨린 50센트를 찾고 있었소. 그곳을 지날 때는 언제나 찾고 있지요. 그때 그 차를 보았소. 그 길을 달려가는 것을.

질문 : 우리가 코르크스크루라고 이름붙인 남자는 어떤 느낌의 인물이었습니까?

답 : 흑백 줄무늬 코트를 입고, 챙이 묘한 형태로 잘라진 파란 모자를 쓰고 있었소. 지저분한 얼굴이었고.

질문 : 왼쪽 귀가 찢어져 있었습니까?

답 : 그것은 모르겠소. 나는 길 오른쪽에 있었으니까.

질문 : 당신은 10분이나 15분 후에, 같은 차를 다시 한 번 보았습니다. 전에 본 곳에서 800미터 정도 진행한 부근의 '죽은 신랑의 연못'으로 통하는 숲 옆에 차가 멈추어 있었고, 역시 미스 대리와 세인트에이메 씨와 문제의 남자가 타고 있었소. 미스 대리와 세인트에이메 씨는 차에서 내려 숲 속을 지나 호수 쪽으로 가는 중이었고, 코르크스크루는 차에서 살그머니 빠져나와 두 사람을 따라

역시 숲 속으로 들어갔다고 했지요?

답 : 그렇소.

질문 : 남자의 모습은 어땠습니까?

답 : 기어가는 것 같았소.

질문 : 잠깐, 흉내 낼 수 있습니까?

(힌터지 씨는 허리를 굽히고 걷는 남자의 모습을 흉내내기 시작했다. 어깨를 숙이고 풀숲을 헤치면서 주의 깊게 발을 내미는 모습을 연기했다.)

질문 : 그는 손에 나이프를 들고 있었습니까? 빵을 자르는 나이프 같은 것을?

답 : 보지 못했소.

질문 : 그리고 그다음에는?

답 : 그 커플은 호수를 향해 숲 속으로 점점 들어갔지요. 호수에서 수영을 하거나 들꽃이라도 꺾을 생각이었을까요? 여자의 하얀 옷과 남자의 파나마모자가 나무 사이를 빠져나가는 것이 보였소. 그 남자는 두 사람 뒤를 몰래 쫓아갔소. 나는 내가 갈 길을 갔소.

질문 : 그리고 40분 후, 당신은 다시 한 번 그 남자를 보았습니다. 집에 도착해서, 길이 보이는 포치의 의자에 앉아 있을 때였지요? 이번에는 그 남자가 차를 운전하고 있었습니다. 세인트에이메 씨는 조수석에서 구부정한 자세로 있었고, 문에 머리를 얹고 한쪽 팔을 밖으로 떨어뜨리고 있었습니다. 미스 대리는 타고 있지 않았습니다. 당신 집 앞을 지날 때, 남자는 클랙슨을 울리며 웃었다고 했지요?

답 : 그렇소.

질문 : 그는 어떻게 웃었습니까?

답 : 말 같은 웃음소리였소.

질문 : 조금 흉내 낼 수 있습니까?

(힌터지 씨는 목을 한쪽 어깨로 기울이고 말이 울듯이 소리 냈다.)

답 : 이런 식이었소.

질문 : 그래서 당신은 어떻게 했습니까?

답 : 나는 그대로 보고 있었소. 머리가 이상한 녀석이라고 생각했지요.

질문 : 조수석의 세인트에이메 씨는 움직이지 않았습니까?

답 : 팔은 움직였소. 문 밖으로 떨어뜨리고, 덜렁덜렁 흔들렸소. 문틀에 놓인 머리도 조금 흔들렸소. 차가 빨리 달려서 흔들렸을 것이오.

질문 : (리들 의사의 질문) 형사님, 죄송합니다. 내가 잠깐 질문하지요. 힌터지 씨, 밖으로 나온 것은 어느 쪽 팔입니까?

답 : 음―. 그 사람은 오른쪽에 타고 있었지. 오른손이오.

질문 : (리들 의사의 질문) 그 팔에는 손이 확실히 있었습니까?

답 : 잘 보지 못했지만 붙어 있었겠지. 그래, 틀림없어. 만약 없었다면 내가 알아차렸을 거요.

역시 그렇다. 힌터지 씨는 세인트에이메의 오른손이 있었는지 없었는지 확실히 본 것은 아니다. 하지만 만약 없었다면 분명히 눈치챘을 것이다. 차 밖으로 팔이 내려져 있다고 하면 무엇보다 빨리 눈에 띄기 때문이다. 세인트에이메의 외관에는 이상이 없었다. 그의 오른손에도 이상한 점은 없었다.

문제는 코르크스크루다. 그는 자동차에 치인 새끼고양이의 시체를 보이고, 차를 세워서 탔다. 붉은 눈에 마술적인 힘이 있다거나, 조용한 목소리에 최면술적인 힘이 있다고는, 아무래도 말할 수 없다.

그는 차에 타고 그들과 함께 경치를 보았다. 라틴어 시를 인용하고 귀를 눌렀다.

세인트에이메와 엘리너 대리는 사람이 없는 곳에 차를 세우고 호숫가까지 걸어갔다. 야외에서 저녁식사를 하기에 적당한 장소인지, 먹을 것을 운반하기 전에 확인해야 했기 때문이다. 남자는 두 사람의 뒤를 쫓아갔다. 왜 그랬을까? 단순히 두 사람을 훔쳐보기 위해서? 신경 쓰지 않는 인간을 훔쳐본다는 저속한 즐거움 때문에? 뉴욕 웨스트 11가 511의 아파트 2층 창에서 쌍안경으로 맞은편의 미스 대리의 방을 훔쳐보는 남자와 비슷한 심리일까? 아니면 두 사람을 죽이고, 시체에 돌이라도 매달아 호수에 던질 생각이었을까?

이때까지의 세인트에이메의 행동은 마치 꿈속에 있는 사람 같았다. 적어도 코르크스크루에 대한 모든 행동은. 그뿐만이 아니라, 처음에 불안을 느꼈던 미스 대리도, 그 남자에 대한 경계를 풀었다. 마치 마법에 걸린 것처럼. 하지만 무리도 아니다. 뒤를 미행당했다고 알 때까지 무슨 일이 일어나고 있는지 이해하지 못했으니까. 역시 남자가 최면술을 걸었을까? 아니면 그 남자는 사람을 속이는 기묘한 능력을 갖고 있었을까?

남자의 목적이 무엇이든, 그때 그 장소에서는 두 사람을 습격할 기회를 잡지 못했을 것이다. 황혼이 내리는 조용한 숲의 호숫가에서 공포가 다가오고 있을 뿐이다. 미스 대리는 어떤 위험을 직감하고, 위에서 남자가 훔쳐보는 것을 알고 비명을 질렀다. 세인트에이메는 최면상태에서—꿈속을 헤매는 상태에서 드디어 깨어났다.

그녀의 비명으로 갑자기 마법이 풀렸다. 하지만 그때, 단순히 지저분하다고 생각했던 남자가, 사실은 그 이상의 존재라는 것을 세인트에이메는 알았을 것이다. 단순히 바보 같은 부랑자라고 하기에는 어울리지 않는 남자라는 것을. 더 충분히 생각했어야 했다. 언뜻 보아 해가 없을 듯한 남자가—무슨 이유인지 모르지만—자신을 묘하게 겸허한 척할 뿐으로 사실은 아주 위험한 인물이라는 것을 충분히 알았어야 했다. 그에게 아주 위험한 인물이라는 것을.

하지만 충분하지 않았다. 어떤 일이 일어나고 있는지 완전히 이해하지 못했다. 자신의 목숨이, 그리고 사랑하는 여자의 목숨이 위기에 빠져 있다는 절박한 공포를 인식하지 못했다. 단순히 분노를 느낄 뿐이었다. 교활하고 위험한, 눈이 붉은 남자를 세인트에이메는 추적하기 시작했다. 자신의 용기와 힘을 보여주기 위해 쫓기 시작했다. 코르크스크루는 날개가 부러진 흉내를 내는 메추라기처럼 그를 차 있는 곳까지 끌어냈다.

이것은 확실한 근거가 있는 추측은 아니지만, 코르크스크루의 목적은 차 열쇠를 뺏으려는 것이었는지도 모른다. 세인트에이메는 미스 대리와 함께 차에서 내렸을 때, 열쇠를 뽑아서 갖고 있었다. 은행에 세웠을 때도 댄버리에서 점심식사를 하려고 차를 세웠을 때도 언제나 열쇠를 뽑아서 주머니에 넣었다. 물론 코르크스크루는 그가 열쇠를 뽑는 것을 본 것이 틀림없다. 그러나 뽑은 열쇠를 주머니에 넣었는지 또는 가까운 풀숲에 숨겼는지는 확인하지 못한 것 아닐까?

코르크스크루가 차 있는 곳까지 도망간 것은 차 안에 두었던 나이프를 들기 위해서였는지도 모른다. 차에 재빨리 올라타고 나이프를 잡는다. 그리고 그것을 손에 든 채 차 안에 웅크린다. 필사적으로 쫓아온 세인트에이메는 그를 밖으로 끌어내려고 문을 연다. 그는 붉은 눈을 번득이며 이를 보이고 웃는다. 세인트에이메는 무기도 없이 차 안으로 들어가지만 그의 분노의 외침은 비명으로 변한다. 코르크스크루가 칼로 공격한 것이다.

이래서 코르크스크루는 차의 열쇠를 손에 넣었다. 세인트에이메의 주머니에서 뺏은 것이다—거기에 넣었다면 말이지만. 또는 세인트에이메가 숨긴 풀숲에서 주웠는지도 모른다

―숨길 때, 그곳에 무의식적으로 눈길을 향해서 장소를 알려 주었는지도 모른다. 코르크스크루는 세인트에이메의 현금도 뺏었다. 오늘 아침 은행에서 찾은 손이 베일 듯한 50달러짜 리 50매다. 코르크스크루는 댄버리에서 그 돈을 목격했는지 도 모른다. 조금 어두운 아이스크림 가게나 식품점, 아니면 10센트 잡화점에서 보았는지도 모른다. 이렇게 해서 손에 넣 고 싶은 것이 모두 손에 들어왔다. 목적은 달성했다.

하지만 아직 여자가 남아 있다. 여자가 사람을 부르기 전 에 빨리 해치워야 한다. 그래서 코르크스크루는 미스 대리가 있는 곳으로 재빨리 달려간다. 하지만 호숫가에 도착해보니 그녀는 없었다. 그래서 다시 숲으로 돌아와, 세인트에이메의 목소리를 흉내 내서, 세인트에이메가 말했던 이름을 생각하 고 불렀다.

"엘리너! 어디 있어!"

하지만 자기도 모르게 독기어린 목소리를 흘리고 말았다. 세인트에이메라면 도저히 입에 담지 못할 더러운 말을 뱉었 다. 미스 대리가 바로 가까운 나무그늘에 숨어서 듣는 것도 모르고.

잠시 후, 그녀의 코트를 발견했다. 그녀가 신변의 위험을 느끼고 어딘가에 숨어 있는 거라고 알아차린 코르크스크루는 황혼이 깔린 숲 속을 찾기 시작했다. 무서운 형상으로, 조용 히 숨을 죽이고.

그는 나이프를 손에 들고 그녀를 계속 찾았다. 그는 들쑥 날쑥한 모자 밑에서 붉은 눈을 번쩍이며 숲을 뒤졌다. 나뭇잎 그늘에 숨은 그녀 바로 앞을 그가 지나갔다. 순간, 그녀 쪽으로 향한 그의 눈은 황혼 빛에 얼음처럼 창백하게 보였다. 미스 대리는 피가 얼어붙는 생각으로 필사적으로 몸을 엎드려 숨었다. 기어서 그 장소를 도망가려고 했다. 숨을 죽이고 몸을 계속 굽혔다.

코르크스크루는 언제까지나 그녀를 쫓을 수 없었다. 슬슬 포기해야 한다. 차로 돌아가 차를 출발시켰다. 세인트에이메의 시체를 그대로 싣고 스피드를 올려 도망갔다.

길가에서 엄지를 세우는 흔히 있는 히치하이커 한 명이, 자동차와 실려 있던 짐과 돈을 훔치고 살인을 범했다—어느 주에서나 자주 일어나는 오싹한 사건에 지나지 않는다.

하지만 로젠블랏 경감은 처음부터 그만한 설명으로는 만족하지 않았다. 나 역시 만족하지 않았다. 즉 세인트에이메의 살해는—미스 대리의 살해도—훨씬 전부터 계획된 것은 아니었을까?

코르크스크루를 목격하거나 목소리를 들었거나 한 사람들의 이름을 들어보면, 우선 엘리너 대리와 세인트에이메, 그리고 정도의 차이는 있지만 우체국장 뤨치 씨와 힌터지 노인이 있다.

그 밖에 양봉업자 존 위긴스와 그의 가족도 있다. 힌터지 노인의 집에서 3.2킬로미터 떨어진 곳에 사는 가족이다. 일가는 사람을 잘 따르는 세인트버나드를 기르고 있는데, 코르크스크루가 잔인하게도 차 방향을 바꾸어 가족이 보는 앞에서 반갑게 꼬리를 흔드는 개를 치고 도망갔다. 존 위긴스 부부와 아이들 여섯 명은 동시에 길로 달려 나가 죽어가는 개를 팔에 안았다. 마음에 상처받아 눈물을 흘린 가족은 이 점잖은 세상에 이렇게 나쁜 짓을 하는 악마 같은 인간이 있다고는 생각지도 못하는 순박한 사람들이었다.

그 밖에 화가이며 음악가인 망명예술가 우니스테어가 있다. 원숭이나 짐승 같은 남자라고 할 수 있다. 같은 길을 2.4킬로미터쯤 가면 아틀리에가 있고, 이 날은 자작한 음악을 축음기로 들으며 그것에 맞춰 거울 앞에서 초현실주의적인 무용을 한창 추는 중이었다. 표범무늬 의상을 입고, 깃털 총채를 꼬리로 달고, 시폰 가운을 입고 춤추고 있었다. 그곳에 코르크스크루가 커다란 회색 차를 달려와 아틀리에 주위의 차도에 맹렬하게 침입했다. 아마 이 차도를 샛길로 잘못 알았을 것이다. 잘못 들어온 것을 알고, 브레이크와 타이어에 비명을 지르게 하고, 우니스테어가 그린 그림—차도에 늘어놓은 이젤 몇 개에 있는 그림(그림을 밤이슬에 젖혀 작품에 신선한 인상을 주는 것이 이 예술가의 독창적인 이론이었다)을 망가뜨리고 다시 도로로 나갔다. 클랙슨을 울리며 달려간 차를 우니스테어는 아틀리에에서 뛰어나와 목격했다.

목격자는 이 밖에 아담 맥코메르도 있다. 약 4.8킬로미터 떨어진 곳에 있는 맥코메르의 집(지금 내가 있는 이 집)에서 위대한 두뇌를 가진 그는 정원 일을 하고 있었다. 눈이 붉은 남자가 날카로운 이를 보이고 웃으며, 차를 운전하는 것을 그는 목격했다. 환자 같이 창백한 얼굴을 한 세인트에이메가

남자 옆에 타고 있는 것도 보았다. 살인사건이 일어난 것은
생각지도 못한 교수였지만, 아무래도 모습이 이상한 것만은
마음에 남아 있었다.

이들 모두 코르크스크루를 목격했다. 그는 투명인간이 아
니다. 존 플레일을 차로 친 후, 놈은 스윕프로드로 돌진해갔
다. 플레일의 집 조금 앞에서, 스윕프로드로 더 이상 갈 수
없는 곳에서 놈은 차를 버렸다. 그곳까지 가려면 아무래도
내가 있던 곳을 지나쳐야 한다. 다른 길이 없기 때문이다.

질문 : (리들 의사에게) 선생, 당신은 살인이 일어난 시
간에 스윕프로드 입구에 있었지요?
답 : 네.
질문 : 차가 지나가는 것을 본 기억이 없다고 했지요?
답 : 네, 보지 못했습니다.
질문 : 그 말은 우리가 코르크스크루라고 이름 지은 키
작은 남자도—눈이 붉은 '닥'이라고 밝힌 남자입니다만
—보지 못했다는 말입니까?
답 : 보지 못했습니다. 지금까지 한 번도 본 적이 없습
니다.
질문 : 그가 운전하는 차가 당신 옆을 지나가지 않았습
니까?
답 : 차는 한 대도 지나가지 않았습니다.

나는 다시 여기로 돌아왔다. 대답 없는 의문점에. 왜 나는
코르크스크루를 보지 못했을까?

그가 왜 이런 사건을 일으켰나 하는 의문을 해결하기보다 먼저, 이 대답을 찾아야 한다. 그가 지금 어디에 있는가 하는 의문보다 먼저 말이다. 왜냐하면 이 대답이 나오지 않는 한, 그는 계속해서 투명인간이 되기 때문이다. 지금 이 순간에도 내 옆 가까이에 소리도 내지 않고 서 있을지도 모른다.

나는 거기에서 시작해야 한다. 어제 저녁 살인이 일어났을 때, 내가 어떻게 하고 있었는지부터 시작해야 한다.

나는 낡은 쿠페에 타고, 버몬트 주의 존 R. 뷰캐넌 씨 저택을 나와 뉴욕으로 돌아가는 길이었다.

어제 아침, 즉 수요일에 급히 호출을 받고 뷰캐넌 씨 저택으로 갔다. 뷰캐넌 씨가 악성뇌종양으로 위험하다고 해서, 수술을 담당하도록 의뢰받은 것이다. 나이 많은 의사들을 제쳐두고 나를 부른 것이다. 나는 작은 기적을 연출해 보일 생각으로 출발했다.

하지만 그 수술은 실패할 수밖에 없는 운명이었다. 일흔아홉 살이라는 뷰캐넌 씨의 나이가 문제였다. 내가 도착했을 때, 뷰캐넌 씨는 이미 위독한 상태였다. 수술대 대신 테이블 위에서 수술을 시작하려고 했을 때는 이미 호흡도 심장도 멎어 있었다. 나는 옆에 서 있는 풀을 먹인 하얀 옷을 입은 마취담당 여의사를 힐끗 보고, 방금 낀 고무장갑을 벗고 수술 도구를 정리했다.

"그렇게 실망하지 마세요, 선생."

여의사가 말했다.

"마치, 사랑했던 새끼고양이를 차에 치인 아이처럼 실망하는군요. 고양이는 또 있어요."

여의사는 밝고 아름다운 타입이었다. 지금 한 말은, 이런 상황에 그녀가 의사들에게 하는 정해진 말일 것이다. 나는 대꾸하지 않고 기구를 정리했다.

나는 시체라면 질색이다. 익숙해지지 않았다. 의사가 시체를 보고 괴로워한다는 것을 기묘하다고 생각하는 사람도 있을 것이다. 하지만 언제나 생각나는 것은, 파스퇴르도 의대생 시절에는 수술 실습 때 기절했다는 일화다. 그래서 나는 그를 존경한다. 사람은 익숙해지도록 배워야 하고 다른 길은 없다. 의대생 시절의 나는 이를 악물며 참고 배웠다. 하지만 의사는 목숨이 있는 것, 살아있는 조직을 다루는 것이다. 생을 마감하는 것은 어떻게 할 수 없다.

"어디로 가세요?"

여의사가 물었다.

"집으로 가야죠."

내가 대답했다.

"할 수 있는 일이 아무것도 없군요."

뷰캐넌 씨의 뉴욕 사무실에서 특별히 빌려준 비행기로 왔지만, 돌아가는 것까지는 준비가 안 된 것 같았다. 뷰캐넌 씨 저택의 가정부에게—아니면 대저택의 여주인이라고 할까?—뉴욕행 기차가 있는지 물었다. 하지만 자정까지는 기차가 없다는 대답이다. 그때는 바로 오후가 된 시간이었다. 언제까지 뉴욕에 돌아가셔야 합니까? 하고 가정부가 물어서, 돌아가는 것은 내일 예정이었기 때문에, 24시간 이내라면 그렇게 서둘러 돌아갈 필요가 없다고 대답했다. 하지만 나는 지금이라도 돌아가고 싶다고 하고, 자동차로 왔으면 좋았을 텐데 하고 말했다.

마침 뉴욕까지 갖다 주어야 할 자동차가 있다고, 가정부가 말했다. 공군에 있는 아들의 차라고 한다. 아들은 지난 달 전장에 나가기 전에 그 차를 운전해서 그녀를 만나러 왔었다. 그런데 여기에 체재 중인 군에서 소집이 있어, 차를 놓고 가야만 했다. 아들은 여기에 오기 전에 신문광고에서 찾은 중고차 딜러에게 차를 팔기로 했다고 한다. 낡은 차여서 과연 내가 운전하려고 할지 모르지만, 가능하면 대신 갖다 주겠느냐고 가정부가 말했다. 가솔린도 충분히 넣었다고 한다.

지성과 분별력을 갖추고, 거대한 저택과 사용인 스무 명을 관리하는 유능한 여성이었다. 그녀의 이름을 들었는지 모르지만 지금은 생각이 나지 않는다. 자동차 딜러의 명함을 받았으니, 거기에 메모되어 있는지도 모른다. 내가 상당히 실망한 것을 느끼고, 그녀는 그런 부탁을 해서 잊게 하려고 한 것은 아닐까? 물론 아들을 위해 차를 보내려고 한 것도 분명하다. 이유는 그 두 가지라고 생각한다.

차는 오래된 드라코 쿠페였다. 십여 대의 다른 차와 함께 차고에 들어 있던 그 차를 가정부가 보여 주었다. 10년은 탔을 것 같은 차로, 펜더가 찌그러지고 좌석 커버가 찢어져 있었지만 타이어는 괜찮았다. 나는 비슷한 연식의 드라코 세단

을 소유한 적이 있었다. 뷰익을 사기 전, 처음 운전연습을
할 때 중고로 산 것이다. 저택이나 역에서 자정까지 기차 시
간을 기다리는 것보다는, 직접 차를 운전해서 지금 바로 돌
아가는 것이 훨씬 낫다고 생각했다. 혼잡한 객차에서 밤새워
가는 것보다 훨씬 좋다. 그리고 메인 고속도로를 달리면 좋
은 경치를 볼 수 있다. 혼자서 드라이브를 즐기면 기분을 바
꾸는데도 도움이 될 것이다. 늦어도 자정 전이나, 빠르면 오
후 10시에는 뉴욕에 도착한다.

"이것이 중고차 딜러의 명함입니다."

가정부가 말했다.

"대금이 입금되면 양도증서를 우송한다고 전해 주세요. 이
것은 선생에게 드리는 요금, 사례비라고 하나요?"

"보수 말입니까?"

내가 말했다.

"받을만한 일을 한 경우에는 받아야죠. 만약 그렇다면 청
구서를 보내지요. 하지만 이것은 받을 수 없습니다."

"주인님은, 사람들에 대한 사례는 바로 하는 것이 좋다고
말하셨습니다."

가정부가 말했다.

"선생님을 부를 때에도 그렇게 말씀하셨고, 그것이 마지막
말이 되셨습니다. 틀림없이 최선을 다해 주실 분이라고 하셨
습니다. 선생님은 분명히 받을 권리가 있습니다. 자, 받으세
요. 만약 받으시지 않으면―저는 어떻게 해야 좋을지 모르겠
습니다."

늙은 주인의 죽음으로 그녀가 비탄에 빠져 있는 것은 말할 것도 없다. 나에게는 하나의 사건에 지나지 않지만, 그녀는 한 인간과의 관계를 끊은 것이다.

"20년이나 모셨기 때문에 주인님의 방식은 잘 알고 있습니다."

가정부가 말했다.

"자신의 마지막 지불을 받지 않는다는 것을 아시면 틀림없이 슬퍼할 겁니다."

가정부는 차를 갖다 줄 주소가 있는 딜러의 명함과 돈이 든 봉투를 나에게 주었다. 죽은 뷰캐넌 씨는 수표가 아니라 현금으로 지불하는 것을 좋아하는 것 같았다. 나는 명함도 돈도 확인하지 않고 주머니에 넣었다. 뉴욕에 돌아가 명함을 보고 딜러에게 전화해서 웨스트 11가 511까지 차를 가지러 오라고 하거나, 그렇게 멀지 않으면 아침에 내가 갖다 주어도 좋다. 현금은 47가의 렉싱턴 신탁은행에 가서 창구담당 소여에게 맡길 때까지 세어볼 생각은 없었다. 돈에 대해 생각하고 싶지 않았다.

이런 이유로 나는 차를 운전해서 집에 가게 되었다. 가져온 수술도구 케이스와 여행 가방을 트렁크에 넣고 출발했다.

그 여자 마취의사도 나와 함께 뉴욕에 가고 싶은 것이 아닐까? 왠지 그런 느낌이 들었다. 만약 같이 왔다면 지금은 그녀도 목숨을 잃었을지도 모른다.

이쪽의 샛길로 차를 넣은 것은 황혼 때였다. 루트 49A에서 루트 7로 빠지는 가까운 길을 지도에서 보았다.

　수술이 실패로 끝났다는 기분을 아직 완전히 떨쳐버리지 못했다. 그렇다고 해도 그 탓으로 도망가듯이 샛길로 들어간 것은 아니다. 지도에서 가까운 길을 발견해 시간과 가솔린을 절약하려고 한 것이다.

　샛길로 들어간 지점은 스토니폴즈라는 곳이었다. 작은 잡화점 하나와 인가가 몇 채 있을 뿐인 마을이다. 샛길은 위플빌이라는 곳에서 루트 7로 나가게 되어 있다. 이것으로 24킬로미터 정도 거리를 단축하게 된다. 하지만 아주 좁은 길이고, 기복이 심하고 올라가는 부분도 상당히 있고 노면도 돌투성이였다. 샛길로 들어간 순간 그런 사실을 알아서, 타이어를 다치지 않도록 천천히 주의 깊게 운전해야 했다.

　빨리 노면상태가 좋은 곳으로 나오기를 빌면서 전진했다. 하지만 길이 좋지 않았다. 정말 사람이 거의 이용하지 않는 도로다. 16킬로미터 정도 갈 때까지 주변에 있는 인가라고는, 조잡한 농가가 두세 채뿐으로 사람이 살고 있는 것 같지 않았다. 도로 좌우에 오래된 돌담이 있고, 긴 담쟁이넝쿨이 얽혀 있다. 그 맞은편에는 숲, 버려진 밭, 바위가 굴러 떨어지는 언덕의 비탈에 다시 숲이 펼쳐졌다. 마치 악몽 속에서 차를 운전하는 것 같았다. 그런 길을 30분이나 지난 곳에서 엔진이 멈추었다.

　엔진은 막힌 듯한 소리를 내고 움직이지 않았다. 차는 몇 미터 움직인 후에 멈추었다. 해가 지고서 30분 정도 지났다

고 생각한다. 손목시계는 보지 않았다. 하늘에는 아직 붉은
색이 남아 있었다.

　차가 멈춘 장소는 또 길이 나뉘어져 더 좁은 길이 왼쪽으
로 뻗어 있는 곳, 삼거리 지점이다. 세 방향을 가리키는 나
무 이정표가 길가에 서 있다. 각각의 나무에는 납을 세공해
만든 글자가 붙어 있고, 손 모양 표식이 방향을 가리키고 있
다. 독립전쟁 때 세워졌을 듯한 오래된 길 안내판이다. 나무
하나는 내가 온 쪽을 가리키고 있고, 스토니폴즈까지 14.5킬
로미터라고 쓰여 있다. 다른 나무에는 내가 가는 쪽을 가리
키고 위플빌까지 16킬로미터라고 쓰여 있다. 또 하나에는 스
웜프로드 / 플레일 제재소까지 2.5킬로미터라고 쓰여 있다.

　스웜프로드는 짐마차길이라고 할 정도의 좁은 길로, 노면
에는 깊게 바퀴자국이 패여 있고 보라색 꽃이 핀 애스터나
노란 데이지, 그 밖에 여러 화초가 패인 바퀴자국 가운데 자
라고 있었다. 4, 50년은 어떤 차바퀴도 지나지 않은 듯이 보
였다. 하지만 스토니폴즈에서 옆길로 들어온 이후, 갈라지는
길은 여기뿐이다. 스웜프로드는 180미터 앞까지 보였지만 그
앞은 깊은 숲으로 사라져 보이지 않았다.

　차가 멈춘 바로 그 순간, 스웜프로드 쪽을 보니 길이 숲으
로 사라지는 부분에 사람이 길 안쪽으로 걸어가는 것이 보였
다. 머리가 검은 남자로 모자는 쓰지 않고, 카키색 바지에
파란 데님셔츠를 입고 있었다. 셔츠 어깨에 땀자국이 퍼져
있다. 상의는 벗어 어깨에 걸치고 있다. 건강한 체격에 중간
키. 끄는 듯이 천천히 움직이는 걸음걸이는 인디언이 걷는

것 같았다.

내가 스타터를 눌러도 남자는 돌아보지 않았다. 180미터 정도 전방에서, 무성한 잡초에 덮여 있는 길을 꾸물거리며 앞으로 걸어간다. 그리고 머지않아 나무그늘에 들어가 보이지 않았다.

지금 생각하면 그 남자는 실재하지 않았던 기분이 든다. 단순히 환영이었는지도 모른다. 멍한 심리상태에 있을 때, 시각적인 빛의 작용으로 환각은 누구에게나 일어날 수 있다. 나는 공상하는 습관은 없지만, 그 남자가 내 머리 안에서만 존재했다고 할 수 있다. 내 머리 안에서만, 땀이 흐른 등에 상의를 늘어뜨리고 풀밭을 걸어가 어두운 숲으로 사라졌는지도 모른다.

하지만 문제는, 내가 실재하지 않는 남자의 환영을 본 것이 아니다. 실재하는 살인자가 탄 차를 목격하지 못한 것이 문제다.

스타터를 밟자 엔진이 걸렸다. 하지만 클러치를 연결하기 전에 바로 멈추었다. 또 한 번 스타터를 밟고 또 걸었다. 그러나 곧 또 멈추었다.

잘 걸리지 않을 것 같아서 아무래도 초조했다. 가솔린이 탱크에 아직 절반이나 들어 있기 때문에 부족할 리는 없었다. 이번에는 초크를 당겨보았다. 당기면서 키를 돌렸다. 그런 것을 반복하자 배터리가 나가 결국 완전히 엔진이 정지했다. 할 수 없이 차에서 내려, 크랭크샤프트를 돌려보려고 했다.

끈질기다고 할지 모르지만 간단하게는 포기하지 않는 성격이다. 스위치를 끄고 크랭크를 대여섯 번 돌려 연료를 흡입시켰다. 스위치를 켜고 다시 차 앞으로 가서 크랭크를 더 빨리 돌렸다. 그때마다 엔진은 소리를 냈고, 두세 번 스타터를 밟자 또 멈추었다. 그런 일을 몇 번 반복했다. 열 번, 열다섯 번 반복하자 피곤했다. 크랭크가 잘 움직이지 않아, 힘껏 돌린 순간에 크랭크핸들이 빠져, 내 머리를 향해 날아왔다. 순간 몸을 숙여서 머리에 부딪치는 것만은 피했다. 하지만 왼쪽 귓불이 찢어져 피가 조금 나왔다. 귀의 연골까지는 다치지 않은 것 같다.

사실 스무 번 이상은 반복했는지도 모른다. 땀과 기름에 더러워져 눈이 빨갛게 충혈될 때까지 했는지도 모른다. 내 체중은 63킬로그램으로 트럭 운전기사 같은 체격은 아니지만 의사의 팔로는 힘도 상당히 있는 편이다. 그러나 피곤하면 아무것도 하기 싫고, 머리가 깨질 것 같은 두통에도 손을 들었다.

덥고 바람도 없는 저녁이었다. 가라앉은 해의 마지막 빛도 사라지고, 석양의 그림자가 모든 것을 뒤덮었다. 길은 축적한 열기를 아직도 내뿜고 있다. 낮이라면 일사병에 걸릴지도 모르고, 만약 그랬다면 잠시 머리가 공백이 되었다고 해도 이상하지 않다. 하지만 이미 해가 진 뒤다. 더위에 지치고 두통에 시달리기는 했지만 의식이 사라진 것은 아니다.

기억하는 것은, 어떻게 해서든 차를 밀어서, 길가로 이동해야 한다는 생각이었다. 이대로는 길을 막는 것이 되고, 다른 차가 온다면 곤란하다.

크랭크를 돌릴 때, 어딘가 먼 곳에서 클랙슨 소리가 한 번 울리는 것을 들은 것 같다. 그리고 차가 가까이 오는 희미한 소리. 나는 등을 펴고 얼굴의 땀을 닦으면서 주위를 둘러보았다. 하지만 가까이 오는 차는 없었다. 방금 클랙슨 소리로 들었던 것은, 어딘가를 달리는 기차의 기적이라고 다시 생각했다. 차의 엔진소리로 들린 것도, 산 위를 날아가는 비행기 소리였을까?

내가 서 있는 곳으로, 열기를 품은 돌풍이 길을 따라 소용돌이치듯 불어왔다. 바람은 나를 스치고 지나갔다. 눈에는 보이지 않지만 어떤 식으로 불고 있는지는 알 수 있다. 바람은 나를 스친 후, 방향을 바꿔 스웜프로드 쪽으로 불어갔다. 잡초를 쓰러뜨리고 모래를 날리고 풀잎 밑을 하얗게 물들였다. 바퀴자국 안에 모래먼지가 일었다. 마치 자동차가 고속으로 달려 모래먼지를 일으키는 것 같았다. 하지만 물론 자동차는 아니다. 눈에 보이는 무언가가 달리고 있는 것은 아니다. 단순히 공기가 이동했을 뿐이다.

바람의 움직임을 눈으로 쫓고 있는 그때, 노란 방울뱀이 보였다. 6미터 정도 앞에 스웜프로드의 바퀴자국 안에 방울뱀이 있었다. 머리에 붙은 움직이지 않는 눈으로 나를 노려보고 있었다.

줄무늬 방울뱀이다. 길이 약 1미터 20센티미터 정도에 마른 풀색 같은 몸에 밀크초콜릿색 반점이 있다. 엷은 색 뱀이 암컷이라는 설이 진짜라면 암컷이 틀림없다. 어느 정도 시간을 그렇게 있었는지 모른다. 내가 보는 동안 계속 있었는지도 모르고, 기어서 이동하는 중이었는지도 모른다. 움직이는 뱀은 눈에 뜨이기 쉽다. 그런데 저 뱀은 조금도 움직이지 않는 것 같다. 차 바퀴자국 안의 노란 풀뿌리에 섞여 있는 듯한 노란색을 나타낸 모습으로.

사람이 지나지 않는 좁은 길에서, 방울뱀이 자고 있다고 해도 별로 신기한 일은 아니다. 산에는 뱀이 많이 서식하기 때문에 8월이 되면 길에 나오기 쉬울 것이다. 그들은 허물을 벗기 위해 뜨거운 모래나 돌에 있는 것을 좋아한다. 그런 때 뱀들은 눈에 잘 뜨이지 않는다. 차가 지나면 그대로 깔려 죽는다. 이 노란 뱀의 기묘한 점은 눈의 색이다. 대개 방울뱀은 얼룩이 들어간 금색 눈을 하고 있는데, 이 뱀은 불타는 듯 붉은 눈을 하고 있다. 아직 하늘에 남아 있는 저녁 해의 적외선이 뱀의 눈에 비치기 때문인지도 모른다. 물론 적외선은 사람의 시각으로는 식별되지 않지만 뱀에게는 식별력이 있어, 눈꺼풀이 없는 날카로운 눈에 불과 같은 붉은색으로 반영되었다고 해도 이상하지 않다.

뱀이 살아있는지 죽어 있는지도 알 수 없다. 어쩌면 차에 치였는지도 모른다. 어쨌든 나는 날아간 크랭크핸들을 주워 들고 뱀을 향해 집어던졌다. 그것은 자갈이 많은 바퀴자국에 탁 하고 맞았다. 이를 드러낸 평평한 뱀의 머리가 있는 곳이다. 그런데 그곳에는 아무것도 없었다. 뱀은 죽어 있는 것도 아니었고 눈이 보이지 않은 것도 아니었다. 몇 시간 또는 며칠 계속 있으면서 몸의 위험을 느낀 순간, 흔들리는 채찍처럼 재빨리 움직일 수 있었다. 내 움직임을 알고 곧바로 미끄러지듯이 도망간 것이 틀림없었다.

숲으로 사라진 남자. 나에게 스치고 꺾어져 스웜프로드로 불어간 일진의 바람. 그리고 바퀴자국에 있던 방울뱀 한 마리. 스웜프로드 입구에서 차 엔진이 멈추었을 때, 내가 만난 것이라고 하면 이 세 가지뿐이었다.

집어던진 크랭크핸들은 지면을 굴러 스웜프로드 옆의 키가 큰 풀 안으로 들어갔다. 나는 그것을 주우러 가려고도 하지 않았다. 하룻밤 동안 크랭크를 계속 돌려도, 고장 원인을 모르면 아무 소용없다는 것을 알았기 때문이다. 원인을 찾을 수 있을까 하고 보닛을 열어보았다.

나는 기계를 잘 알지 못한다. 하지만 자동차의 내부구조는 어느 의미에서 인간과 비슷하지 않을까? 많은 기관이 있고, 고장의 원인도 그것에 따라 많이 있다는 의미에서 말이다. 엔진을 들여다보고 각각의 부분이 어떤 역할을 하는지 이해하려고 했다. 자동차 정비기사라면 한 번 보고 이해할 것이다. 각 부분이 어떻게 구성되어 있는지도 보려고 했다. 만약 자동차 기사가 태어나서 처음으로, 인간을 해부수술 하게 된다면 역시 처음에는 무엇이 어떻게 되어 있는지 이해하려고 노력할 것이다. 머리가 잘 돌아가는 정비기사라면 조금 익숙해지면, 상식을 움직여 관절이나 근육이 어떠한 상태로 연결되어 있나 정도는 알 것이다. 그렇다면 나에게 자동차 정비기사의 일을 이해할 정도의 머리가 없다고는 생각하고 싶지 않다.

연료흡입관에 진흙 같은 것이 막혀 있다고 생각하는 것이 우선 순서다. 막힌 듯한 소리를 내고 엔진이 멈췄다면 원인은 그것밖에 없다. 그 밖에는 생각할 수 없다. 내가 갖고 있었던 드라코 세단이 같은 고장을 일으킨 적이 있었다. 엔진도 이 차의 엔진과 같은 종류다. 다만 그때는 정비기사가 바로 와서 보고 원인을 찾아 고쳐주었다. 때문에 내가 필사적으로 크랭크를 돌리지 않아도 되었다.

결국 복잡한 작업은 필요하지 않을 것 같다. 꼭 해야 할 일은 작은 육각너트를 풀고, 관을 빼서 필터를 청소하는 것과 내 입을 관에 대고 진흙을 빨아들여 가솔린이 원활하게 흐르도록 하는 것뿐이다. 나머지는 다시 너트를 조이면 끝이다. 작은 렌치 하나만 있으면 5분 정도에 모든 것이 해결될 것이다. 처음부터 원인을 찾았으면, 그런 쓸데없는 노력으로 시간을 보내지 않아도 좋았을 것이다. 그렇게 했다면 지독한 두통도 일어나지 않았을 것이고, 지금쯤은 댄버리까지 반 정도 갔을지도 모른다.

먼저, 좌석 밑의 공구함을 찾아보았는데, 나온 것은 핸들이 없는 샤프트와 손잡이가 있는 타이어 교환용 렌치와 녹슨 타이어체인뿐이었다. 이것으로는 아무것도 할 수 없다. 필요한 것은 작은 렌치 하나다. 플라이어도 괜찮다. 어쨌든 내 손가락이나 이를 사용할 수는 없었다. 뒤의 트렁크도 찾아보았지만 공구는 하나도 없고, 내 여행 가방과 수술도구가 있을 뿐이다. 수술도구 가운데도 공구 대신 쓸 만한 것은 없었다. 할 수 없이 트렁크 뚜껑을 닫았다.

인가가 있으면 렌치를 빌릴 수 있는데, 스토니폴즈에서 옆길로 들어온 후에 사람이 살고 있는 집은 보이지 않았다. 방금 전 스웝프로드를 걸어서 사라진 사람도 자갈투성이의 노면처럼 도움이 되지 않을 것 같았다. 이제는 차를 타고 진행하던 방향으로 걸어가서 인가를 찾는 수밖에 없다.

상의를 벗어 차의 좌석에 두고 열쇠는 그대로 꽂아 두었다. 도로상태가 지독하게 나빠서, 차를 떠나 있는 사이에 사람이 온다고는 생각할 수 없었다.

X여사—존 뷰캐넌 씨 저택의 가정부—가 준 봉투만은 바지 뒷주머니에 넣었다. 아주 두꺼웠다. 지폐가 50매는 들어 있는 것 같다. 하지만 뷰캐넌 씨가 경비를 포함해서 50달러 지불하라고 했을까? 그렇다면 너무 인색하다. 오히려 10달러 지폐가 50매, 즉 500달러일지도 모른다. 아무것도 하지 않고 받은 금액으로서는 너무나 많지만.

매미가 시끄럽게 우는 황혼 길을 걸었다. 돌투성이 좁은 길이 계속되었다. 길 양쪽에 있는 깊은 도랑에는 모래먼지를 쓴 허리 높이의 잡초가 무성하다. 그 너머에는 담쟁이덩굴이 감긴 돌담이 끊임없이 이어졌다. 돌담 너머는 참나무와 소나무 숲이 펼쳐 있다. 군데군데 자작나무도 보인다. 30미터 정도 가서 모퉁이를 돌자 삼거리에 세워둔 차가 시야에서 벗어나 보이지 않았다.

400미터쯤 가자 오른쪽에 지붕 널을 한 농가가 한 채 보였다. 길에서 30미터 정도 떨어진 곳으로 주위에는 키 큰 풀과 바늘금작화가 무성하다. 천천히 다가가서 모습을 살펴보았다. 창에는 유리가 하나도 없고, 부서진 굴뚝의 벽돌이 집 바로 옆에 떨어져 있다. 지붕은 골조만 남아 있어 회색 하늘이 보인다. 도로 옆의 돌담이 없는 부분, 옛날 이 집의 출입구였을 장소에는 높은 잡초가 자라있다. 거기에서 현관까지 연결된 길도 어디에 있는지 알 수 없는 상태였다.

노면이 60센티미터 정도 올라간 중앙부분에서 저택 안을 들여다보고, 그곳이 버려진 집이라는 것을 확인했다. 할 수 없이 또 앞으로 가려고 할 때, 부드러운 것이 발에 닿았다. 멈추어 서서 발밑을 보았다. 노면에 떨어져 있는 것은 더럽고 낡은 파란 펠트 모자였다.

뭐라고 형용하기 어려운 기묘한 모자였다. 챙 주위가 톱날처럼 들쑥날쑥 잘라져 있고, 머리 윗부분에는 달과 별 모양 구멍이 두 개 뚫려 있었다. 어린이가 잘하는 듯한 어쩌면 어린이 같은 어른이 할 듯한 짓이었다. 모자는 그냥 길에 떨어져 있을 뿐으로 물론 주인은 어디에도 없었다. 주위의 숲이나 들에서 벌레들이 합창을 하고 있을 뿐이다.

그때, 내가 왜 모자를 주었는지 지금도 모르겠다. 어쩌면 모자의 색깔 탓인지도 몰랐다. 진흙과 기름이 묻어 더러웠지만 천의 색은 분명히 청록색이었다. 옛날에는 틀림없이 그랬을 것이다. 모자 가게에서는 좀처럼 볼 수 없는 색인데, 모자 색으로는 내가 가장 좋아하는 것이다. 대학 의학부에서 마지막 해에 산 모자도 이 색으로 4~5년 애용했다. 내 비서가 취미를 비난하지 않았다면 계속 썼을지도 모른다. 지금도 보관하고 있다. 낡은 모자를 보관할 때에는 누구나 그렇게 하듯이 아파트 방의 옷장 선반에 넣어두었다.

모자를 주워서 보니 진흙으로 더럽혀져 있지만 원래는 상당히 질이 좋은 펠트 천이란 걸 알았다. 5가의 '핵슬러'—내가 언제나 모자를 사는 가게다—마크가 들어 있으니 좋은 모자가 틀림없다. 안쪽의 땀받이 띠를 내려 보았다—사이즈는 7과 3/8인치다. 더 자세히 보니 이니셜 글자가 있던 흔적이 보였다. 얼룩으로 검게 된 땀받이 가죽 띠에 붙어 있던 흔적이 조금 옅은 색이 되어 남아 있다. 글자의 형태를 읽을 수 있었다. H. N. R. Jr.

내 모자였다. 다른 사람 것이 아니다. 이런 길에서 이렇게 들쑥날쑥 잘려진 모습으로 떨어져 있다니. 옷장 선반 위에 있는 것을 마지막으로 본 것은 언제였지? 지난 주였나, 아니면 겨울이었을까? 어쩌면 어제였는지도 모른다. 사람은 무언가를 일단 보관하면 영원히 거기에 있을 거라고 생각한다. 거기에 보관했다는 이미지가 머리에 붙어 있다. 그러나 이 낡은 모자가 선반에 있는 것을 마지막으로 본 것은 몇 달 전이다. 어쩌면 가정부 밀렌즈 부인이 사용하지 않는 물건을 처분하려고, 작년 가을에 잡일을 하는 인부에게 주었는지도 모른다. 나에게 일일이 보고할 필요도 없다고 생각했을 것이다. 또는 구세군에 기부했는지도 모른다.

없어진 것과 만났다고 하는, 그리운 기분을 느꼈다. 묘한 기분으로 잠시 손에 들고 보았다. 집에서 160킬로미터나 떨어진 지역의 이런 삭막한 길에서, 지저분하게 되어 있는 것을 발견하다니. 과거에는 나의 인격과 복장에서 뺄 수 없는 물건으로, 그때의 흔적이 아직도 남아 있다. 모자는 넥타이나 장갑과 마찬가지로 몸 가까이 느껴지는 것이다. 어느 의미에서 개인 인격의 휘장 같은 것이고, 직업이나 사회적 지위의 표시이기도 하다. 국왕의 왕관, 농부의 밀짚모자, 은행가의 중절모, 카우보이의 솜브렐로가 모두 그렇다. 사람은 머리에 쓴 것으로 자신의 캐릭터를 표현하거나 스타일을 결정한다. 이것은 옛날 내 모자였고, 이것을 언제나 약간 비스듬히 머리에 쓰고 있었다.

그것이 지금 칼로 잘리고 광대 모자 같은 모습이 되어 있다. 도대체 어떤 남자가 나 다음에 이것을 쓰고 있었을까? 그 남자도 이 색을 마음에 들어 했을까?

그렇게 잠시 손에 들고 있을 뿐으로 50종류 이상의 균이나 미생물이 손가락 끝에 부착했을 것이다. 나는 길옆의 무성한 풀 속에 모자를 던졌다.

모자를 들어 올린 길바닥에, 찌부러진 메뚜기 한 마리가 있었다. 엄지와 검지로 메뚜기를 집어서 보았다. 회색 흙먼지로 싸여 있다. 차의 타이어나 구두에 밟힌 것이다. 모자가 떨어진 것 보다 조금 전에 밟힌 것이라고 생각된다.

더듬이가 아직 희미하게 움직이고, 입에서 갈색 액체가 흘러나온다. 앞 다리 두 개가 꺾어진 형태로 교차되어 있다.

눈은 검은 수정이나 검은 유리처럼 검다. 눈은 아직 살아있지만 내 모습이 보인다고는 생각되지 않는다.

밟힌 곤충은 어느 정도 살 수 있을까? 그렇게 오래 살지는 못할 것이다. 이 말은 모자가 떨어진 시간이 그렇게 오래전이 아니라는 것이다. 아이인지 어른인지 모르지만, 모자를 떨어뜨린 사람은, 머리에서 없어진 것을 알면 바로 찾으러 돌아올 것이다. 모자에 애착이 있다면 말이지만. 그렇다면 모자를 주운 그 장소에 놓아두는 것이 좋을지도 모른다.

나는 메뚜기의 동체 부분을 손으로 눌러 뭉개고, 시체를 도랑에 던졌다.

키 높이 잡초 맞은편에, 창문에 유리가 하나도 없고, 천장은 골조만 있는 집이 은색 황혼 속에서 나를 보고 있다. 어딘가에서 들새 새끼가 낮게 울고, 매미가 소리 높여 울고 있다. 일어서려고 했을 때, 도랑 안에서 신음소리가 들렸다. 황소개구리 우는 소리 비슷한 소리가.

"으."

그리고 또 한 소리.

"으."

두 소리의 간격이 묘하게 길었다. 숨을 많이 들이마신 듯이. 아무래도 인간의 것으로는 생각되지 않는 소리다.

내가 걸으려고 할 때, 모래먼지에 싸인 잡초가 희미하게 움직였다. 개구리가 움직인 것 같은 희미한 움직임이었다. 나는 상관하지 않고 서둘러 걸었다. 인간의 신음소리가 아닌, 개구리소리에 일일이 멈출 수 없다……. 만약 머리가 깨질 듯한 두통이 없었다면, 개구리소리를 인간의 것이라고는 생각할 수 없다고 표현한, 기묘한 내 생각을 틀림없이 알았을 것이다. 개구리소리가 인간의 것으로 생각되지 않는 것은 당연하다. 개구리소리이기 때문이다. 사람이 어떤 것을 인간의 것으로는 생각하지 않는 것은 그것이 인간의 것이 틀림없을 때뿐이다.

또는 반 인간의 것일 때이다.

800미터쯤 갔을 때, 드디어 사람이 사는 지역으로 나왔다—해가 질 무렵에 이 악몽의 샛길로 들어 온 이후, 사람이 있는 기척을 느낀 것은 처음이다. 내 호흡도 많이 안정되어 있었다. 마치 연극의 긴박한 장면을 끝냈을 때처럼. 또는 불쾌한 힘든 일을 끝낸 뒤처럼.

길 양쪽으로 계속되던 먼지투성이 담쟁이덩굴에 덮인 돌담이 끊어진 곳이 나왔다. 왼쪽에는 높이 3.6미터 정도의 캘리포니아 쥐똥나무가 울타리를 대신했다. 달콤한 냄새가 나는 하얀 꽃이 피어 있어 대낮에는 벌이 모여들 것이다. 오른쪽은 하얗게 칠한 스네이크 펜스(지그재그식 교차식 목책)가, 잡초가 많이 난 사과 과수원과 경계를 만들고 있다. 노면상태가 조금 좋아졌다—폭은 넓어지고, 길에 깔려 있는 돌도 적어서 요철도 조금 적어졌다. 과거 40년 어느 시점에 노면공사를 한 적이 있는 것 같았다.

쥐똥나무 울타리 건너편에 붉은 지붕이 보이고, 최근 하얗게 칠한 박공벽도 보였다. 이런 변두리임에도 불구하고 가까이 서 있는 전봇대에서 전선과 전화선이 길을 따라 내 앞으로 늘어져 있고 산울타리를 넘어 집으로 전해지고 있다.

굽어진 산울타리 위에 늘어져 있는 가는 전선은 마치 생명줄 같았다. 여기까지 오는 길에서 창유리가 없는 집들, 담쟁이덩굴로 덮인 돌담, 숲, 잡초투성이 밭, 사라진 사람, 석양 속에서 노래하는 풀벌레, 내 것이었던 낡은 모자 등, 무섭고 외로운 것만 본 뒤인 만큼 갑자기 정상적인 세계로 돌아온 기분이었다.

나는 역시 공백상태에 빠진 것이 아니었다. 망아의 경지를 헤맨 것도 아니었다. 황혼에 이 샛길에 들어와서도 정상적인 의식을 계속 유지하고 있었다. 오히려 지나치게 과민할 정도로 의식이 확실했다. 다만 여기까지 너무나도 고독했다. 지금까지 경험한 일이 없는 거리를 여행했다—결과적이지만—끝에 섰다고 하는 생각이, 지금부터 밤새워 계속 걸어야 한다는 생각이, 점점 높아지는 것은 사실이다. 하지만 사실은 내가 생각한 만큼 곤란한 상황이 아닌지도 모른다. 여기까지 왔으니 더 이상 나쁘지는 않을 것 같다.

먹을 것만 있으면 되는 단순한 동물과는 달리 문명의 세례를 받은 인간으로서 가장 빼놓을 수 없는 것은, 다른 사람과 만나는 것이라고 생각한다. 두통은 아직 있지만 머리가 깨질 듯한 통증은 없어졌다. 가장 가까운 도시가 아직 먼 거리에 있는 것은 틀림없다. 저 외딴 집에서 전화를 빌리면 바로 바깥세계로 연락이 가능하지 않을까? 그리고 바깥세상의 여러 가지 것에 접하게 된다. 레스토랑, 택시, 세탁소, 자동차 정비공장, 병원, 경찰, 어디에도 연락할 수 있다. 현재 세계의 움직임이나 소문도 바로 알 수 있다. 벽 하나 떨어진 옆방에 세계가 펼쳐져 있는 것과 마찬가지다.

배가 지독히 고팠다. 전화만 있으면 먹을 것을 구할 수 있다. 또는 먹을 것을 사러 가기 위해 차를 구할 수도 있다. 몸은 더러웠지만 돈만 지불하면 깨끗한 옷으로 갈아입을 수도 있다. 그 기분 나쁜 좁은 길 입구에서 차 엔진이 멈추어 결국 혼자 힘으로 출발시키지 못하고 놓고 왔지만, 가까운 마을에 연락하면 정비기사를 부를 수 있다. 수리비가 백 달러 정도 든다고 해도, 피츠필드나 댄버리에서 부를 수 있다.

두통에 시달리는 악몽 같은 길이어도, 전화를 빌리기 위해서는 참고 갈 수밖에 없었다.

쥐똥나무 울타리를 따라 30미터 정도 걸어서 집의 대지 입구에 도착했다. 교외의 주택지처럼 자갈을 깐 차도가 이어져 있고, 차의 타이어 자국이 노면에 나있다.

차도를 15미터 정도 들어가자 바로 옆에 지붕이 붉은 별장이 있다. 버크셔 콜로니얼 양식의 1층 반 건물로, 벽을 하얗게 칠하고 창문에는 붉은 덧문, 벽 한쪽을 꽃양귀비가 덮고 있다. 앞 정원에는 하얀 클로버와 잎이 긴 잔디밭, 뒤에는 화단이 있다.

집을 지나가 45미터 정도 가면 막다른 곳에 헛간이 있다. 상당히 크고 현대적인 헛간으로 주위는 하얗게 칠하고 붉은 지붕 가운데는 작은 탑이 있다. 작은 탑의 꼭대기는 둥글게 되어 있고, 메뚜기 모양의 풍향계가 세워져 있다. 보스턴의 유명한 파니엘 홀의 풍향계와 비슷하다.

헛간 바로 앞, 차도에는 타이어가 망가진 스테이션 왜건이 주차되어 있다. 헛간 문 쪽으로 향하고는 있지만 차체는 밖으로 나온 채였다. 헛간 옆에는 돼지우리와 닭장이 나란히 있는데 돼지도 닭도 보이지 않았다. 헛간 뒤에는 지면이 조금 올라간 곳에 풍차와 물탱크가 있고, 바위가 많은 목초지가 있고, 상록수가 숲으로 연결되어 있다.

자세히 보니 도시생활도 할 수 있는 조금 세련된 시골집으로 전원 속의 도시 같았다. 누군가 상당히 돈을 들여 건물 복구를 즐기면서 만든 집 같았다. 집에는 옛 양식의 다락방 창이나, 작은 박공창문이 있어 18세기식 주거의 원형에 가깝다고 생각된다. 도중에 살았던, 화려한 것을 좋아하는 시대의 사람들이 한 번은 장식을 한 일도 있는 것 같았는데 그것도 지금은 복구되어 초기의 심플한 양식으로 돌아가 있다. 어딘가의 교양 있는 사람의 피서용 별장이 틀림없다. 소박한 정취를 사랑하고, 도시를 벗어나는 것을 좋아하고, 옛 것을 즐기는 인물이다. 책을 읽고 글을 쓰고 정원을 산책하는 사람이다. 정년퇴직한 대학교수일까? 페니엘 홀을 흉내 낸 풍향계가 있는 것으로 보아 보스턴 시민일까?

길 끝에서 차도로 들어가는 곳 바로 옆에 높이 1.5미터 정도의 막대기가 서 있고, 우편함이 붙어 있다. 'A. 맥코메르'라고 작은 글자로 쓰여 있다.

아주 진기한 이 이름이 내 기억의 벨을 울렸다. 이 사람은 적어도 의학을 직업으로 하는 사람은 아니다. 의사는 자신의 사회적 지위를 언제나 세상에 선전하고 싶어 하는 종족이기 때문이다. 우리들 의사의 대부분은 닥터나 의학박사라는 칭호를 붙이지 않고 사람 앞에 나올 정도라면, 셔츠를 입지 않는 쪽이 더 낫다고 생각한다. 하물며 우편함은 더욱더 그렇다. 어쨌든 우편함의 이름을 보고 의대생 시절 일이 바로 떠올랐다. 아담 맥코메르의 《살인심리학》. 4학년 때 심리학 12 클래스에서 사용한 교재다.

그런 교재는 달리 없었다. 그 책을 손에 들었을 때의 무게를 지금도 똑똑히 기억한다. 칙칙한 갈색 버크럼제본을 한 소형판으로 1,287페이지에 이르고, 정보는 물론 주석과 색인도 충실했다. 《살인자의 심리에 관한 기초적 문제연구를 위한 사례선집. 정상 지능인 중에 보이는 이상 인격분열에 관한 조사보고 포함—문학사, 철학박사, 문학박사(이상 시카고대학, 최우수졸업생), 과학박사(예일대학), 법학박사(스워스모어대학, 컬럼비아대학, 맥길대학), 하버드대학 심리학 명예교수 아담 맥코메르 저》가 이 책의 정식 타이틀이었다고 생각한다. 우리는 《살인심리학》이라는 약칭으로 불렀다.

맥코메르는 살인자들에 대해 잘 알았다. 그의 해설에 의하면 이 저서의 타이틀이 너무나 길고 지루한 것은 일부러 그렇게 한 것으로, 일반인이 이상한 흥미를 지나치게 갖는 것을 방지하기 위해서라고 한다. 약한 인간의 마음이, 책의 힘에 영향 받기 쉬운 것을 잘 알고 있기 때문이다. 사실을 말하면 《살인심리학》은 지루하거나 지나치게 학술적이라는 표현은 전혀 맞지 않는 책이다. 계산된 문장으로 자세히 쓴 내용은 아주 충실했다. 살인을 범하는 정신상태가 어떠한 것인지, 왜 그들은 그와 같은 상태에 이르게 되었는지를, 소설보다 더 극적으로 분석하고 있다. 대학 교재로서는 물론 이 분야의 고전이 된 결정판이라고 할 수 있다.

물론 이 집에 사는 A. 맥코메르 씨가 그 맥코메르와 같은 인물이라고는 할 수 없다. 그는 그 방대한 지식을 두뇌에 저장한 채, 이미 고인이 되었어도 이상하지 않은 사람이다. 이 집의 맥코메르 씨는 아무 관계도 없고, 이 집 주인은 같은 이름의 대학교수는 알지도 못할 것이다. 그렇지만 특별한 이름인 것은 사실이다.

나는 그때, 잠시 주저했다고 생각한다. 감수성이 강한 시절에 읽어서 《살인심리학》에 아주 매료되어 있었다. 내용의 몇 부분을 암기할 정도였고, 덕분에 좋은 성적을 얻을 수 있었다. 아담 맥코메르는 위대한 이름으로서 내 마음에 새겨져 있었다.

그럼에도 불구하고 만약 이 집의 주인이 같은 인물이라면, 지금 내가 만나야 좋은지 어떤지 묘한 기분이 들었다.

그때의 내 심리를 분석해야 한다. 황혼 때, 그 집에 들어가기 전, 우편함 앞에 서 있을 때의 내 심리상태를. 이 인물이 아담 맥코메르 교수가 아니라면 좋은데 하고 속으로 바란 것 같다.

물론 피곤했다. 두통에 시달려서, 지성이 풍부하고 의논을 좋아하는 인물을 그다지 만나고 싶지 않은 것도 분명했다. 또 내가 평소에 갖고 있던 생각, 즉 책의 저자와 책 자체는 전혀 다른 것이라는 생각도 작용했다. 사람이 뛰어난 책을 쓴 경우, 그 책에 들어 있는 것은 그 사람의 가장 뛰어난 부분이다. 저자와 책의 관계는 아버지와 아이, 또는 남편과 부인으로 비유할 수 있다. 그 이상의 것은 아니다. 양자는 물론 강하게 연결되어 있고 여러 면에서 유사성이 있다. 그러나 한편으로 독자의 기호에 맞지만 다른 한편으로 그렇지 않은 것도 당연하다. 양자는 동일하지는 않다.

이 경우에는 더 특별한 사정도 있다. 맥코메르 교수는 저서 《살인심리학》에서 의학에 관여하는 사람들을 많이 야유했다. 세련된 유머를 나누는 편안한 상태이기는 하지만 어딘가 사람을 초조하게 하는 글을 쓰고 있다. 예를 들어 인간의 이상심리 문제에 대해, 의학은 지금도 충분히 이해하지 않는다고 썼다. 또 심리학을 가짜 과학이라고 단정하는 무지한 의사마저 있다고 했다. 박사는 그런 의사들이 심리학을 점성술이나 골상학과 비슷한 유사과학으로 무식한 시민을 속이는 것에 지나지 않는다고 공언했다고 했다.

맥코메르는 기본적으로는 뛰어난 학자로, 중상 같은 것을 할 인물은 아니다. 다만 의사나 의학이나 의료를 점잖은 말로 조롱하는 것을 자연스럽게 즐기는 부분이 저서 여기저기에 보이는 것은 사실이다. 위대한 학자도 사람인 이상, 그런 면이 있는 것도 당연하다. 《살인심리학》에서 가장 흥미 깊은 부분은 '지킬과 하이드로서의 의사'로, 거기에서 박사는 의사가 살인자인 사례를 많이 들고 있다. 정말 이렇게 많이 있구나 생각할 정도였다.

그러나 내가 의사라고 해서, 박사가 내 안에서도 살인자를 찾을 수 있다는 것은 아니다.

내가 차도 입구에 서 있자, 가슴이 하얀 회색 딱새 한 마리가 날개를 퍼덕이며 눈앞을 낮게 날아갔다. 우편함 바로 옆에 있는 양끝이 뚫린 원통형 신문함 안에 딱새가 둥지를 만들었는지, 새끼 몇 마리가 들어 있다. 딱새들은 그렇게 한 여름 동안 새끼를 몇 마리 낳고 헌신적인 어미 새가 된다. 사람과 친숙한 새들로 언제나 인가 주변에 집을 짓고, 사람을 잘 따른다.

하지만 이 어미 딱새는 나를 보고 놀라는 반응으로 보아 지금까지 사람을 만난 적이 한 번도 없는 것 같았다. 회색 날개를 펄럭이며 내 얼굴 앞을 왔다 갔다 한다. 마치 내가 잔인한 표범이라도 되는 듯이, 하얀 가슴에 바람을 받고 희미하게 울면서 당황한 듯 날고 있다.

집 쪽으로 가려고 했을 때, 울타리 맞은편에서 딸랑딸랑 하는 방울소리가 들렸다. 그리고 고양이 우는 소리. 다리와 얼굴만 하얀, 회색 고양이 한 마리가 울타리 밑에서 자갈이 깔린 차도로 엉금엉금 나왔다. 목걸이에 달린 작은 방울을 울리면서 발밑까지 가까이 왔다. 나를 올려보고, 스틸 기타의 음색을 생각나게 하는 소리를 냈다.

주위를 어슬렁거리는 들고양이와 다르다. 방울 달린 목걸이를 하고 있는 것을 보면 사람이 기르는 집고양이다. 이 집의 고양이가 틀림없다. 애완 고양이는 사육되는 집 근처에서 멀리 가지 않는다. 나는 고양이를 좋아한다. 대개 바로 친해지고 고양이가 몸을 기대어 온다. 의대생 때 연구실에서 기르던 실험용 고양이들마저 불쌍하게 생각해 귀여워했다. 나는 고양이를 익숙하게 다룬다고 생각해 왔다. 그래서 이때도 나도 모르게 웅크리면서 손을 뻗었다. 그런데 고양이는 노란 눈으로 돌아보고 야옹 하고 울고 차도를 지나갔다. 고양이는 쥐어짜는 듯이 슬픈 울음소리를 내면서 계속 그쪽의 높은 풀 속으로 사라졌다.

코르크스크루가 손을 들어 미스 대리와 세인트에이메의 차를 세웠을 때, 회색 새끼고양이를 안고 있었다고 했다. 그는 고양이를 도로 옆의 도랑에 던졌다고 하지 않았나? 하지만 내가 본 맥코메르 집의 회색 고양이가 슬픈 소리로 우는 것과 그 새끼고양이가 관련이 있다고는 생각할 수 없다. 두 고양이를 연결시키는 것은 아무것도 없다.

집 안에는 아직 불이 켜져 있지 않았다. 하지만 내가 차도를 걸어가자 닫힌 창을 통해 어느 방에서 여자가 이야기하는 소리가 났다. 그것에 응해서 다른 소리도 들렸다. 누군가 집에 있는 것이 틀림없다.

집 뒤쪽에서 탁탁 하는 소리가 들려왔다. 두꺼운 카펫 같은 것을 천천히 두드리는 규칙적인 소리다. 시골집은 대개 주방문으로 들어가기 때문에 소리 나는 쪽을 찾아 뒤로 돌아가 보았다.

집 뒤에는 아까 본 정원이 있다. 장미나무에는 많은 봉우리가 있고 옅은 색 꽃이 활짝 핀 나무도 있다. 크림색이나 노란색 꽃일까? 저녁의 어둠에서는 분명하지 않지만 냄새는 상당히 강했다. 키가 큰 참제비고깔과 접시꽃, 작고 옅은 색 꽃이 많이 핀 여름 국화 등이 주위의 화단을 활기차게 만들고, 달콤한 향으로 주위를 가득 채우고 있다. 습한 풀잎 냄새와 정원의 흙냄새도 기분이 좋다.

화단 사이에 돌을 놓아 만든 길이 있다. 하얀 나무받침 위의 화분에는, 점쟁이가 사용하는 수정구슬 같은 미러볼이 있어, 꽃들의 여러 가지 색을 반사하고 있다. 하지만 황혼 때여서 꽃의 색은 물론 미러볼도 하늘과 마찬가지로 은색이다.

키가 크고 근골이 늠름한 어깨가 굽은 남자가 줄무늬 반바지에 발에는 모카신을 신고 삽의 평평한 부분으로 화단의 흙을 두드리고 있다. 나에게 등을 보이고 있다. 머리는 한가운데가 벗겨지고, 짧은 흰머리가 주변부를 싸고 있다. 귀는 박쥐 귀처럼 크고, 치아가 없는 듯 입을 굳게 다물고 있다.

내가 정원의 통로로 들어가자 남자는 흙을 두드리는 행동을 멈추고 흙투성이 손으로 삽을 잡은 채, 다른 손을 자신의 목과 어깨 주위로 움직였다. 가늘고 긴 하얀 팔이, 뱀이 꿈틀거리는 것 같았다.

"저리 가! 이 피에 굶주린 마물!"

갑자기 남자가 불명료한 소리로 외쳤다.

나에게 소리친 것은 아니다. 내 구두는 2차 대전 전의 크레이프 고무바닥 스포츠슈즈이기 때문에 차도에 나 있는 폭넓은 타이어 자국을 걸어온 것을 들었을 리가 없다. 남자는 주위 5킬로미터 이내에 사람이 있을 거라고는 생각하지도 못했을 것이다. 모기를 잡으면서 혼잣말을 한 것이었다.

"제기랄! 이 피에 굶주린—."

찰싹!

"실례합니다."

나는 미러볼 옆에 서서 볼에 손을 대면서 말을 걸었다.

벗겨진 머리 위에 피를 빨아먹은 모기가 한 마리 죽어 있다. 머리에서 손을 떼자 손바닥이 피로 더러워졌다. 지금까지 작업을 하던 화단 쪽으로 향한 채 남자는 일어섰다. 머리에서 5센티미터쯤 떨어진 허공에 손을 둔 채로.

"뭐요?"

작은 소리로 되물었다.

"말씀 좀 묻겠습니다."

나는 주저하면서 물었다.

"뭐요?"

남자가 다시 말했다.

그 모습은 마치 사람의 목소리가 들렸지만 잘못 들었다고 생각하고, 당황한 모습처럼 보였다. 잘못 들은 것이 아니고 정말 들렸다면 어디에서 들려온 것인가 하고 생각하는 것 같았다. 두 여자의 목소리가 아직 희미하게 들리는 집 안에서

난 소리일까? 아니면 주위의 어둠 속 어디에서일까? 풀덤불에서? 하고 남자는 생각하는 것 같았다.

"여기입니다."

내가 말했다.

"당신 뒤에 있습니다."

"내 뒤에?"

남자는 반복했다.

그는 어깨를 굽히고 두 손에 삽을 쥔 채 돌아섰다. 피부가 하얀 가슴에 엷은 회색털이 나있다. 얼굴도 손과 마찬가지로 햇볕에 탔는데 팔과 몸보다 검다. 박쥐와 같은 커다란 귀도 검게 그을렸다. 이가 없는 입을 다문 채 은색 황혼의 어둠 속에서 파란 눈동자로 나를 조사하듯이 보았다.

조금 사이를 두고 이가 없는 입으로 물었다.

"당신은 어디로 들어왔소? 누구요?"

나는 미러볼에서 손을 떼고, 그에게 다가갔다.

"리들이라고 합니다. 닥터 해리 리들입니다. 뉴욕에서 왔습니다. 사실은 차가 고장 나서, 이 근처에 자동차 정비기사가 있나, 물으려고―"

"자동차 정비기사?"

노인은 노려보면서 중얼거리듯 말했다.

"사실은 아무래도 있을 것 같지 않군요."

나는 계속했다.

"직접 고칠 수 있을 것 같은데, 작은 렌치가 없어서 너트도 풀 수 없습니다. 차에 공구가 없어요. 조정 기능이 있는 렌치나 플라이어를 빌려주실 수 있습니까?"

남자의 입이 벌어지며 친절한 미소를 보였다. 날카로운 눈초리에 희미한 유머의 색이 떠올랐다.

"그 붉은 머리에 어울리지 않게 상당히 조용히 걸어온 모양이군."

이가 없어서 분명하지 않은 말투로 말했다.

"렌치라면 당신이 작은 것을 하나 던지지 않았나?('렌치를 던지다'는 방해하다의 뜻이 있음) 내가 빌려주면 된다는 것인가? 너트를 풀려고? 어딘가 공구가 있을 거요. 그런데 당신 이름이—리들이라고 했나? 닥터 리들인가? 나는 대학교수 아담 맥코메르요. 우편함을 이미 보았겠지."

남자는 삽을 왼손에 바꿔들고 오른손을 내 쪽으로 내밀었다. 악수하자 손바닥은 차가우면서도 부드럽고 힘이 느껴졌다.

"당신이 그 아담 맥코메르입니까?"

내가 물었다.

"그라니?"

교수는 희미하게 걱정스러운 표정으로 돌아본다. 쉽게 인정하면 귀찮은 살인사건 상담이라도 하는 것이 아닌가 하고 말하듯이.

"그렇소, 분명히 내가 아담 맥코메르 교수요. 이런 이름은 세상에 많지는 않을 것이오."

"대학 4년 때, 심리학 12 클래스에서 교수님으로부터 많은 것을 배웠습니다."

"하버드에서?"

교수가 물었다.

"내 강의를 들은 적이—."

교수는 내 얼굴에는 기억이 없는 것 같았다. 하지만 왠지 알고 있는 것 같은 기분도 들었다.

"아니, 대학은 남 코네티컷 주립대학입니다. 때문에 교수님에게 직접 가르침을 받은 것은 아닙니다. 만난 적도 없습니다. 교수님의 저서를 교재로 배웠습니다. 그 책을 성경처럼 생각했으니까요."

"아, 그 책이군. 분명히 거기에는 여러 흥미 깊은 것을 쓸 생각이었지. 많은 학생들이 애독한 책이라고 생각하네."

교수는 마지막으로 흙을 한 번 두드리고, 삽을 그 부근에 던졌다. 삽은 화단 끝을 넘어 떨어졌다.

"자네는 정원 가꾸기를 좋아하나?"

교수가 물었다.

내가 고개를 젓자 그가 말을 이었다.

"지금 내년 봄에 필 튤립 구근을 심었네. 정원 가꾸기는 시간이 걸리지……. 그런데 차가 고장 났다고 했나? 공교롭게 이 근처에 자동차 정비공장은 없네. 하지만 나와 자네라면 어떻게 고칠 수 있겠지. 장소는 어디지? 이 부근인가? 아니면 우니스테어 집 쪽인가? 스토니폴즈 쪽으로 가고 있었나?"

"아니오, 스토니폴즈 쪽에서 왔습니다. 루트 7로 나올 생각으로 위플빌로 가고 있었습니다. 때문에 장소는 그 중간입니다."

"그런가? 자네는 거기에서 왔나?"

"네, 49A 도로로 계속 오다, 스토니폴즈에서 이쪽 샛길로 들어왔습니다."

"그럼 여기까지 상당히 걸어왔군. 스토니폴즈에서 여기까지 길에는 사람이 사는 집이 없고."

그는 내가 반응하는 것을 기다리는 것 같았는데, 어떠한 대답을 예상하는지 알 수 없었다.

"그 회색 차를 자네도 보았겠지? 두 남자가 탄 차와 스쳐 지났겠지?"

"아니오."

내가 대답했다.

"저와 스쳐 지나간 차는 한 대도 없었습니다."

그 차에 대해서 그가 특별한 관심을 갖고 있는 것은 아닐 것이다. 신경 쓰는 것은 오히려 내 반응 같았다. 뭔가 어긋나 있다고 생각하는 것 같았다.

"그 말은 자네가 49A에서 이쪽 샛길로 빠지기 전에 그 차는 이미 스토니폴즈에 도착해서 49A로 나갔다는 말인가? 그 차가 이 앞을 지나간 것은 지금부터 30분 전이네."

"제가 스토니폴즈에서 샛길로 빠진 것은 황혼 때입니다. 지금부터 1시간에서 1시간 30분 전일까요? 그리고 계속 샛길을 지나왔습니다. 하지만 다른 차는 전혀 지나가지 않았습니다."

"황혼 때?"

교수는 미간에 주름을 잡았다.

"그리고 1시간 30분이나 계속 샛길을 왔다는 것인가? 확실한가? 캐딜락 투어링을 만나지 않았다는 말인가? 덮개를 내리고 좌석이 빨갛고 번호는 뉴욕 XL의 4로 시작하는 숫자였는데. 운전하는 사람은 눈이 빨갛고 머리가 헝클어지고, 챙이 들쑥날쑥한 파란 모자를 쓰고, 줄무늬 재킷을 입은 남자였네. 또 한 사람은 머리가 검고 눈도 검고 개버딘 양복을 입은 젊은 남자였지. 축 늘어진 자세로 조수석에 앉아 있었네."

"아니오."

내가 말했다.

"본 적이 없습니다. 그런 차는 지나가지 않았습니다."

"그렇다면 자네와 만나기 전에 스웝프로드로 빠져나갔을까? 사실은 그 차를 보았을 때, 마음에 걸리는 일이 있었네. 운전하는 남자는 마치 악마를 연상시키는 추한 사람이었지. 고양이처럼 날카로운 이를 하고, 한쪽 귀가 찢어져 있었어. 그런데 자네 귀는 어떻게 된 건가?"

"차의 크랭크를 돌리다가 크랭크핸들이 빠져 날아왔습니다."

하지만 그는 그 일에 관심을 갖지 않는 것 같았다. 다른 문제가 머리 안에서 소용돌이치는 것 같았다. 나는 그의 뒤를 따라 주방문 쪽으로 갔다.

"함께 타고 있던 검은 머리의 젊은 남자는 이름을 뭐라고 했더라?"

그는 나에게 등을 보인 채 중얼거렸다.

"그래, 세인트에이메. 분명히 그렇게 말했어. 나이는 젊지만 오클라호마에서 석유채굴을 하는 부자 같았네. 젊은 사업가 타입인데 호감이 가는 남자였지. 그런 인물이 그런 부랑자와 함께 뭘 하고 있었을까?"

세인트에이메라는 이름을 나는 그때 처음 들었다. 전혀 모르는 이름이다.

"저는 모르는 남자입니다."

내가 말했다.

"그렇겠지. 그 젊은이는 뉴욕에 온지 얼마 되지 않았으니까. 웨스트 14에서 자동차 정비공장을 하는 A. M. 덱스터가 나에게 소개해 줘서 알게 되었네. 내 차를 덱스터에게 맡겼을 때의 일이지. 세인트에이메는 조용한 공동경영자로, 덱스터가 비밀리에 군사무기를 개발하는데 출자했다고 했네.

그게 내 마음에 걸리는 점이지. 또 하나는 세인트에이메가 평소에 많은 현금을 갖고 다니는 것이지. 그 부랑자 같은 남자 옆에, 그는 축 늘어져 머리를 등받이에 얹고 하늘을 보고 있었네. 노래하면서 기도하는지도 모르고, 얼굴에 바람을 쏘이고 있었는지도 모르지만."

"어쨌든 그 차가 나를 스쳐가지는 않았습니다."

나는 다시 반복했다.

"그렇기 때문에 자네와 만나기 전에 스웜프로드로 빠져나갔을 거라고 말한 것이네. 스웜프로드는 존 플레일만 살고 있는 막다른 길이네. 막다른 길이기는 하지만 그 길로 들어갔다고 생각할 수밖에 없군."

교수는 주방문을 열었다. 집 안에서는 내가 정원으로 올 때 들었던, 여자들의 이야기하는 소리가 들렸다.

"스웜프로드요?"

내가 말했다.

"여기에서 2킬로미터 정도 떨어진 곳에 있는 오래된 짐마차 길 말이지요? 애스터와 노랑 데이지 꽃으로 덮인 오래된 바퀴자국이 있고, 납 글자와 손 모양 화살표가 붙은 길 안내판이 있고, 숲으로 갈라져 들어가는 그 길이지요? 내 차가 고장 난 것은 마침 그 길로 들어가는 삼거리에서입니다. 그러나 1시간 동안 아무것도 그 길로 들어가지 않았습니다."

우리는 어두운 주방으로 들어갔다. 계속 들려오던 여자의 이야기 소리는, 난로 옆의 벽에 걸려 있는 오래된 골든 오크제 벽걸이 전화기에서 들려오는 것이었다. 수화기가 내려진 채 놓여 있다. 시골의 공동가입전화다.

"보비가! 보비가 죽었어요!"

"오, 불쌍한 위긴스 부인!"

맥코메르는 나에게 등을 보인 채 멈추어 섰다. 그는 수화기를 들고 걸이에 걸었다. 이야기 소리가 갑자기 끊어졌다. 정적 속에서 그가 돌아보았다.

"자네는 스웜프로드 입구의 삼거리에 있었다고 했지?"

이 없는 그가 물었다.

"바로 거기에 있었습니다."

"거기에서 1시간이나 있었다는 말인가?"

"네, 그 정도 있었습니다."

"아무것도 스웜프로드로 들어가지 않았다는 것은 분명한가?"

"확실합니다. 자동차 같은 것은 한 대도 들어오지 않았다는 의미입니다. 그곳에서 만난 것이라면 길을 따라 불어온 돌풍과 삼거리에 도착했을 때 본 남자 한 사람뿐입니다. 그 사람은 좁은 길을 걷고 있었습니다. 그 사람은 분명히 삼거리에서 그 길로 빠져나간 것이라고 생각했습니다. 하지만 그것은 내가 도착하기 전의 일일 겁니다. 이미 멀리서 숲 속으로 사라졌으니까요."

"남자라고? 어떤 남자였나?"

"머리가 검고 키가 크고—마치 교수님 정도의 키로—카키색 바지를 입고, 땀에 젖은 파란 셔츠를 입고, 상의를 오른쪽 어깨에 걸치고 있었지요. 고개를 앞으로 숙이고 다리를 지면에 붙이고 인디언 같이 끄는 다리로, 큰 걸음으로 걸어갔어요."

"존 플레일이군."

맥코메르가 말했다.

"존이 스웜프로드를 걷는 것을 1시간 전에 보았다는 것인가?"

"그렇습니다. 제가 보았을 때는 이미, 나무에 가려 보이지 않았습니다. 제게서 180미터 정도 떨어졌다고 생각합니다. 그런 이름의 사람이라고는 알지 못했습니다."

"존은 오늘, 내 집에서 일 했었네."

그는 감정을 억제하듯이 말했다.

"존이 언제 일을 마쳤는지는 정확히 모르네. 다만 그 회색 차가 앞길을 지났을 때, 이미 집에 없었던 것은 확실하지. 여기를 나간 것은 그 차가 지나가기 겨우 10분 전이네. 이 말은 지금부터 최대로 보아도 45분 전이라는 것이네…… 물론 자네가 본 남자는 분명히 존 플레일이었다고 생각하네. 하지만 단언할 수는 없지."

그는 희미한 어둠 속에 선 채, 눈을 가늘게 뜨고 나를 보았다. 마치 나의 몸을 투과해 건너편을 보는 눈초리로. 존 플레일이 이 집을 나간 시간은, 내가 스월프로드에서 사람을 본 시각보다도 틀림없이 나중이라고 교수는 생각하는 것이다.

그렇다면 내가 거짓말한다고 생각하는 게 틀림없다. 어떤 목적이 있어서 의식적으로 거짓말을 하고 있다고는 생각하지 않을 것이다. 다만 내가 봤다는 사람이 정말 살아있는 사람이었을까, 아니면 환각에 지나지 않았나 하고 의심했을 것이다. 내가 진짜 살아있는 인간인지 아니면 환각인지 의심했는지도 모른다.

그는 난로 옆의 선반 위에서 무언가를 꺼냈다. 내가 빌려 달라고 부탁한 니켈 도금한 작은 몽키 렌치였다. 교수는 그것을 나에게 주었다.

"옷을 갈아입을 테니 잠깐 기다리게. 나도 같이 가서 돕겠네."

그는 그렇게 멍하니 말했다.

아직 나에게 그다지 관심을 갖지 않고 다른 문제를 계속 생각하는 것 같았다. 하지만 창백한 얼굴의 세인트에이메를 못 본 것은 확실하고, '닥'이라고 말한 것을 나중에 알게 된 눈이 빨갛고 다리가 뒤틀린 작은 남자도 전혀 본 기억이 없다.

하지만 그 사실이 맥코메르의 머리를 괴롭히는 것 같았다. 그것은 이미 해결해야 할 문제가 되었다. 그는 이번에는 전화 옆의 선반에서 주소록 같은 것을 꺼내 펼쳤다. 자동차 정비기사 덱스터의 전화번호를 찾는 것이 틀림없었다.

그는 반바지에 모카신을 신은 모습으로, 정원 작업을 해서 흙과 땀에 더러워진 채 번호를 찾았다. 결국 번호를 찾고는, 껍질을 벗긴 나뭇가지처럼 하얀 팔을 움직여, 전화기의 핸들을 돌렸다. 덱스터에게 연락을 하려고.

그때의 일이 지금도 생생하게 눈에 떠오른다. 우리가 정원에서 들어간 그 어두운 주방의 모습이. 그때는 아직 살인사건이 일어났다고는 알지도 못했다. 세인트에이메라는 이름마저, 나는 그때 처음 들었다. 맥코메르에게도 중요한 이름은 아니었을 것이다. 그 작은 남자 코르크스크루도, 대형 회색 차를 운전해서 앞길을 지나갔다는 존재에 지나지 않았을 것이다. 그리고 세인트에이메의 젊은 약혼자 엘리너 대리는,

아직 나와 교수에게 존재하지 않았다.

　다만 어떤 기분 나쁜 사실이 있다는 생각은 부정할 수 없었다. 내가 본 환영 같은 사람. 나에게는 보이지 않은 자동차의 존재. 맥코메르가 이상하게 생각하는 것도 무리가 아니다.

　그때, 그 두 요소 가운데 어느 것이 그를 더 괴롭혔을까? 내가 목격한 것에 대해서일까? 내가 목격하지 못한 것에 대해서일까? 하지만 자동차에 관해서는, 그가 지금부터 전화로 확인하면 실재가 확실해질 것이다.

　그는 커다란 은 회중시계를 전화기의 작은 선반 구석에 놓았다. 벨이 울린 뒤, 수화기를 들자 이야기 소리가 들려왔다. 서너 명이 동시에 말하고 있다.

　"교환을 부탁합니다."

　그가 끼어들었다.

　"아, 우니스테어 씨예요? 힌터지의 집사람이에요. 계속 당신에게 연락하는 중이에요."

　"나는 맥코메르 교수요. 5-5번이요. 뉴욕과 통화하려고 합니다."

　"아, 맥코메르 교수이시군요! 당신에게도 전화하려고 했어요. 하지만 글 쓰는데 바빠서 이야기할 틈이 없다고, 그때처럼 거절하지 않나 생각했어요! 선생, 선생 집 앞길을 회색 투어링이 고속으로 달려가는 것을 보셨나요? 오싹한 부랑자가 운전하고―."

　"집 앞을 지나가는 것을 보았소."

　"그 부랑자에게 남편이 완전히 겁을 먹었어요. 흔들의자에서 굴러 떨어질 정도로요. 그 남자는 오싹한 목소리로 웃었어요! 그리고 위긴스 씨의 개를 일부러 치어 죽였어요. 보비라는 이름의 세인트버나드를 말이에요. 아이들이 좋아했고, 언제나 등에 타고 놀았는데! 차에는 다른 남자가 타고 있었어요. 어쩐지 머리라도 맞은 것 같았어요! 잠깐, 위긴스 부인, 그 사람이 어떤 식으로 보비를 치었는지 맥코메르 교수에게 이야기하세요!"

"들어보세요, 교수님. 보비가 서 있는 곳에 그 남자의 차가 달려와 부딪쳤어요! 원숭이처럼 등이 굽은 모습으로 핸들을 잡고 챙이 들쑥날쑥한 파란 모자를 쓴 무서운 남자였어요! 그는 핸들을 일부러 꺾어—."

"아, 나도 그 남자를 보았소."

슬픈 어조로 맥코메르가 말했다.

"차에 치인 것이 당신 아이가 아니라 불행 중 다행이군요, 위긴스 부인. 상대가 아이라도 용서 없었을 남자요. 함께 타고 있던 젊은 남자는 내가 아는 사람인지도 모르오. 그것을 확인하려고 3분 정도 전화를 사용하고 싶소.

교환? 여기는 위플빌 5-5번인데, 뉴욕 시 모단트 2-8385를 부탁합니다. 번호통화로……."

회선이 연결되고 전화기에 나온 것은 공장주 덱스터였다.

결과적으로 문제의 회색 차가 덱스터 소유의 것이라고 확인되었다. 세인트에이메가 약혼자를 데리고 여행 간다고 해서 빌려주었다고 한다. 운전은 약혼자가 하는 것 같다. 하지만 덱스터가 아는 것은 그것뿐이었다.

어쨌든 '죽은 신랑의 연못' 가까운 어두운 길에서, 엘리너 대리가 내 차를 세우고, 약혼자가 차와 납치되었다는 이야기를 했을 때, 세인트에이메라는 이름과 그와 함께 있었다는 눈이 붉은 작은 남자의 외모, 문제의 차번호를 내가 안 것은 이런 순서였다. 당연히 그 경위에 대해 로젠블랏 경감이 나중에 나에게 질문했다.

맥코메르는 덱스터와 전화로 이야기하는 중간에도 계속 주소록을 펼쳤다―어딘가 다른 전화번호를 찾는 것이다. 차가 세인트에이메의 것이 아닐 경우, 악마 같은 수수께끼의 작은 남자 옆에 타고 있던 인물이 세인트에이메가 아닐 경우의 대비라고 생각된다.

하지만 결국 두 가지 모두 그의 추측대로였다. 그래서 몇 개는 이해한 듯했다. 그는 만족한 표정으로 전화를 끊고 주소록을 선반 위에 놓았다.

"내 생각대로 타고 있던 젊은 남자는 세인트에이메였어."

그는 암울한 목소리로 나에게 중얼거렸다.

"나는 사람의 얼굴은 잘 기억하는 편이지. 세인트에이메를 태우고 뉴욕에서 차를 운전해 온 것은 여자네. 그 여자가 지금 어디에 있는지 알아야 해."

하지만 그는 다시 질문하지 않았다. 전화기에서 흘러나오는 상대의 소리가 훨씬 컸고, 나는 귀가 상당히 좋다. 무언가 중요한 일을 놓치고 싶지 않을 때는 좋은 귀가 도움이 된다.

(이때는 아직 생각하지 못했지만 문제의 코르크스크루의

소리에 대해 생각해 본 경우, 목소리가 그 사람에 대해 많은 것을 말해준다는 것을 생각했다. 큰 소리로 이야기하는 사람은 청각능력이 비교적 떨어지고, 조용한 목소리로 이야기하는 사람은 청각능력이 좋다고 할 수 있다. 내 경우는 귀가 좋아서 언제나 도움이 된다. 코르크스크루도 묘하게 편한 목소리라면, 상당히 섬세한 청각을 갖고 있는 것은 아닐까?)

어쨌든 덱스터가 전화로 맥코메르를 상대로 이야기한 것은 나에게도 들렸다.

알게 된 사실은, 같이 타고 있던 사람이 세인트에이메라는 것. 차가 덱스터의 소유라는 것. 운전한 사람은 세인트에이메의 약혼자였던 것. 하지만 맥코메르가 이 건에 왜 이렇게 관심을 보이는지 모르겠다. 그의 머릿속에 어떤 생각이 소용돌이치는 걸까?

세인트에이메의 약혼녀가 지금 어디에 있는지 알아야 한다고 그가 말했다. 무엇 때문에 그렇게 하려는 것일까?

어떤 사정이 있을까? 아직 모르겠다.

"역시 위대한 발명이군요, 교수님."

내가 말했다.

그는 뭐라고? 하는 얼굴로 돌아보았다.

"전화 말입니다. 그 자동차 정비기사에게 여기까지 차를 가지러 오라고 부탁하고 싶어서요. 엔진을 걸어주면 일당 25달러와 경비를 별도로 지불하겠습니다."

"자네 차의 엔진을 걸어달라고 덱스터에게 여기까지 오라는 건가? 160킬로미터나 떨어진 곳에? 무리한 부탁이네. 말도 안 되는 얘기지."

그는 수화기를 걸이에 건 다음 주방의 싱크대 안에서 세면기를 꺼냈다. 내 발언에 곤란해 하는 것 같았다. 어쨌든 차의 엔진을 거는 것이 중요해서 농담으로 말한 것이다. 정비기사가 그 때문에 뉴욕에서 온다고 생각한 것은 아니다. 하지만 맥코메르는 진지하게 받아들인 것 같았다.

"무리한 부탁이 아닌가?"

그가 계속했다.

"만약 덱스터에게 그런 일을 부탁하면 내 머리가 이상하다고 생각하겠지. 자네는 그를 모르지만, 그는 시골을 싫어하네. 브롱크스에서 북쪽으로 간 일이 없다고 자랑할 정도지. 뉴욕에는 그런 사람들이 많아. 예를 들어 일당 2,500달러를 지불해도 그를 여기로 부를 수는 없네."

"그럼, 내가 고칠 수밖에 없군요. 현금으로 2,500달러도 없고요."

그가 세면기에 물을 받는 동안, 나는 주방 의자에 앉았다. 그가 보고 있어서 딱딱한 의자에서 몸을 움직였다. 뒷주머니에는 물론 현금이 4, 50달러 들어 있다. 뷰캐넌 저택의 가정부가 준 두꺼운 봉투도 뒷주머니에 확실히 꽂혀 있다. 만약 봉투 안의 지폐가 50매로 그것이 모두 20달러 지폐라면 합계 천 달러가 된다. 만약 50달러라면—이것은 상당히 많은 돈이 된다. 그것도 일하지 않고 받은 금액이라면—.

맥코메르는 아직 나를 보고 있다. 내 모습을 보고 웃는 것 같았다. 땀에 얼룩진 더러운 셔츠와 바지. 지저분한 땀투성이 얼굴. 그의 눈에는 내가 부랑자처럼 보일지도 모른다. 이런 남자가 2,500달러의 현금을 갖고 있다면 어떻게 생각할까? 그의 입가에 함박웃음이 보이고 눈가에 주름이 잡혔다.

"그것은 당연하지."

교수가 말했다.

"자네가 그 정도 돈을 갖고 있다고는 생각하지 않네. 어쨌든 자네는 고장 난 차를 빨리 움직이고 싶겠지. 걱정하지 말게. 틀림없이 고쳐질 거네. 드라코 34년 모델이라고 했지? 연료관이 막혔을 것 같다고? 나는 기계를 잘 모르지만 그럴 가능성이 크지. 일부러 전문적인 정비기사를 부를 것까지 없네."

그는 커다란 갈색 손에 주방용 고형비누를 칠하고 정원의 흙을 씻어냈다. 세면기의 물을 한 번 버리고 다시 받았다. 머리를 앞으로 기울이고 두 손으로 물을 얼굴에 뿌려, 하얀 피부와 커다란 대머리의 정수리에도 뿌리고 박쥐 귀 같은 커다란 갈색 귀와 목 뒤에도 뿌렸다. 그리고 이가 없는 입을 세면기에 대고 입 안을 씻었다.

신장 180센티미터에 80킬로그램은 넘을 듯한 대머리 노인이 머리를 세면기에 박고 씻는 그림은 잠시 좋은 구경거리가 되었다. 버질 프랭클린 파치(1916~1984: 미국의 풍자만화가)의 만화 소재로 충분할 것 같았다. 드디어 머리를 들고 옆의 타월을 집어 회색 털이 난 하얀 가슴과 잘 발달한 근육을 따라 잘 닦았다.

그리고 상당히 기분이 좋아진 것 같았다.

그가 옷을 갈아입기 위해 옆의 침실로 들어간 동안, 나는 싱크대에 가까이 가서 물을 마셨다. 예상한 일이지만 맥코메르는 집안일 모두를 깔끔히 하는 것은 아닌 것 같다. 나이 많은 미혼(bachelor)인지 홀아비인지는 모르지만 시골에서 정원 가꾸기와 사색에 몰두하는 혼자 사는 남자가 되면 역시 이렇게 될 것이다.

학사(bachelor: 미혼, 동시에 학사라는 뜻도 있음)라는 단어에서 《살인심리학》을 생각했다. 그 책에는 분명히 이런 헌사가 있다.

'내가 여성에 대해 알고 있는 것—또는 알아야 할 것—모두를 가르쳐 준 나의 동생 에바에게'

물론 조크일 것이다. 하지만 조크라고 해도 자신의 동생에게 이와 같이 쓰는 남자라면 결혼을 하지 않은 남자거나 독신주의자일지도 모른다.

예를 들어 이 싱크대. 녹이 슨 은 식기와 더러운 컵과 접시로 가득 차 있다. 여러 가지 음식물 찌꺼기가 붙어 있는 것도 있어, 녹색 곰팡이와 검은 곰팡이가 살아있다. 현미경으로 본다면 더 많은 종류의 아름다운 꽃들이—꽃뿐일까, 잡목림, 관목, 야자나 유칼리나무까지—그들 접시에 피어 있는 것이 보일 것이다. 그가 아침부터 밤까지, 백 년 걸려 정원 가꾸기를 해도 만들지 못할 정도의 식물들이 보일 것이다. 곰팡이들은 돌보아주지 않아도 잘 자란다. 이것이라면 현미경을 들여다보며 즐기는 쪽이 좋을 것 같다. 교수의 말대로 취미로 정원을 가꾸지 않는 나와 같은 사람으로서는.

물 빼는 받침대에는 바짝 마르거나 썩은 야채가 있다. 말라비틀어진 홍당무 몇 개, 싹이 많이 난 감자 두세 개, 반 정도 짓무른 양배추 4분의 1토막. 처음에는 아름다운 붉은 열매가 들어 있었을—지금은 검은 곰팡이 덩어리가 된 아무도 먹을 것 같지 않은 딸기 상자 등등.

파란 곰팡이가 병 치료에 도움이 되는 것이 발견되고부터 의학에 종사하는 사람은 곰팡이에 대해서 상당한 경의를—때로는 애정마저—품게 되었다. 이와 같은 깔끔하지 못한 것을 보면 두뇌는 어쨌든 인간성 면에서, 맥코메르에게 좋은 인상을 갖는 것은 불가능하다. 나도 정리정돈을 잘 하지 않는 남자로, 옷을 바닥에 벗어던져 가정부 밀렌즈 부인을 곤란하게 만든다. 하지만 의사이기 때문에 몸을 청결히 유지하는 데 상당히 신경을 쓰고 있다.

맥코메르는 산발적으로 증상을 일으키는 알코올 중독자가 아닌가 하고, 순간 생각했다. 발병하면 주변의 것을 손에 닿는 대로 엉망으로 만드는 사람이 있다. 지금은 증상이 일어나지 않은 시기인지도 모른다. 머리가 좋은 사람도 알코올 중독은 되는 것이고, 반면, 중독자 모두가 폭력적으로 되는 것도 아니다. 내가 대학에 다닐 때, 상당히 뛰어난 강사였는데, 1년에 네 번 계절마다 발병하는 남자가 있었다. 그렇게 되었을 때는 방에 가두고 아무도 만나지 못하게 했다. 전화도 받지 않고, 받아도 고함칠 뿐으로, 아무것도 먹지 않고, 머리도 깎지 않고 자기 전에 옷도 갈아입지 않고, 단순히 안락의자에 파묻혀, 이유를 알 수 없는 꿈만 꾸고 있었다. 불결한 몸에 더러운 것을 입고, 눈은 붉게 핏발이 서고, 노래

를 멋대로 부른다. 그런 시기가 일주일에서 열흘 정도 계속
된다. 증상이 가라앉아 또 주위를 깨끗이 치우는 것을 보고
우리 1학년은 정말 안됐다고 이야기했다. 보통 때는 사람이
좋은 강사였다. 내가 보기에 그런 병을 갖고 있어서 불쌍하
다고도 할 수 있다. 결국 젊어서 죽었는데 그대로 살았다면
살인마저 했을지도 모른다.

내가 마신 물은 차갑고 맛있었다. 헛간 뒤에 있는 물탱크
에서 파이프로 이 집으로 연결한 것이 틀림없다.

침실에서 나온 맥코메르는 깨끗한 파란 셔츠에 회색 플란
넬 바지를 입고 테니스 슈즈를 신고 있었다. 내가 무엇을 생
각하고 있었는지, 추리하는 것 같았다.

"지저분한 꼴을 보여서 미안하네."

그가 얼굴에 주름을 만들며 웃었다.

"존 플레일이 설거지를 해야 하는데, 확실히 지시하지 않
으면 바로 게으름 피우는 남자지. 나는 정원 일을 하고 있어
서 신경 쓰지 못했네. 하지만 자네는 깨끗한 컵을 찾아 물을
마신 것 같으니 잘됐네."

"컵을 씻어서 사용했습니다. 물이 맛있습니다."

"그럴 거네. 깊이 60미터 우물물이니까. 뒤 숲의 지하를
암반층까지 판 우물이네. 그래서 언제나 차고 맛있지. 그런
데."

그는 조금 생각하고, 무언가 찾듯이 내 얼굴을 들여다보았
다.

"자네, 더 강한 음료가 좋지 않은가? 나는 술을 마시지 않아서 깜박했네. 약용으로 준비한 라이 위스키가 찬장에 있을 거네. 약으로는 충분할 거네."

나는 고맙지만 괜찮다고 했다. 역시 술은 마시지 않기로 하고 있다. 평균적인 시민이라면 절도를 잃지 않을 정도로 마시는 것이 보통이고 또 그 정도 스트레스 해소가 가끔 필요할 것이다. 하지만 의사는 그 정도 음주마저 조심해야 한다.

그때 나는 그의 말이—즉 술을 마시지 않는다는 말이—사실이라는 것을 알았다. 알코올 중독자가 아닌가 하는 추측은 하지 않았다. 상습적이 아니어도 음주벽이 있는 사람은 육체적인 변화가 생긴다. 육체가 급속히 쇠약해지고, 실제 나이보다도 늙어 보인다. 하지만 맥코메르의 몸은 견고하고 근육도 튼튼하다. 몸놀림도 빨라서 장년(사람의 일생 중에서, 한창 기운이 왕성하고 활동이 활발한 서른에서 마흔 안팎의 나이)이라고 해도 좋을 정도다. 이가 많이 빠져 있는 것을 별도로 하고, 그다지 밝지 않은 장소라면 마흔다섯 살 전후로 볼 수도 있다. 아니, 밝은 장소에서도 그렇게 나이 들어 보이지 않을 것이다. 교수의 저서가 30년 동안 고전으로 읽혀온 것을 고려하면 적어도 예순다섯 살은 되었을 것이다.

이 집에는 구술녹음기 같은 기계가 한 대 있다. 전지와 코드가 달려 있고 바퀴 달린 받침대에 올려 난로 옆에 놓여 있다. 내 질문에 그는 현재 《살인심리학》 속편을 집필 중이라고 했다. 그 때문에 뉴욕에서 속기사를 고용한 듯하다. 그는 그 녹음기를 주방 뒤의 헛간으로 옮기고 나와 같이 출발했다.

우리는 주방문으로 나왔다. 그가 애용하는 스테이션 왜건은 타이어가 펑크 나 있었다. 스페어타이어는 너무 마모되어서 사용할 수 없다고 한다. 펑크 난 타이어는 존 플레일에게 수리하도록 말했는데 플레일은 차를 헛간 앞에 주차해 준비했을 뿐으로, 수리는 하지 않은 것 같다. 어쨌든 내 차가 있는 곳까지 걸어도 그렇게 멀지는 않을 것이라고 그가 말했다.

네, 멀지는 않습니다, 하고 내가 대답했다. 스윔프로드 입구의 삼거리이기 때문이다. 입구의 포치에 식료품이 들어 있는 상자가 있어서, 나는 그 안에서 바나나를 하나 실례해서 껍질을 벗기고 나오면서 먹었다. 오늘 아침, 벌링턴으로 가는 비행기에 타기 전에, 승강장에서 도넛 하나와 커피 한 잔을 먹고 지금까지 아무것도 먹지 못했다. 지독한 두통의 원인은 공복에도 있는 것 같다.

아무것도 목격하지 못했다는 내 주장을, 맥코메르는 아직 완전히 믿지 않았다. 그렇다고 거짓말을 한다고 생각하는 것 같지도 않았다. 그런 거짓말을 태연히 하는 남자라고는 생각하지 않았을 것이다. 어쨌든 단순히 믿지 못하는 것이다. 뭔가를 보았는데 잊었거나, 바로 생각이 나지 않는 것이라고 생각했을 것이다. 생각이 나거나 나지 않거나 내가 그것을 본 것은 틀림없다고 생각했을 것이다.

그는 손전등을 들고 돌투성이 길을 비췄다.

"이 타이어 자국을 보게. S자가 늘어 있는 마크는 어떤 이름의 약자일까?"

그는 중얼거렸다.

"그래, 시거니야. 시거니 스페셜 서비스 사일런트 실버 타이어가 아닌가?"

"네, 분명히 그런 이름이라고 생각합니다."

내가 말했다.

"전에는 그 타이어 광고가 가는 곳마다 나왔지요. 붉은 좌석의 대형 회색 투어링 카를 미녀가 운전하는 그림 광고였지요. 지금은 많이 팔리지 않는 타이어라고 생각합니다만."

"하지만 이 타이어를 장착한 차는 지금도 많이 달리고 있네."

그가 조금 초조하게 말했다.

"덱스터의 차도 그럴 것이 틀림없네. 보게, 이 바퀴자국을. 아직 새롭네. 지나고서 1시간도 지나지 않았네."

우리들은 멈추어서 웅크리고 노면을 보았다.

"어디죠?"

내가 질문했다.

그가 갈색 손가락으로 가리켰다.

"특징 있는 S자가 보이지?"

또 초조하게 말한다.

"여기에도 저기에도. 그 차가 지나간 자국이네. 자네는 보이지 않나? 눈이 나쁜가?"

"시력은 10D(D는 굴절률 디옵트리의 약으로 보통의 경우는 굴절 조절율의 단위), 즉 보통입니다."

"이제 알겠네."

교수는 일어섰다.

"그렇다면 이 정도 타이어자국은 안경을 써야 보일 것이네. 신경 쓸 것 없어."

우리는 앞으로 나아갔다. 그는 아직 손전등으로 길을 비추고 있다. 내가 말한 것을 믿지 않고, 정말로 안경을 쓸 필요가 있다고 생각하는 것이다. 나는 시력에는 자신이 있다. 물론 하찮은 허영심일지도 모른다. 교수도 물론 10D의 의미는 알고 있을 것이다. 당연히 정시라는 뜻도 알 것이다. 안과 지식도 안과의사에 못지않게 갖고 있을 것이다. 교수는 외과의사는 아니지만, 해부학 지식이라면 외과의사에 지지 않을 정도로 알고 있다. 나는 정말 눈이 좋다. 사실, 다음 달에는 해군 항공대에 군의관으로 배속될 예정이다. 계급은 중사. 군은 나를 얻기 위해서 세인트 존 종합병원과 3년 전부터 계속 교섭해 왔다―병원과 외과의사가 필요하기 때문이다. 이 것을 교수에게도 가르쳐 주면 좋을지도 모른다. 내 눈이 좋은 것은 사실이다.

교수는 타이어 자국이 분명히 보인다는 자기최면에 빠져 있는 것은 아닐까? 문제의 차가 이곳을 지나갔다고 믿기 때문에 틀림없이 타이어 자국이 있을 거라고 생각하고, 그 결과, 분명히 본 것이다. 하지만 내 눈에는 왜 보이지 않았을까? 노면은 단단하고 건조하다. 자국이 날 정도의 모래먼지도 없다. 점토질의 지면에 돌이나 작은 조각이 산재해 있을 뿐이다. 완전히 말라있다.

하지만 타이어 자국이 있거나 없거나, 차가 여기를 지나간 것은 사실이다. 그 점에서 그가 옳다고 인정할 수밖에 없다. 결국 창문의 유리가 없고 지붕이 골조만 있는 집 가까이 도착했다. 그때 나는 지긋지긋한 모자를 주워들고, 그것을 다시 던져버리고, 여기 도랑에서 묘한 소리가 나는 것을 들었다.

하지만 지금은 도랑에서 소리는 들리지 않았다. 다만 그 지점의 노면에 핏자국이 보였다. 점점이 떨어진 흔적이 있고, 조금 고여 있는 곳도 있다. 맥코메르의 손전등 빛이 움직임에 따라 피가 반짝반짝 빛났다. 그는 대머리를 숙이고 노면을 들여다보았다. 분명히 핏자국이다. 여기를 혼자서 걸었을 때에는 못보고 지나간 것 같다. 피가 고여 있는 가운데 있는 크레이프 바닥 구두자국은 내 것이다.

우리는 핏자국을 따라 풀이 높게 자란 도랑으로 갔다. 그리고 플레일을 발견했다. 도랑 밑의 습한 흙과 잡초 뿌리 사이에 플레일은 쓰러져 있었다. 인디언 특유의 검은 눈과 갈색 얼굴이 우리를 올려보고 있었다. 검은 머리카락이 머리 아래에서 베개 대신이 되어 있었다. 땀에 얼룩진 청색 작업복과 카키색 바지를 입고 부드러운 모카신을 신고 있었다. 일몰에 내가 스웜프로드에서 목격했을 때, 이 남자는 이 신발을 신고, 평평한 발바닥을 끌듯이 걷고 있었다. 그때, 오른쪽 어깨에 걸치고 있던 상의가 지금은 깃이 구겨져 오른팔에 감겨 있다.

"손대지 말게!"

맥코메르가 나에게 주의를 주었다.

시체에 손댈 생각은 조금도 없었다. 사법검시의도 아니고, 코네티컷 주에서 부르는 검시관도 아니기 때문이다. 정말 죽었는지 어떤지 확인하기 위해 셔츠에 조금 손을 대보려고 했을 뿐이다.

"이 사람은 누구입니까? 플레일입니까?"

맥코메르는 애매하게 끄덕였다.

"자네는 그를 몰랐나? 그래, 당연히 모르지. 내가 그의 이야기를 한 것을 들었을 뿐이니까. 그래, 이 남자는 존 플레일이네. 그가 내 집을 떠나고 10분 뒤에 그 회색 차가 지나갔지. 그 악마는 일부러 플레일을 노리고 차를 부딪친 게 틀림없어."

정말 그런 양상을 띠고 있었다. 대형차가 고속으로 격돌한 것이 생생히 보인다. 충격으로 몸 전체의 뼈 절반은 부서졌을 것이다. 시거니 사일런트 스페셜의 'SSSS' 무늬의 흔적이 셔츠에 찍혀있는 것이 보였다. 길에서는 내 눈에 보이지 않았던 그 타이어의 흔적이다.

이런 식으로 치였다면 대부분 즉사했을 것이다. 하지만 플레일은 잠시 숨이 있었던 것 같다. 도로에서 혼자 힘으로 기어와 이 도랑의 풀에 떨어진 것이다. 상의를 손에 꽉 잡은 채. 그의 호흡이 끊어진 것은 지금부터 30분 전, 즉 내가 이 부근을 지나고 있을 때다. 더 정확히 말하면 그때 도랑에서 들린 인간의 묘한 소리는 그의 신음이 틀림없었다. 인간이 내는 소리라고는 생각할 수 없는 울림이었는데 분명히 이 세상의 것이 아니었다.

뺑소니다. 셔츠의 타이어 자국으로 보아 지독한 상처를 입은 게 틀림없다. 하지만 법적으로는 살인이 아니라 고살(故殺: 일부러 사람을 죽임)이 될 것이다. 예모(어떤 일을 하기 전에 은밀하게 계획을 논의함)가 입증되지 않거나, 사전에 살해수단을 생각한 것을 증명할 수 없으면 고살이 될 수밖에 없다. 다른 증거를 잡는 것도 곤란할 것이다. 플레일은 혼자서 걷고 있었던 게 틀림없기 때문이다. 범인이 플레일을 알고 있었는지를 증명할 수 있는 단서는 아무것도 없었다.

어쨌든 살인사건이라고는 할 수 없었다. 지금 현재는 말이다. 피에 젖은 나이프를 들고 어둠 속에서 사람을 습격한 살인자의 범행은 아니다. 나중에 습한 톱밥 쓰레기 더미에서 일어나는 사건과는 다르다. 살인의 공포는 여기에는 없었다.

이때는 아직 거기까지 가지 않았다. 언뜻 보기에는 잔혹한 뺑소니 사건일 뿐이었다. 우리는 차에 치여 죽은 사람을 우연히 발견했을 뿐이었다.

"경찰에 알려야겠군."

맥코메르가 이 없는 입으로 말했다.

"덱스터의 차에 대한 것을 말이네. 그리고 세인트에이메와 함께 탄 눈이 붉은 남자의 외모에 대해서도. 시체를 발견할 때까지의 경위에 대해서도 말이네. 자네도 증언해야 할 걸세. 물론, 자네는 지금까지 존을 한 번도 본 일이 없다고 말하는 것이 좋네."

"그러나 나는 이 사람이 해가 질 때 스웜프로드를 걷는 것을 보았습니다."

내가 대답했다.

"그것을 경찰에 말해야 합니다."

그는 존 플레일의 시체 옆에 웅크린 채 나를 돌아보았다.

"만약 내가 자네라면 그런 환상 같은 것을 보았다는 말은 하지 않겠네."

그는 일어나 손전등의 빛을 빙글빙글 움직이며 도랑 안을 비추었다.

"그런 말을 해도 아무 도움도 되지 않기 때문이지."

그는 침착하게 이야기했다.

"환각이나 착각은 경찰에게 아무 단서도 되지 않네. 우리들의 개인적인 추리나 억측도 경찰은 필요로 하지 않네. 그런 것은 심리상태에 따라 임의로 색이 칠해지기 때문이지. 어쨌든 자네는 나와 함께 여기에서 존 플레일의 시체를 발견했네. 두 사람 모두 시체에는 손을 대지 않았지. 경찰이 알고 싶은 것은 단지 그것뿐이네. 그가 상의를 어깨에 걸치고 비틀거리며 길을 걷고 있는데 뒤에서 차가 와서 치었다고 생각할 수 있는 것은, 자네가 죽기 전의 그를 보았다고 생각하는 것과 마찬가지로 분명히 우리의 자유지. 차에 치인 다음 그가 도로에서 도랑 안으로 기어가서, 그곳에서 시체가 되어 발견되었다고 생각하는 것도 우리 마음대로네. 단지 경찰은

경찰 나름대로 조사와 추리를 하지. 그들은 그 분야의 전문
가니까. 하지만 물론." 하고 그는 덧붙였다.

"무언가 도움이 될 만한 정보를 발견한다면 그것을 경찰에
제공하는 것은 필요한 일이고 올바른 일이지."

그는 도랑의 풀 안에 손전등을 비추면서 열 걸음 정도 앞
으로 가서, 챙이 들쑥날쑥 잘라진 파란 모자를 발견했다.

그가 웅크리고 모자를 보고 있는 곳으로 나도 걸어갔다.
그는 모자에 손을 대지는 않았다. 단지 이가 없는 잇몸을 움
직이면서 도랑 아래의 습기 찬 흙과 풀 사이에 놓인 모자를
물끄러미 보고 있을 뿐이다.

모자의 모양에 놀라고 전율마저 느끼는 것 같다. 그는 얼
굴을 들고 주름 안의 파랗게 빛나는 눈동자로 나의 온몸을
주의 깊게 보았다. 내 머리에 줄자라도 대고, 자신이 생각하
는 것을 재는 듯한 기분에 휩싸였다.

"이런 것이 왜 여기에 있는지 알고 싶군."

내가 옆에 웅크리자 그가 중얼거렸다.

"꼭 알고 싶군."

"제가 여기에 버렸습니다."

내가 말했다.

"자네가 버렸다고?"

"길에서 발견했기 때문에."

"오, 길에서 발견했다고?"

"그렇습니다. 발견하고 주워 보았습니다. 그랬더니 제가

옛날에 쓴 모자였습니다."

그의 입술이 열리지 않은 채 움직였다. 소리도 내지 않았다. 하지만 나는 뭐라고 말하는지 읽었다.

"뭐라고? 자네가 옛날에 썼던 모자?"라고 말한 것이다.

"네."

내가 대답하고 모자를 손에 들고 안쪽의 땀받이 띠 부분을 보였다.

"5가의 '핵슬러' 마크가 있어요. 여기에 내 이니셜도 있습니다. 자국이 보이지요? 틀림없이 내 모자입니다. 가정부가 구세군에 주었거나 쓰레기와 함께 버렸을 겁니다. 어떤 경로로 여기에 있는지는 모르지만."

그는 손전등을 무릎 위에 놓은 채 있었다. 만약 이때, 내키가 갑자기 160센티미터 정도로 줄고, 수염이 나고, 머리가 적갈색으로 변하고, 눈이 작아지고 빨갛게 되고, 이가 날카롭게 되어도 그는 더 이상 놀라지 않았을 것이다.

그는 무릎을 펴면서 일어섰다.

"서두르지. 경찰에 연락하는 것은 자네 차를 고치고 나서네."

그리고 4백 미터쯤 가서—길은 좁고, 바퀴자국이 깊게 파여 노면 중앙이 높게 올라가 있었다. 도랑은 계속되고 좌우에 끊임없이 뻗어 있는 돌담에는 담쟁이덩굴과 무사마귀 잎이 덮여 있고, 그 맞은편에는 숲이 펼쳐져 있다—결국 모퉁이를 돌자 약 30미터 앞의 삼거리에 오래된 드라코 쿠페가 아까의 모습으로 기다리고 있었다.

우리는 그곳으로 갔다. 맥코메르는 손전등으로 계속 길을 비추며 나에게는 보이지 않았던 시거니 타이어 흔적을 따라가는 것 같았다. 그러나 차가 보이자 타이어 흔적을 따라가는 것을 그만두었다. 아마 그의 눈에도 타이어 흔적은 이제 보이지 않기 때문일 것이다.

낡은 쿠페는 분명히 거기에 있었다. 그대로의 모습이었다. 좁은 길 한가운데 스윔프로드 입구를 옆으로 막는 형태로 나무 안내판 옆에 있었다. 이래서는 어떤 차도 여기를 통과할 수 없다. 무리하게 지나가려고 한다면 도랑으로 들어가 풀숲에 타이어 자국이라도 남기거나 또는 돌담에 부딪쳐 무너뜨리거나 다른 것들을 쓰러뜨릴 수밖에 없다. 나와 스쳐 스토니폴즈 쪽으로 가는 것이 불가능하고, 스윔프로드로 들어가는 것도 무리다. 맥코메르도 그것을 바로 알았을 것이다.

그도 그런 것을 생각하는지, 1분 정도 잠자코 있었다. 나도 말을 하지 않았다. 일부러 말하지 않았다. 어쨌든 쿠페의 문을 열고 헤드라이트를 켜고 차에 비치되어 있는 손전등을 꺼냈다.

보닛을 열었다.

"자네, 어느 정도 여기에 있었는지 잘못 기억하는 것 아닌가?"

그가 말했다.

그러나 강한 어조로 묻는 것이 아니다. 그도 내가 틀림없이 여기에 있었던 것은 충분히 알고 있다.

"해가 질 때부터 여기에 잠시 있고, 나중에 교수님의 정원에서 말을 걸 때까지 계속 이 길을 걸었습니다. 기억하시죠?"

"아, 기억하고말고."

나는 그에게서 빌린 작은 몽키 렌치로 연료관의 너트를 조금 풀고, 손가락으로 돌려서 뺐다. 어쨌든 엔진을 움직여야 한다. 동 파이프를 구부려 입을 대고 빨아 보았다. 진흙이나 먼지 같은 것이 먼저 빨리고 다음에 가솔린이 입안에 고였다. 아마 이것으로 충분할 것이다. 가솔린은 뱉었지만 뒷맛이 입안에 남았다. 작은 필터를 제거한 다음 공기를 불어넣고 다시 원래대로 했다. 관을 연결해 너트를 손가락으로 돌리고 렌치로 완전히 조였다. 보닛을 닫았다. 주위에는 벌레가 울고 있다. 맥코메르는 서서 나를 보고 있다.

"자네는 상상력이 부족하지 않은가?"

"무엇을 상상해야 하지요?"

"사람은 모두 상상력을 갖고 있지. 정도의 차이는 있지만."

"제게 상상력이 없다면 불운이라고 할 수밖에 없습니다. 결점이라고 할까요? 하지만 세상에는 제가 새롭게 더할 것까지 없이 상상이나 공상이 넘치고 있지 않습니까? 제게 상상력이 없다고 생각하는 것은 그 탓이 아닐까요, 교수님? 빌린 렌치, 잊기 전에 돌려드리지요. 감사합니다."

"이것을 자네에게 주어도 좋은데."

그는 렌치를 받고 일어섰다.

"받는 것은 사양하겠습니다. 이제 고장 날 일도 없을 겁니다."

어둠 속에서 벌레가 울고, 스윔프로드를 둘러싼 숲 속에서 올빼미가 울었다. 나는 손전등을 들고 스윔프로드를 조금 걸어보았다. 그 노란 방울뱀에게 던진 크랭크핸들을 찾기 위해서다. 그것은 차의 바퀴자국 안에 떨어져 있었다. 주웠다. 그 밑에 리본 같은 모습으로 곧바로 뻗어 있는 뱀을 전등 빛이 잡았다. 뱀의 머리는 돌에 맞은 듯이 부서지고, 입에서 구부러진 이를 내밀고, 날카로운 눈은 차갑게 굳어 있었다.

그때는 확실히 보지 못했지만 나의 재빠른 일격이 정확하게 명중한 것이다. 뱀과 같은 재빠른 생물이 너무나 갑작스런 공격에 도망가지 못한 것이다. 필살의 일격을 맞아, 마지막이 되었다. 그리고 여기에 차가운 눈을 하고 죽어 있다. 파충류의 뇌로 생각할 수 있는 모든 것을 생각하면서. 틈이 있으면 나를 물고 싶겠지만 그 기회는 없었다.

크랭크핸들을 들고 돌아서자 맥코메르가 바로 뒤에 서 있었다. 5킬로그램이 넘는 돌을 들고 있다. 그 주변에서 주워 든 것 같다.

"그럴 필요 없습니다."

내가 말했다.

"이미 죽었으니까요."

교수의 이 없는 입이 조금 움직였다. 박쥐와 비슷한 귀가 떨리듯이 보였다. 그는 돌을 풀 속으로 던지고 숨을 내쉬었다.

숲에서 또 올빼미가 울었다.

나는 쿠페의 운전석에 앉아 스위치를 켰다. 그때 크랭크를 열심히 돌려서인지 다행히 배터리에 전기가 조금 남아 있다. 스타터를 밟아보니 엔진이 걸리고 상태 좋은 소리를 내기 시작했다.

크랭크핸들은 무릎 위에 있어서 옆의 조수석은 비어 있다. 하지만 맥코메르는 거기에 앉으려고 하지 않았다. 그는 승강구 발판에 선 채 프런트 글라스의 지주를 잡고 상쾌한 밤공기를 얼굴에 받고 있다. 존 플레일의 시체가 쓰러져 있는 장소를 지나고, 창이 없는 집 옆을 지나고, 드디어 돌담이 끊어지고 그의 집의 쥐똥나무 부근에 도착해 집의 차도로 들어갔다.

존 플레일이 차에 치여 죽은 것을 경찰에 신고한다고 그가 말했다. 스토니폴즈에서 32킬로미터 떨어진 리즈필드에 있는 주 경찰의 지구대가 가장 가깝다고 했다. 덱스터 소유의 차와 타고 있는 사람을 찾기 위해 경찰은 바로 출동할 것이다. 하지만 그들이 여기에 도착하려면 적어도 두 시간은 걸린다. 만약 내가 오늘 밤 안에 뉴욕으로 돌아가려고 한다면 그동안 계속 기다릴 필요는 없다고 교수는 말했다. 내 증언이 필요할지도 모르니 주소를 말해주면 된다고 했다. 존 플레일의 시체 발견에 대해서는 교수 자신이 진술하기 때문에, 내 증언은 그것을 보충하는 정도의 의미밖에 없을 거라고 그는 덧붙였다.

나도 그렇게 생각한다고 대답했다. 귀찮아서 도망가려는 것이 아니라 이 경우는—그도 마찬가지이지만—사건의 직접 목격자는 아니다. 그리고 나는 문제의 자동차도 목격하지 않았고, 눈이 붉은 남자도 본 적이 없다. 그렇다면 막연하게 기다려 시간을 허비할 필요가 없다.

차도 옆의 우편함 옆에서 그를 내려주고, 세인트 존 병원의 주소를 메모지에 써서 맡겼다. 아파트보다도 병원에 있는 일이 많기 때문이다. 신문함 안에 집을 지은 딱새의 울음소리가 들렸지만 오늘 처음으로 이곳을 방문했을 때처럼 내 얼굴 앞을 지나지는 않았다. 그들은 아마 밤에는 보이지 않는 모양이다.

맥코메르는 선 채로, 출발하려고 하는 나를 계속 보고 있다. 내가 현실에 존재하는 인간인지 어떤지 아직 확신하지 못하는 것 같다. 그는 결국 방향을 바꾸어 차도를 걸어갔다. 그날 해질 무렵, 고양이가 울면서 내게서 도망간 차도로. 마치 마음에서 내 모습을 지우려는 듯이.

5킬로미터 정도 차를 운전해 가니 오른쪽 밭 안에 지붕이 낮고 평평한 캘리포니아식 방갈로가 한 채 보였다. 커다란 유리창에는 모두 집 안의 불빛이 보였다. 붉은 블라인드가 반 정도 가려 있었다. 주크박스인지 축음기에서인지 요란한 음악이 들렸다.

넓은 차도가 집 주위를 동그랗게 둘러싸고 있었다. 집은 주거라기보다도 식당이나 그런 비슷한 시설처럼 보였다. 나는 타이어 소리를 내며 넓은 간격으로 서 있는 돌기둥 사이를 지나 차도로 들어갔다. 두통이 아직 심해서, 이 집에서 커피나 샌드위치라도 얻어먹을 수 있기를 기도했다.

조그만 나무 조각이 주위에 흩어져 있고, 타이어가 그것을 밟고 갔다. 포치로 올라가는 계단 앞까지 왔을 때, 어떤 그림자가—동물인지 인간인지 구분할 수 없었다—헤드라이트 빛 안에 들어왔다. 나무 조각이 흩어진 노면에 네 다리가 붙은 자세로 웅크리고 있다. 표범 모피와 옅은 갈색 가운을 걸치고 깃털 총채를 뒤에 붙여, 닭 꼬리처럼 보인다. 내가 가까이 가자 토끼 비명을 지르며, 튀어 오르듯이 헤드라이트 빛 안에서 도망갔다. 초현실주의 예술가의 꿈에 나오는 도깨비 같은 모습으로 맹렬히 현관 계단을 올라가 문을 연 채 집안으로 사라졌다.

나는 차도를 빙글 돌아 다시 길로 나오려고 했다. 한시라도 빨리 그곳을 떠나고 싶었다. 아직 악몽 같은 길이 계속되고 있다. 문기둥을 지나 바깥 길로 다시 나왔을 때, 아까의 이상한 모습의 사람이, 불이 켜진 현관입구에 나타났다. 이번에는 총 같은 것을 들고 있다. 엽총이었다. 불꽃이 빛나고 총소리가 들렸다. 또 한 번 불꽃과 총소리. 나는 필사적으로 도망갔다.

3킬로미터 정도 왔을 때, 작은 악마를 연상시키는 물체가 너덧 개, 도로 앞에 나타났다. 헤드라이트가 비치자 그림자는 도로 옆으로 재빨리 도망갔다. 그리고 그쪽에서 사람의 비명소리가 들렸다.

나는 스피드를 낮추고 그 주위에 차를 세웠다. 오른쪽에 지붕널로 이은 오래된 집이 있고 불이 켜져 있었다. 집은 산울타리에 둘러싸이고 그 주위에는 사과나무로 보이는 두꺼운 나무가 늘어서 있다. 남자가 한 명, 길을 따라 산울타리에 등을 댄 자세로 서 있다. 남자아이들 너덧 명이 옆에 붙어 있다. 내가 본 것은 아이들이었다. 남자는 아이들 모두의 어깨를 감싸듯이 하고 있다. 나를 노려보면서 아이들을 떨어지지 않도록 하고 있다.

두려워하면서도, 파악하기 어려운 밤의 기괴한 공포로부터 아이들을 지키려는 슬픈 아버지의 모습이다. 아버지들은 검치호(劍齒虎: 화석동물)가 배회하던 고대부터 이렇게 아이들을 지키며 살아온 것이다. 아버지들이 이처럼 노력하지 않았다면 인류는 살아남지 못했을 것이다.

"루트 7은 어디입니까?"

나는 아버지에게 물었다.

"그대로 똑바로 가시오!"

아버지는 떨리는 소리로 말했다.

내 귀에는 길을 가르쳐준다기보다 빨리 가라고 애원하는 것으로 들렸다.

뱀처럼 꾸불거리는 음침한 길을 3.2킬로미터 더 가자 왼쪽에 기울어진 조잡한 오두막 같은 집이 한 채, 길 가까이 보였다. 커튼이 없는 창에서 램프의 불빛이 흘러나왔다. 차가 가까이 가서 지금이라도 망가질 듯한 포치에 헤드라이트 빛이 닿자 갑자기 현관문이 열렸다. 방충망 문 뒤에 서 있는 것은 속옷 셔츠 위에 오버올(작업용 덧바지)을 입은 남자였다. O 자 다리에 뭉개진 코를 하고 머리는 헝클어졌다. 털이 노란 잡종 에어데일 콜리가 옆에 있고, 남자는 개목걸이 부분을 누르고 있다. 차가 더 가까이 가자 남자는 방충망 문을 열고 짧게 지시하며 개를 풀었다. 개는 목안에서 으르렁 소리를 내며 침을 흘리면서 달려왔다.

개는 차를 따라 돌투성이의 굽은 길을 400미터 정도 추적 해 왔다. 짖으면서 입에서 거품을 내고 타이어를 물려는 모 습은 마치 나를 격렬히 증오하듯이 거칠고 무서웠다. 개와 아이와 미친 사람은 낯가림이 심하다고 한다. 이 커다란 맹 견은 나를 살인마 잭 더 리퍼라고 본 걸까?

하지만 사실은 몸에 피 냄새가 배어 있어서 개가 쫓아 온 것이 틀림없다. 도중에 존 플레일의 피와 만났고, 위긴스의 집 앞을 지날 때에는 세인트버나드의 피가 묻었는지도 모른 다. 그리고 그때는 묻지 않았지만 길에는 계속 세인트에이메 의 피가 있었을 가능성도 있다. 개는 그것을 알고 있다. 아 니면 단순히 나를 미워하는 걸까?

정말 악몽 같은 길이다. 황혼에 아픈 머리를 감싸 쥐고 샛 길로 빠졌을 때부터 계속 꿈을 꾸고 있는지도 모른다. 환상 같은 사람 그림자, 창유리가 없는 집들, 눈이 붉은 방울뱀, 옛날 내 것이었던 기괴한 모자. 그리고 그 집을 방문했을 때, 마치 내가 현실의 존재라는 것이 믿을 수 없다는 듯이 정원의 어둠을 통해서 보고 있던 아담 맥코메르. 그리고 내 가 신음소리를 들은 도랑 안에서 죽은 남자. 그리고 총을 들고 달려나온 초현실주의 정신병자와 두려워하는 아버지. 내가 잡아먹는 것이 아닌가 걱정하듯이 아버지는 아이들을 감싸 안았다. 그리고 내 목을 물어뜯으려는 지긋지긋한 개.

정말 모든 것이 악몽 같은 길이었다. 하지만 길은 현실의 존재다. 꿈을 꾸는 것은 아니다. 그리고 나도 현실의 존재다. 이것만은 확실하다.

짖으면서 쫓아 온 거구의 잡종견은 결국 멀어졌다. 길은 또 삭막한 풍경으로 돌아왔다. 이 길이 빨리 끝나기를 기도할 뿐이다. 넓고 미끄러운 콘크리트가 깔린 루트 7로 나갈 때까지 이제 아무것도 만나고 싶지 않다. 그저 집으로 빨리 가고 싶을 뿐이다.

하지만 생각해보면 지금까지 모든 사건이—나에게도 다른 누구에게도—어딘가 애매하고 막연한 일뿐이었다. 기분 나쁜 클랙슨 소리, 회색 자동차, 운전하면서 웃는 추한 악마 같은 작은 남자, 조수석에서 축 늘어진 죽은 듯한 남자, 언제나 그런 것뿐이다. 또는 꼬리를 흔들던 커다란 개가 차에 치여 죽은 일, 초현실주의 예술가의 집 앞에서 이젤이 부서진 것. 그리고 자동차에 치여 죽은 존 플레일의 시체. 그것은 나와 맥코메르가 발견했다. 문제의 차가 집 앞을 통과했을 때, 세인트에이메가 정말로 위해를 당했는지 어땠는지, 맥코메르도 분명히 본 것은 아니다. 그의 걱정의 씨앗은 오히려 무서운 작은 남자가 세인트에이메를 태운 차를 운전하고 있다는 것이었다. 아니, 같이 타고 있던 인물이 정말 세인트에이메인지 어떤지 조차도 내가 방문했을 때, 덱스터에게 전화해서 확인할 때까지는 몰랐던 것이 아닌가?

모든 일이 이상해서 기분이 나빴다. 정말 불길하다는 말이 어울린다. 맥코메르 집의 주방 전화에서 흘러나온 여자들의 이야기 소리는, 정말 불길한 일을 화제로 하고 있었다. 차를 운전하는 내 머리 위에서, 도로를 따라 뻗어 있는 전화선이 희미한 신음소리를 내고 있다. 맥코메르가 주 경찰에 전화로 통보한 내용을, 지금은 부근 사람들도 알게 되었을 것이다. 존 플레일의 시체를 발견한 사실도, 덱스터에게 들어 알게 된 회색 차의 번호도 모두 알려졌을 것이다.

모든 일이 왠지 기분 나쁘다. 하지만 아직 살인사건은 아니다. 공포는 아직 현실이 되지 않았다. 톱날 나이프로 살해된 첫째 희생자는 아직 발견되지 않았다.

이것이 현실이 되기 위해서는 그가 발견되어야 한다. 내가 차를 달리는 길을 따라 세워진 집들의 주인들은 이때는 아직 모르고 있었다. 이 부근 반경 16킬로미터 이내에 사는 모든 사람들이—아직 잠들지 않은 사람과 이미 잠든 사람마저—남자들 모두 랜턴과 손전등을 들고 일부는 차에 타고, 일부는 총을 준비하고, 스웝프로드를 따라 일대를 수색해야 하는 것을 아직 모르고 있었다. 길과 숲을 분담해, 통나무 길과 습지로 바뀌는 곳에 있는 오래된 제재소 주변을 수색해서, 눈이 붉은 작은 남자 코르크스크루를 찾아야 하는 것을. 헝클어진 적갈색 머리, 개 같은 이, 찢어진 귀를 가진 그 남자야말로 이니스 세인트에이메를 살해하고, 수술도구를 사용해 그 시체를 손상하고, 아담 맥코메르 교수도 살해해서 제재소 밑의 습하고 썩은 톱밥 속에 매장한 장본인이다. 이 남자는 우니스테어도 습격하게 되는데, 어쩌면 지금쯤은 스톤 경관, 퀠치 우체국장, 로젠블랏 경감까지 그의 마수에 걸렸는지도 모른다. 이 남자를 찾기 위해 얼마나 많은 사람들이 어둠 속에 나가 있는지 추측도 할 수 없었다.

이것이 현실이 되기 위해서는 첫 희생자를 발견할 필요가 있다. 세인트에이메를 발견할 필요가…….

침을 흘리며 쫓아 온 개가 돌아간 지점에서 400미터 정도 더 갔을 때였다. 헤드라이트 빛 안에 길가의 암벽에 등을 기대고 있는 하얀 코트를 입은 여자가 떠올랐다. 어딘가 숨어 있던 곳에서 튀어나온 듯하다. 옷은 찢어지거나 터진 곳이 보이고 풀 열매가 붙어 있다. 창백한 얼굴은 공포에 사로잡혔고, 커다란 검은 눈동자는 나에게 세워달라고 애원했다. 이때, 그녀는 차를 도둑맞고 약혼자를 유괴당한 뒤였다.

내가 타라고 하자 여자는 웬일인지 방향을 바꾸어 도망가려고 했다. 나는 길로 뛰어나가 그녀를 잡고 차 안으로 밀어넣었다. 그녀는 조금 진정한 후에 사정을 이야기했다. 이니스 세인트에이메와 함께, 결혼하기 위해 여행했다고 한다. 그리고 도중에서 부랑자를 차에 태웠다. 그런데 그 남자는 세인트에이메에게 폭행을 가하고 도망가는 그녀를 쫓아왔다. 그녀가 숲 속에 숨자, 부랑자는 내가 온 길로 갔다고 한다. 그 남자를 보았냐고 여자가 물었다.

나는 아무도 못 봤다고 했다. 어쨌든 그녀를 경찰서까지 데려다 주기로 했다.

차에 타고 우선 '죽은 신랑의 연못' 가까운, 두 사람이 주차한 장소까지 가보았다. 차에서 내려 주위의 풀을 만져보았다. 내 손이 느낀 것은 살인사건이었다.

그녀를 데리고 맥코메르의 집으로 돌아갔다.

맥코메르의 집에 도착하자 이미 경찰차가 서 있었다. 나는 자갈 깔린 차도로 들어가 주방문 앞에 차를 세웠다. 이번에는 차 열쇠를 뽑아서 주머니에 넣고 차에서 내렸다. 차도 끝에 있는 하얗게 칠한 헛간 앞에는 맥코메르의 스테이션 왜건이 세워진 채였다. 타이어는 바람이 빠져 지금은 운전할 수 없다. 그렇다면 내 차가 막고 있는 것은 아니다. 나는 다른 사람의 길을 막는 것을 좋아하지 않는다.

주방에는 석유램프가 켜져 있고, 거실에는 더 밝은 불이 켜져 있었다. 주 경찰의 경관 한 명이 집 안에 있었다. 머리는 모래색이고 큰 얼굴에 웃음을 띠고 있다. 나와 엘리너 대리가 집에 들어갔을 때, 경관은 마침 전화를 끊는 중이었다. 수화기를 걸어놓으며 의미 없는 직업적인 미소를 띠고 나에게 목례했다.

"나는 스톤 경관입니다."

그는 자기소개를 했다.

"무슨 일입니까?"

경관은 우리를 거실로 데리고 갔다. 먼지가 가득한 구식

인테리어 방으로 탁자 위의 녹색 갓이 달린 가솔린 램프가 밝게 비치고 있다. 앉을 장소는 몇 개 있다. 미스 대리는 수직 등받이가 있는 말총 소파에 앉아서 사정을 설명했다. 고등학교에서 배운 라틴어를 암송하는 듯한 말투였다.

나에게 이야기한 것 외에 잊고 있던 일도 추가했다. 하지만 나는 그것도 이미 여기에 썼다. 스톤 경관은 계속 미소 짓고 있었다.

"당신의 차는 이미 발견했습니다."

경관이 말했다.

"다만 세인트에이메 씨는 타고 있지 않았습니다. 하지만 그것은 좋은 징조인지도 모릅니다. 만약 심한 상처를 입었거나—또는 만일 죽었거나—하면 차 안에 있어야 하니까요. 아니면 그 '닥'이 나이프나 다른 것으로 세인트에이메 씨를 협박하면서 데려갔다고 볼 수도 있습니다. 하지만 두 사람이라면 그렇게 멀리 가지 못했을 겁니다. 쫓는 쪽이 포기하지 않는다고 알면 틀림없이 항복할 겁니다. 지금, 로젠블랏 경감과 맥코메르 교수가 추적 중입니다. 이웃 우니스테어 씨도 협력하고 있습니다. 나는 경감의 지시로 여기에 돌아와서 전화로 서에 증원을 요청했습니다. 바로 지원이 달려올 겁니다."

"차를 발견한 곳은 어디입니까?"

"스웜프로드의 막다른 지점입니다."

"스웜프로드?"

"그렇습니다. 존 플레일의 집 맞은편입니다. 그 길은 알고 있지요? 여기에서 2킬로미터 조금 더 가면 옛 짐마차 길입니다. 위플빌에서 스토니폴즈로 가는 길에서 갈라지는 산길입니다."

"네, 그 길이라면 알고 있습니다."

"지금은 기다릴 수밖에 없습니다. 너무 걱정하지 마세요, 미스 대리."

스톤 경관은 계속했다.

"라디오는 전지가 다 된 것 같은데, 잡지가 있으니 괜찮다면 읽어도 좋습니다. 책도 있고, 책상 위에는 댄버리의 신문도 있습니다. 나는 커피라도 가져오지요."

하지만 미스 대리는 '죽은 신랑의 연못'에서 차에서 내렸을 때, 안경을 차 안에 두고 와서, 신문이나 잡지를 읽는 것은 조금 곤란할 것이다. 그래도 스톤 경관의 권유에 따라 지나간 사진잡지를 한 권 들고 불안한 시간을 보내기 위해 페이지를 넘겼다.

그녀가 앉은 것을 보고 나도 스톤 경관을 따라 주방에 들어갔다.

"당신도 이 부근에 사나요, 리더 선생?"

스톤이 커피를 끓이면서 물었다.

"내 이름은 리들입니다."

나는 정정했다.

"뉴욕에 살고 있습니다. 버몬트에서 돌아가는 길입니다. 그것보다 그 차 말인데, 도대체 언제 나와 스쳐 지나갔을까요?"

"그 차를 봤습니까?"

"아니, 보지 못했습니다."

"보았다는 의미로만 생각했습니다. 경찰은 운전한 남자를 목격한 사람을 찾고 있습니다."

"유감이지만 나는 도움이 되지 못합니다."

맥코메르 교수가 리즈필드의 주 경찰서에 전화했을 때, 스톤 경관과 그의 상사 로젠블랏 경감은 이쪽으로 오는 중이었다. 교수는 뺑소니 사고가 있던 것을 경찰에 알리고 덱스터 정비공장의 전화번호를 알려주고, 차를 운전하고 있던 귀가 찢어진 남자에 대해서도 이야기했다. 경감과 경관이 교수의 집에 도착한 것은 내가 떠나고 30분 후였다.

경감 일행이 여기로 오고 있던 것은 평소에 하는 순찰의 일환인 동시에 오늘은 존 플레일의 집에 들러 동생 피트 플레일에 대해 조사하기 위해서였다. 피트는 브리지포트의 술집에서 싸우다가 사람을 죽여, 웨더스필드 교도소에서 3년 복역했는데 2주 전에 출소해서 돌아왔다고 한다. 하지만 출소 후, 보호관찰 기간 중 의무보고를 하지 않았다. 브리지포트 경찰은 피트가 주를 벗어나 서해안으로 도망갔다는 소문을 듣고 로젠블랏 경감에게 조사를 의뢰했다.

경감의 순찰차는 무선기가 고장 나서, 이미 경찰서를 출발한 그들에게는 맥코메르 교수가 통보한 정보가 전해지지 않았다. 스웜프로드를 따라, 타르지(타르를 입히거나 배게 한 건재용 종이)를 깐 오두막에 그들이 찾아가 보니, 존 플레일은 없었다.

그래서 피트 플레일에 대해서 달리 알아보려고 여기 맥코메르 교수 집을 우연히 방문한 것이다. 하지만 맥코메르는 피트 플레일에 대해 아무것도 몰랐다. 존 플레일이 아무 이야기도 하지 않았으니, 피트가 집에 돌아오지 않은 것 아닐까요 하고 대답했다. 그렇지 않으면 모습을 보였을 것이라고 했다. 그리고 교수는 존 플레일이 뺑소니차에 치여 죽은 사건에 대해 이야기했다.

맥코메르는 리즈필드 서에 전화했을 때, 경감과 스톤 경관이 순찰 나간 것에 대해 들었기 때문에 순찰 도중 플레일의 시체를 우연히 발견할지도 모르고, 발견하지 못해도 도중에서 전화를 빌리러 이 집에 들를 게 틀림없다고 예상했다. 그래서 커피를 준비하고 기다렸다. 경감과 스톤 경관은 커피를 한 잔 마시고 맥코메르의 안내로 플레일이 쓰러져 있던 장소로 갔다. 수사용 손전등으로 현장 가까운 길을 조사하다, 사람 피와 머리카락이 붙어 있는 돌을 찾았다―나와 맥코메르가 지나치고 못 본 것이다.

도랑에 있던 플레일의 시체를 자세히 보니, 차에 치인 것이 직접 사인이 아닌 것을 알았다. 후두부에 자동차에 의한 것으로는 생각할 수 없는 함몰이 있고, 그 형상이 길에 떨어져 있던 돌과 일치했다. 아마 비틀비틀 길을 걷는데 뒤에서 몰래 다가간 범인이 돌로 후두부를 내리친 것 같았다. 차에 치여 몸 전체의 뼈가 부서진 것은 그 뒤의 일 같았다.

핏자국이 흩어진 노면을 크레이프 고무바닥 구두가 빙글빙

글 걸어 다닌 흔적과 챙이 들쑥날쑥 잘린 낡은 모자를 하나 발견했다. 경감 일행은 시체를 스윔프로드 안쪽 플레일의 오두막으로 운반했다.

오두막 조금 더 간 곳에는 길이 진창이 되어 있었다. 그 진흙 노면에 시거니 사일런트 스페셜 타이어 자국이 있는 것을 발견했다. 스톤 경관의 말에 의하면, 로젠블랏 경감과 같이 피트 플레일에 대해 질문하려고 존 플레일의 오두막을 방문하던 도중에 이와 같은 타이어 자국을 보았다는 것이다. 헤드라이트 빛에 타이어 자국이 보였지만 당면한 일과 관계없어서 그때는 조사하려고 생각하지 않았다고 한다. 일행은 길을 더 가서 오래된 제재소 뒤에 스윔프로드가 끝나는 곳에 좌석이 붉은 회색 캐딜락 투어링이 버려져 있는 것을 발견했다.

조수석 문과 좌석에는 핏자국이 있고, 아름답게 짠 파나마 모자가 바로 옆의 진흙바닥에 떨어져 있었다.

차 주위의 지면에는 형태가 일정하지 않은 커다란 발자국이 남아 있었다. 마치 범인인 작은 남자가 발에 천을 감았거나, 주머니를 신은 것 같은 커다란 발자국이었다. 발자국은 존 플레일의 오두막까지 계속되고 다시 돌아왔다. 그리고 어딘가로 사라졌다.

"저 아가씨가 살아있는 것은 행운입니다."

스톤 경관은 웃음이 끊이지 않는 입으로 중얼거렸다.

"세인트에이메 씨는 이미 절망적입니다. 범인은 완전히 미친 살인귀입니다. 어딘가 깊은 계곡에 세인트에이메 씨의 시체를 던질 생각으로 차를 운전했겠지요. 그런데 결국 실수로 이 좁은 길로 들어왔지요. 어딘가로 나갈 수 있는 지름길이라고 생각했을까요? 그 근방을 잘 모르는 사람이거나 오랫동안 떨어져 있던 탓으로 지리 감각을 잃은 사람이겠지요. 길을 착각하지 않았다면 스토니폴즈에서 루트 49A로 나가 우리들이 사건을 알기 전에 80킬로미터나 도망갔을 겁니다. 물론 차는 언젠가 발견되겠지요. 그것은 틀림없습니다. 하지만 만약 다른 도시의 변두리에 버린다면 범인의 신원을 추적하는 것이 훨씬 어려웠겠지요. 그리고 그를 잡았다고 해도 세인트에이메 씨의 시체는 당연히 어딘가에 숨겼기 때문에 바로 살인이라고 단정할 수는 없습니다. 물론 존 플레일도 죽어서 살인사건은 틀림없지만 말입니다."

살인사건인 것은 나도 알고 있다. 14.5킬로미터 떨어진 길에서 내 손으로 그것을 느꼈다. 맥코메르와 함께 존 플레일을 발견했을 때, 그의 시체를 더 자세히 조사했었다면 더 빨리 알았을 것이다.

"그런데 당신 이름을 리더라고 생각한 것은 아주 묘합니다."

난로 위에서 커피를 가져오고 컵을 두 개 준비하면서 스톤이 말했다. 다행히 컵은 깨끗했다. 더러웠던 접시도 모두 깨끗이 닦여 있었고 싱크대도 깨끗이 정리되어 있었다.

"리더 일가가 전에 여기에 살았기 때문에, 당신을 친척이라고 생각했습니다. 이 집은 원래 헨리 리더 소유입니다. 7년 전 그의 아들 해리 리더가 도끼로 자신의 일가를 모두 죽이고 행방을 감춘 사건이 있었지요. 사람들은 근처의 연못에라도 빠졌을 거라는 소문이었습니다. 이 사건에 대해서는 당신도 신문에서 읽었을지도 모릅니다만.

그 후, 이 집에는 사람이 살지 않았습니다. 그런 사건이 있었으니 무리도 아니지요. 때문에 올해 3월, 유명한 살인심리학자 아담 맥코메르 교수가 이곳을 샀다고 들었을 때는 정말 깜짝 놀랐습니다. 나의 사촌 형 조지가 리즈필드에서 프라이엇 팜 부동산에 근무하는데, 그의 말을 들으면 교수는 이 집을 살펴보지도 않고 샀다는 겁니다. 뉴욕의 부동산 중개사무실에서 사진만 보고 구입한 거지요. 원래 집을 사는 손님의 절반은 그런 것 같습니다. 어쨌든 조지는 수수료를 벌었다고 했습니다. 맥코메르 교수는 아주 싼 물건이라고 생각했을까요? 물론 외부를 고쳐야 했지요. 페인트를 칠하고 지붕을 새로 바꾸고, 주위의 풀을 자르고. 그러나 나라면 이런 집을 주거로 해서 농장을 하지는 않을 겁니다. 그 해리 리더가 언제 돌아올지도 모르는 집이니까요. 정말 이상하군요. 내가 당신의 이름을 리더라고 생각했던 것 말입니다, 선생."

"틀립니다."

내가 대답했다.

"내 이름은 리들입니다. 뉴욕에 사는 닥터 헨리 N. 리들 주니어입니다. 그리고 나는 선생이라고 불리는 것을 좋아하지 않습니다."

집 밖의 차도에 자동차가 한 대 와서 내가 타고 온 쿠페 뒤에 멈추었다. 남자가 한 사람 내리고 주방으로 들어왔다. 마른 체격에 키가 크고, 머리꼭대기에 머리카락이 세 개 붙어 있었다. 폭넓은 단단한 깃을 목에 하고 검은 보타이를 하고 있었다.

루트 7을 따라 있는 위플빌 마을의 우체국장 퀠치라고 자기소개를 했다. 전화로 회색 차에 대해 듣고, 일부러 왔다고 한다.

"그 회색 차는 7시 36분에 우체국 앞에 멈추었소. 파나마 모자를 쓴 얼굴이 검은 남자와 파란 테 안경을 낀 젊은 여자가 타고 있었고, 이 부근의 야외에서 식사를 하기에 좋은 장소가 있냐고 물었소. 뒷자리에는 기분 나쁜 남자가 앉아 있었소. 얼굴이 검은 남자는 두 손가락의 피트와 아주 닮은 느낌이었소. 그는 예의 바르고 교육도 받고 사회적 지위도 높은 남자 같았소."

"그는 피트가 아닙니다."

스톤 경관이 말했다.

"뉴욕에서 온 세인트에이메입니다."

"네, 물론 정말로 피트라고 생각한 것은 아닙니다."

퀠치 씨가 말했다.

"피트보다도 훨씬 나이가 들었으니까요. 하지만 그 남자는 나이에 비해 좋은 여자를 잡았다고 생각했습니다. 좋은 여자에게 잡혔다고 해야 할까요. 회색 대형차를 운전하는 여자는 아주 매력적으로 먹고 싶을 정도로 귀엽고—"

"그 여자는 지금, 이 집 거실에 있습니다."

스톤 경관이 퀠치 씨의 장광설을 중단시켰다. 퀠치 씨는 재빨리 눈을 빛내며 두 손으로 보타이를 다시 매고 세 개 남은 머리카락을 만지며 거실로 들어갔다.

나중에 로젠블랏 경감이 목격자 모두를 조사했을 때, 퀠치 씨는 우체국에서 세인트에이메와 나눈 대화 내용을 자세히 진술했다. 그 모두가 조서로 정리되었다. 실제는 대화라기보다도 오히려 독백에 가까웠다. 그 기록이 유일하게 가치가 있다면 퀠치 씨가 세인트에이메와 이야기한 마지막 인물이고, 어쩌면 살아있는 그를 본 마지막 사람일 것이라는 사실이다. 물론 코르크스크루를 제외하고 하는 이야기지만. 코르크스크루는 세인트에이메가 죽는 순간까지 보았을 것이고 차 옆에서 격렬하게 싸운 것이 틀림없기 때문이다. 세인트에이메가 죽음의 비명을 지르는 것을 보았을 것이다.

우체국 앞에 차가 멈추어 있는 동안에 퀠치 씨는 이 남자의 용모에 대해서도 상당히 자세히 관찰했다. 못 본 것이라면 위치가 반대쪽이어서 찢어진 귀를 못 본 것과 코르크스크루가 좌석에 앉아 있기 때문에 신장을 알 수 없었다는 정도였다. 허리 위만 보면 거의 보통 키였고 팔은 조금 긴 편이었다. 퀠치 씨는 관찰력이 상당히 뛰어난 것 같다. 내가 자신의 용모를 관찰했다고 해도 이 정도밖에 말할 수 없을 것이다.

코르크스크루를 목격하지 않은 나로서는, 분명한 묘사인지 어떤지 알 수 없지만.

커피를 다 마신 뒤에 스톤 경관은 자신도 스웜프로드로 가서 로젠블랏 경감과 맥코메르 교수와 우니스테어가 하는 수색을 도와야 한다고 말했다. 나는 함께 가도 좋은가 물었다. 퀠치 씨는 선량한 인물이어서 세인트에이메 씨의 젊은 약혼자 옆에 남아 있으면 그녀의 위로가 될 것이라고 생각했다. 1910년대의 레이디 킬러를 생각게 하는 유쾌한 신사로, 말이 많지만 즐거운 농담을 하기 때문에, 오래된 제재소 옆에서 발견한 불쾌한 시체에서 그녀의 마음을 떼어 놓는데 도움이 될 것이다. 나와 스톤 경관이 집 앞에 주차한 순찰차를 타고 나가려고 했을 때, 퀠치 씨가 무언가 웃기는 말을 했는지 그녀가 즐겁게 웃는 소리가 들렸다. 이때 그녀는 밖에서 얼마나 암담한 일이 일어났는지 아직 몰랐다.

이렇게 있는 지금도 아직 아무것도 모르고 있다. 그녀가 눈을 뜰 때까지는.

아니, 가능하다면 영원히 알리고 싶지 않다.

범인은 존 플레일 뒤에서 다가가 돌로 후두부를 때려서 살해하고 그 뒤에 시체를 차로 치었다.

그는 또 '죽은 신랑의 연못' 가까이에서 나이프를 사용해 세인트에이메를 살해했거나, 빈사의 중상을 입혔다. 그리고 차에 태우고 도주해서, 스웜프로드로 들어가 세인트에이메가 완전히 절명할 때까지 구타했다. 그 후—또는 그 전인지도 모른다—오른손 손목을 자르고 시체를 습지로 운반해서 버렸다.

그는 맥코메르도 죽였다. 맥코메르가 그의 정체를 거의 파악했기 때문이었다. 그리고 교수의 죽음을 모두에게 알리려고 한 우니스테어도 매장했다.

어쩌면 퀠치 씨까지 죽었는지도 모른다. 지금부터 1시간 전, 이 집 뒤쪽인 존 플레일의 집 쪽에서 퀠치 씨의 것 같은 비명이 들렸다. 로젠블랏 경감은 그 방향으로 달려갔는데 잘못하면 경감도 살해당할지도 모른다. 총으로 무장하고 있는 경관이라도.

그 밖에 또 어느 정도의 사람이 희생이 될지 모른다. 현재 많은 사람들이 개를 데리고 수색에 나갔는데 좋은 성과가 나온다고는 생각할 수 없다.

망명 바스크인 예술가 우니스테어는 눈이 빛나는 날렵한 작은 남자다. 검은 머리에 밝은 색 하와이 스포츠셔츠, 오렌지색 바지, 천 샌들이라는 아주 평범한 모습을 하고 있다. 그는 맥코메르와 로젠블랏 경감과 함께 존 플레일의 집 뒤쪽에서 수색에 협력하고 있었다. 나와 스톤 경관이 그곳에 도착했을 때, 그는 이렇게 말했다.

"이것은 완전히 초현실주의적 사건이군. 천재의 살인이야. 상징적 요소가 보여. 로젠블랏 경감, 스톤 경관, 당신들은 경관으로서 지나치게 일상적이오. 도둑이나 강도의 범행으로 생각하지요? 당신들에게 필요한 것은 표범 가죽을 쓰고 시폰 나이트가운을 입고 꼬리에 깃털 총채를 달고, 코르크스크루와 와인병의 화려한 댄스라도 추는 것이오. 그리고 리들 선생, 당신은 지나치게 현실주의적이라 이 사건을 이해하기에는 상상력이 너무 없어요. 당신에게 필요한 것은 존재할 리가 없는 환영을 마음으로 믿어보는 것이오. 그리고 맥코메르 교수, 당신은 매일 존 플레일을 나에게 보내 우리의 저지 소가 만드는 따뜻하고 부드러운 영양만점의 우유를 사갔는데 최근에는 전혀 사가지 않았습니다. 심리학자의 뇌를 활성화시키기에는 우유가 무엇보다 좋지요."

우니스테어는 우리 모두를 조롱하듯이 웃었다.

"정말 초현실적인 살인이야!"

그는 환희하듯이 소리쳤다.

"이것을 이해하려면 초현실주의 예술가가 번역해서 해설해야 합니다. 나는 이 사건의 열쇠를 알고 있어요. 이 사건의 상징적 요소를 이해하지요. 그것을 다른 형태로 설명해 볼까요? 그러기 위해서는 먼저 곰팡이 핀 양배추 4분의 1 토막을 준비해야지요. 그리고 가발과 유리 의안 두 개, 낡은 박쥐우산과 옷을 만드는데 사용하는 마네킹과 얼음 한 덩어리가 필요하오. 나머지는 표지 글자가 붉은 《나의 투쟁》 한 권이 있으면 되지요. 그것을 모두 모아 작품을 만들어 해설을 시작합니다."

우니스테어가 무엇을 이해한 것은 아니다. 그는 아무것도 생각하지 않았다.

나는 알았다. 이 남자는 평소에도 이런 상태가 틀림없다. 머리가 조금 이상하다. 살인사건이 일어나면, 짐승의 시체에 몰려드는 파리처럼 이런 사람들이 언제나 나타난다. 하찮은 허영심을 만족시키려고, 술에 취해 흥분한 상태로, 나라면 이 사건을 해결할 수 있다고 공언한다. 자신이 경찰보다 머리가 좋고, 살해당한 피해자는 바보 같다고 하는 사람이 틀림없이 있다. 어쩌면 우니스테어의 방법은 더 지독할지도 모르겠다. 초현실주의 예술로 정말 사건을 설명할 수 있다고 믿는 걸까?

어쨌든 이때, 코르크스크루는 어딘가에서 우니스테어의 이야기에 귀를 기울이고 있었던 것 같다. 그리고 그 이야기를 믿은 것 같다. 우니스테어는 바로 뒤, 제재소의 톱밥쓰레기를 버리는 깊은 구멍 속에서—백 년 동안 쌓여온 습한 톱밥의 산더미에서, 목이 잘린 맥코메르의 시체를 발견했다. 그리고 잠시 후, 이번에는 우니스테어 자신이 시체가 되었다.

우니스테어의 시체를 발견한 것은 바로 나다.

"존 플레일의 시체를 발견했을 때, 당신은 맥코메르 교수와 같이 있었지요, 선생?"

로젠블랏 경감이 나에게 확인했다.

"네."

내가 대답했다.

"맥코메르 교수와 둘이서 발견했습니다. 길에 피가 흘러 있고 핏자국은 도랑까지 이어져 있었습니다. 물론, 나는 시체가 누구인지 몰랐습니다. 처음 보는 남자였지요. 시체를 발견하기 조금 전에 그 주위를 지났을 때, 신음소리 같은 것을 들었지만 설마 사람의 소리라고는 생각지도 못했습니다. 바로 전에 주운 넌더리나는 모자를 생각한 탓도 있습니다.

머리가 지끈거리기도 했었지요. 맥코메르 교수와 둘이서 차를 고친 다음 다시 그곳을 지날 때, 핏자국을 보고 플레일의 시체를 발견했습니다."

"주운 넌더리나는 모자가 당신 거라고 했지요?"

경감은 퍼그 강아지 같은 주름이 많은 얼굴로 나를 물끄러미 보면서 물었다.

"네, 주어서 보니 내 모자였습니다."

"우연치고는 지나치군요."

경감이 말했다.

당연할 것이다, 하고 나도 생각한다.

"미안합니다."

나는 사과했다.

"머리를 혼란시켜서."

"선생은 시체를 발견하는 전문가 같군요. 세인트에이메의 시체를 발견한 것도 당신이었죠?"

"그 사람인지는 몰랐습니다. 사람의 시체는 의사에게는 언제나 익명이지요. 살아있는 그를 만난 일도 없습니다."

"알고 있습니다."

로젠블랏은 한숨을 쉬었다.

"그것은 알고 있습니다. 잘 알고 있습니다. 당신이 같은 말을 하고 싶다면, 나는 코르크스크루가 되고 싶을 정도입니다. 당신은 세인트에이메를 보지 못했고 '닥' 이라고 자칭하는 눈이 붉은 작은 남자도 본 일이 없다고 했습니다. 그리고 살인이 일어난 시간에는 스웜프로드 입구에서, 범인이 그쪽으로 차로 도망가는 중에도 계속 그곳에 있었습니다. 그리고 세인트에이메도 '닥'도 목격하지 못했고, 물론 차도 보지 못했다고 했습니다."

"그대로입니다. 확실합니다."

"이쯤에서 보고서를 마무리해야겠군요."

로젠블랏이 말했다.

"사건을 마무리 하고 나중에는 잊는 쪽이 좋을지도 모릅니다. 리들 선생은 세인트에이메도 '닥'도 목격하지 않았다. 이 문제는 이미 손을 들었습니다."

이 대화는 나와 경감이 불쌍한 우니스테어의 시체 옆에서 무릎을 구부리고 한 것이다. 이번에는 맥코메르를 찾아야 하는 단계이기도 했다. 공포가 이런 현실이 되려면 우선 세인트에이메가 발견되어야 한다. 아무래도 그럴 필요가 있다.

세인트에이메의 시체를 발견한 것도, 우연히 나였다. 지금까지 발견된 여러 물건은 모두 내가 발견했다고 해도 좋다. 뿐만 아니라, 앞으로 나올 물건을 모두 내가 발견하게 될지도 모른다. 세인트에이메의 오른손을 유일한 예외로 하고.

그 습지에서 내가 발견한 것은 회색 개버딘 양복을 입은 인간의 팔 부분이었다. 팔이 진흙 안에서 삐져나와 있는 것이 높이 자란 수초 틈으로 보였다. 우리는 큰 원을 그려 포진하고 습지를 탐색했다. 로젠블랏 경감과 스톤 경관을 시작으로 나중에 도착한 경관들, 게다가 맥코메르와 우니스테어, 그 밖의 인근 일대에서 차로 달려온 민간인 협력자들이 있었다. 모두 차를 스웜프로드에 나란히 세웠다. 나도 그 안에 있었다. 대형 회색 차가 버려진 통나무 길에서 출발해서 길 양쪽에 크게 호를 그리듯이 수색을 진행했다. 결국 나의 손전등 빛 안에 그 사람의 팔이 떠올랐다.

"무언가 있어요!"

내가 소리 질렀다.

발견한 회색 차에서 그렇게 떨어지지 않은 지점이었다. 겨우 2, 30미터 앞일까? 시체를 습지에 완전히 매몰시킬 수 없다고 생각했을까? 아니면 시간이 없었을까? 범인은 차에서 시체를 끌어내려 어깨에 메고, 습지 안으로 몇 걸음 들어가서 서둘러 던진 느낌이었다. 발자국은 전혀 남아 있지 않았다. 너무나 질척질척한 진흙이어서 표면이 바로 미끄럽게 되기 때문이다. 시체의 거의 모든 부분이 진흙과 풀 안에 빠지고, 한 팔만 밖으로 나와 있었다.

모두가 모이는 동안 나는 시체를 끌어올리기 위해 손을 잡으려고 했다. 하지만 팔 끝에는 손이 없었다. 그때 받은 충격은 엄청났다. 의대생 때도 의료실습 때도 이런 쇼크는 경험하지 못했다. 오늘 밤, 도랑 등에서 만난 일련의 사건마저 이 정도는 아니었다. 도랑에서 존 플레일의 시체를 발견했을 때보다도, 죽은 신랑의 연못 가까운 길에서 핏자국을 발견했을 때보다도 더 싫은 기분이었다. 나중에 발견하게 되는 우니스테어의 시체도 이 정도는 아니었다. 그때 우니스테어는 맥코메르의 시체가 파묻힌 대량의 톱밥더미에 쓰러졌다. 발견한 내가 옆에 웅크리자 그는 쥐 같은 눈을 빛내며 뭐라고 말하려고 했지만 이미 목소리도 낼 수 없는 상태였다.

진흙에서 삐져나온 팔에는 손이 없었다. 세인트에이메의 시체에는 오른손이 없었다. 내가 받은 쇼크는 그것 때문이었다. 지금까지 들었던 이야기로 그에게 오른손이 없다고는 생각지도 못했다.

로젠블랏 경감과 둘이서 어깨에 시체를 메고 진흙에서 끌어올렸다. 다른 몇 사람의 도움으로, 통나무 길까지 운반해, 회색 캐딜락의 헤드라이트 앞에 놓았다.

세인트에이메는 개버딘 양복에 고급 흰 면 셔츠를 입고 사랑매듭 금 커프스버튼을 하고 있다. 주머니에 지갑이 있었지만 안에는 현금도 서류도 없었다. 다만 뒷주머니에 오늘 영수인이 찍힌 뉴욕 프레지던트 호텔의 계산서가 들어 있었다. 아마 오늘 아침, 엘리너 대리가 덱스터 소유의 대형 스포츠 투어링으로 데리러 오는 것을 기다리는 사이에 숙박료 지불을 끝내고 계산서를 뒷주머니에 넣었을 것이다. 살인범이 유일하게 보지 못한 것이다. 세인트에이메의 이름이 적혀 있는 증거품이다. 인물 특정의 단서가 되는 다른 서류는 전혀 없었다.

그리고 반지를 낀 그의 오른손도 없었다.

물론 그것만이 아니다. 심한 타박상으로 몸 전체 뼈의 절반이 부러져 있다. 하지만 옷에는 타이어 자국은 없고, 습지의 검은 진흙이 붙어 있을 뿐이었다. 옷을 벗기고 차로 치고, 그 후에 다시 입혔을까? 그러지는 않았을 것이다. 아니면 구타를 심하게 당했을까? 천을 감은 크랭크핸들이나 비슷하게 만든 곤봉 같은 것을 사용했을까? 타박상의 소견으로 보아, 절명하기 전에 구타당한 게 틀림없다.

하지만 최악의 폭행은 머리에 받은 것이라고 할 수 있다. 수술용 메스 같은 아주 예리한 물건으로, 이마의 피부와 검은 눈 주위에 이르기까지 피부가 홀랑 벗겨져 있었다. 그 밖에도 얼굴, 입 주위, 귀 부분이 같은 칼로 손상되어 있었다. 그리고 두개골에 동그랗게 절개흔적이 있었다. 뇌 외과수술용 트레핀(자루 달린 둥근 톱)을 사용해 거칠게 잘라낸 흔적 같았다. 아니면 잘라 내려한 흔적이라고 할까? 그런 작업에 익숙한 사람의 솜씨는 아니었다.

공포가 현실이 되기 위해서 세인트에이메의 시체는 발견되어야 했다. 그리고 결국 발견되었다.

나는 임시 검시를 하게 되었다. 그 장소에 있는 유일한 의사이기 때문이다. 전임 검시의는 군대에 갔고, 후임자는 여든 살로, 스토니폴즈에서 먼 장소는—특히 밤에는—가지 않는다고 한다. 시골은 어디나 의사가 부족하다. 살아있는 사람조차 충분히 진료할 수 없는데 죽은 사람은 어쩔 수 없다는 것이다. 내가 시체를 검시하고 어떤 흉행이 가해졌는지를 말해야 했다. 좋아하는 역할은 아니다.

당연하지만 로젠블랏 경감은 인체구조에 대해 조금은 알고 있고, 초보적인 의학지식도 갖고 있다. 맥코메르는 물론 해박한 지식을 갖고 있다. 아마 전문의에도 뒤지지 않을 것이다. 보통 사람에게 손이 두 개 있다는 것은 누구나 알고 있다. 하지만 세인트에이메는 하나밖에 없었다. 그의 오른손은 손목에서 절단되었다. 그것이 나에게는 가장 큰 쇼크였다.

"범인은 수술용 트레판을 사용한 것 같군요."

로젠블랏 경감이 나를 무시하고 맥코메르에게 질문했다.

"상당한 의학지식을 갖고 있는 것 같군요, 교수?"

경감은 처음부터 나를 무시했다. 문제의 자동차도 부랑자도 목격하지 않았다고, 내가 진술한 이후 계속이다. 아니면 챙이 톱날처럼 들쑥날쑥한 파란 모자가 내 것이라고 고백했을 때부터인지도 모른다.

"트레판이 아니고 트레핀입니다, 경감."

내가 정정해 주었다.

"어떻게 다릅니까, 교수?"

계속 나를 무시한다.

맥코메르는 박쥐 같은 커다란 갈색 귀를 세우고, 나와 마주 본 위치에서 무릎을 꿇고 있었다. 교수는, 자네가 대답하라는 듯이 차가운 눈초리를 보내고 있다.

"트레판은 옛날식으로 지금은 아무도 사용하지 않습니다."

내가 설명했다.

"트레핀은 이렇게 동그랗게 절개할 수 있는 기구입니다. 그러나 이것을 한 사람은 외과수술 지식이 있는 것 같지는 않습니다. 자동차 구조에 대해 내가 알고 있는 것 이하입니다. 왜냐하면 투박하게 사용했기 때문입니다. 수술 센스가 있는 사람의 작업이 아닙니다. 이 모습은 마치 정신이 나간 녀석이 죽은 세인트에이메 씨의 머리에 송곳으로 구멍을 뚫고 아이디어를 꺼내려고 한 듯합니다."

"당신도 트레핀을 갖고 있지요, 리들 선생?"

로젠블랏 경감이 물었다.

"갖고 다닙니다."

"세인트에이메 씨의 오른손은 도대체 어떻게 된 겁니까?"

"내가 묻고 싶습니다. 어쨌든 이 부근 어딘가에 버려져 있겠지요. 우리는 그것을 발견할 겁니다. 그것을 생각하면 초조합니다."

"내가 묻는 것은 어떻게 절단되었냐 하는 겁니다."

"수술용 톱을 사용한 것 같군요."

내가 대답했다.

"선생은 그것도 갖고 있지요?"

"수술도구는 한 세트 갖고 있습니다. 나는 확실한 의사니까요. 아니, 정확히는 갖고 다닌다고 할까요. 차의 트렁크에 있을 겁니다."

"트렁크에 있다는 것은, 살인이 일어난 시간에 스웜프로드 입구에 차를 세웠을 때입니까? 그리고 그 후 계속?"

"네, 그 후 계속."

내가 대답했다.

무엇이든 바로 뒷주머니에 넣는 것은 사람의 묘한 버릇이다. 단체회원증을 운전면허증과 같이 넣거나, 나이프를 넣거나, 작은 위스키 병을 꽂거나 한다. 총을 가진 사람은 총을 넣고 마리화나 담배를 피우는 사람은 잭나이프를 넣는다. 또 누구라도 흔히 손수건이나 열쇠다발을 넣는다. 나는 지갑을 잘 넣는다.

다만 지불이 끝난 호텔의 계산서를 뒷주머니에 넣지는 않는다. 하지만 세인트에이메는 오늘 아침 프레지던트 호텔에서 엘리너 대리를 기다리는 동안 자신의 이름과 호텔 이름이 들어간 계산서를 넣었다. 만약 그렇게 하지 않았다면 그의 시체는 신원확인이 되지 않았을지도 모른다. 세인트에이메가 정비기사 덱스터의 소개로 아담 맥코메르를 만나지 않았거나, 맥코메르가 사람의 얼굴을 기억하는 좋은 기억력을 갖고 있지 않았거나, 대형 회색 차가 도주 중에 이 집 앞을 지났을 때, 세인트에이메가 쓰고 있던 큰 파나마모자가 머리에서 떨어지지 않았거나, 좌석의 등받이에 기댄 세인트에이메가 움직이지 않고, 그의 얼굴이 저녁 햇빛에 비치지 않았다면—그 때문에 맥코메르에게 얼굴을 보이지 않았다면—그의 시체는 발견되지 않고 끝났을지도 모른다.

모든 조건이 갖추어져 있어도, 한 번밖에 만난 일이 없는 세인트에이메의 얼굴을 지나는 길에 언뜻 본 것만으로 맥코메르는 그 정도 확신하지 않았을 것이다. 하물며 살인을 예측했을까? 세인트에이메의 창백한 얼굴과 눈이 붉은 작은 남자의 인상뿐으로 살인까지 상상하는 것은 우선 있을 수 없다. 또 세인트에이메였거나 다른 사람이었거나—잘 생각한 후에 경찰에 신고하려고 결단을 내렸다면, 그로부터 몇 시간 지나서였을 것이다. 그렇다면 시체는 발견되지 않고 끝났을지도 모른다.

그러나 세인트에이메는 발견되었다.

그의 시체 옆에 몸을 구부렸을 때, 나는 뒷주머니에서 봉투가 없어진 것을 알았다. 죽은 뷰캐넌 씨 저택의 가정부가 준 두꺼운 봉투다. 스웜프로드 입구에서 자동차가 고장 나, 가까운 집에서 렌치를 빌리려고 차를 떠났을 때, 분명히 뒷주머니에 들어 있었다.

나중에 다시 차에 탔을 때일까? 또는 스톤 경관과 함께 이 장소에 오기 전에, 맥코메르 집의 거실에서 엘리너 대리, 뤨치 우체국장, 스톤 경관과 함께 커피를 마실 때, 주머니에서 떨어졌는지도 모른다. 생각해 보니 엘리너 대리와 만나기 조금 전, 루트 7을 목표로 가는 도중에, 커다란 노란 잡종견이 침을 흘리며 쫓아왔을 때는 분명히 갖고 있었다. 그렇다면 '죽은 신랑의 연못'이 보이는 길에서 지면을 조사할 때 떨어뜨렸을까?

뭐 좋다, 나중에 발견될지도 모르고, 이미 틀렸는지도 모른다. 만약 찾는다면 이번에는 확실히 챙겨두자. 찾지 못한다고 해도, 아무 일도 하지 않고 받은 돈이다. 봉투에 얼마 들어 있는지 열어서 확인조차 하지 않았다.

하지만 얼마 들어 있었는지 지금은 알고 있다. 세인트에이메가 자신의 지갑에 얼마 넣었는지를 들은 지금은. 그 봉투에는 50달러 지폐가 50매 들어 있다. 보증할 수 있다.

헤드라이트 앞에서 웅크리고 있는 우리를 둘러 싼 사람들 가운데, 우체국장 뤨치 씨가 보였다. 뤨치 씨와 함께 맥코메르 집에 두고 온 엘리너 대리를 이때 나는 잊고 있었다. 퀠치 씨를 보고도 미스 대리의 몸에 어떤 일이 있었는지 지금 그녀가 어디에 있는지 누구와 같이 있는지 아니면 혼자 있는지 하는 의문마저, 웬일인지 머리에 떠오르지 않았다. 그녀가 사랑한 남자—어쩌면 살아오지 못할 남자가 어떻게 되었는지를 보고 쇼크를 받은 나머지 흥분한 탓이다.

내가 생각한 것은 '또 축음기 같이 떠드는 사람이 나타났다' 정도였다. 높은 셀룰로이드 깃을 단 보타이를 맨 퀠치 씨는 무언가 지껄이려고 목의 근육을 떨면서, 차 뒤에서 성큼성큼 기세 좋게 와서 사람들 무리에 가담했다. 퀠치 씨가 여기에서 연설 단상에 올라갔기 때문에 나는 로젠블랏 경감과 맥코메르가 지켜보는 가운데, 불필요한 질문을 받지 않고 필요한 검사를 계속할 수 있었다.

그때, 나는 분명히 그 장소에 있었다. 계속 있었다. 그것을 믿지 않는다면 불쌍한 사람이라고 할 수밖에 없다. 세인트에이메의 오른손이 내 뒷주머니에서 나오는 일이 있어도 그것만은 틀림없다.

"위플빌에서 온 우체국장 퀠치입니다."

퀠치는 이것보라는 듯이 가슴을 펴고 맥코메르에게 악수를 청하면서 자기소개를 했다.

"맥코메르 교수시죠? 여기로 이사 오는 날, 우체국에 들렀을 때 보았습니다. 분명히 5월 27일 오후 3시 15분 경, 스테이션 왜건에 타고 있는 것을 보았습니다. 지금부터 새 집으로 가는 길이라며, 우편물 배달에 대해 우리에게 지시했지요."

"아, 다시 만나서 반갑습니다, 퀠치 씨."

맥코메르는 기뻐하지도 싫어하지도 않는 표정으로 악수에 응했다.

"전에 전화를 주셨을 때는 정말 죄송했습니다. 그 후 사과도 못했네요. 그러나 분명히 당신이었습니까? 걸려온 전화를 바로 끊는 것을 좋아하지 않지만, 그때는 집필에 바쁘고 전화받는 것이 싫어서 그랬습니다."

나와 처음 정원에서 만나, 함께 내 차 있는 곳까지 걸어간 뒤, 맥코메르는 틀니를 꽂은 것 같다. 이제 알아듣기 어려운 발음을 하지 않았다. 혀를 댈 수 있는 장소가 만들어진 탓인지 목소리에도 깊이가 있고 따뜻한 울림이 있는 것 같았다. 외모까지 조금 좋아진 듯이 보였다. 그러나 틀니를 낀 것만으로 그 정도 젊어졌다는 것은 아니다. 입가에는 아직 주름이 많고 입이 찌그러진 느낌을 주는 것은 부정할 수 없다.

하지만 사람은 나이를 먹으면 점차 외모에 신경을 쓰지 않게 된다. 그도 예외는 아닐 것이다.

"네, 그 기분은 잘 압니다, 교수님."

퀠치가 말하고 우리 옆에 서서, 통나무 길에 누워 있는 세인트에이메의 시체를 흥미 깊게 보았다.

"생각할 때 방해하면 나도 싫으니까요. 네, 그때 전화는 분명히 내가 걸었습니다. 지금부터 9일 전인가요? 분명히 교수님에게 전화했습니다. 지난주 월요일입니다. 시간은 오후 6시 10분, 뉴욕에서 출발한 저녁 배송트럭이 우체국에 들어

온 바로 뒤였습니다. 우편물은 직접 찾으러 올 테니 우체국에 맡겨두라는 교수님의 지시를 분명히 받았습니다. 급한 우편물은 없고, 무료 배달부에게 하나하나 가져오게 하는 것이 좋지 않다고 말하셨죠. 만약 몇 주 동안 우편함을 들여다보지 않는 경우, 밖에 떨어져 비를 맞을지도 모르고, 누가 가져가도 곤란하다고 걱정하셨지요. 사실, 지금까지 교수님 앞으로 도착한 우편물은 과학 잡지와 대학요람 같은 것뿐으로 특히 눈을 끄는 것이나 중요해 보이는 것은 없어서, 언젠가 가지러 오시겠지 하고 모두 우체국에 보관하고 있습니다.

다만 그때는 교수님의 변호사사무실에서 빠른 등기우편이 도착했었지요. 뉴욕 시 월 가 10번지, 버나비 앤 버나비 법률사무소로 되어 있었습니다. 바로 여기까지 배달해야 하는지 어떤지 알 수 없어서 곤란했습니다. 봉투를 빛에 비춰보니 수표가 들어 있는 것 같았습니다. 금액까지는 읽을 수 없었지요. 어쨌든 이것은 일단 알려야 한다고 생각하고, 전화를 했던 겁니다. 물론 방해하지 말라고 할 것은 예상했습니다만."

"그 일은 죄송합니다."

맥코메르가 말했다.

"분기에 한 번 있는 주식배당금 같군요. 도착할 시기였던 것을 잊고 있었소. 나중에 찾으러 가지요."

"사실 지금 갖고 왔습니다."

퀠치가 말했다.

"이 수령 장부에 꽂혀 있습니다. 죄송하지만 배달료 9센트를 받아야 합니다. 그리고 빠른 등기라 서명이 필요합니다. 죄송하지만 여기에 서명해 주세요."

퀠치는 우편봉투와 함께, 메모장과 짧은 연필을 맥코메르의 어깨 위로 내밀었다. 하지만 맥코메르는 이미 화를 내고 있었다. 박쥐와 비슷한 귀를 움직이며 날카로운 파란 눈동자가 눈 안에서 격렬하게 움직였다.

"더 이상 방해하지 마시오, 이 재잘거리는 광대! 그런 것에 서명하지 않겠소."

"재잘거리는 광대라고?"

퀠치가 말했다.

"당신이야말로 벗겨진 머리에 박쥐 귀에ㅡ."

경멸의 형용사를 이것저것 생각한 듯이 발음이 매끄럽지 않았다. 머리카락 세 개 밑의 뇌가 분노로 끓어오르기 때문에 무리도 아니다. 사실은 '대머리', '박쥐 귀'라고 말하고 싶었던 게 틀림없다. 맥코메르의 외모를 보면 누구의 눈에도 분명하다. 하지만 퀠치는 그 이상은 생각나지 않은 것 같다. 정신의학자라고 불러도 모욕은 되지 않는다. 그러나 남 코네티컷 주립대학에서 내가 수강한 일이 있는 하버드 출신의 화학강사처럼, 교수라는 이름 자체를 도발적으로 받아들이는 사람도 있다.

아직 교수직에 오르지 못한 강사여서 그런 것이 아니라, 그는 교수로 불리는 것 자체를 싫어했다. 하지만, 맥코메르는 그런 식으로 생각하는 사람은 아니다. 퀠치의 수다가 싫었을 뿐일 것이다. 내 말투 몇 개가 그의 마음에 들지 않은 것과 비슷한 사정은 아닐까? 평소에는 자제심이 있는 인물일 것이다.

"나는 미국정부를 대표하는 공무원입니다."

뤨치는 위엄을 나타내듯이 소리 높이 말했다.

"대통령이 취임 직후 첫 집무사항의 하나로서 임명해준 것입니다. 나는 우수하고 충실한 민주당원이기도 하고, 지금은 새로운 법으로 국가공무원으로서 영속적 지위를 보장하고 있습니다. 예를 들어 공화당 출신 대통령으로 바뀌어도 나는 해임되지 않습니다. 당신이든 누구든 나에게 그런 말을 할 수는 없습니다. 재잘거리는—재잘거리는—재잘거리는 광대라니, 바보 취급당할 수 없습니다."

"버나비 앤 버나비 법률사무소에서 보낸 분기 배당금은 829달러 몇 센트일 것이오, 뤨치 씨."

맥코메르는 엄한 표정으로 냉정하게 말했다.

"고배당 주식으로 바꿔 샀다면 다르겠지만. 월 가의 투자고문변호사가 그런 일을 하지는 않소. 금액을 알고 싶다면 직접 봉투를 열어보아도 좋소."

"이것은 아주 관대한 일이군요."

뤨치는 조금 안정을 되찾은 것 같다.

"그러나 등기우편을 우리가 개봉하는 것은 법에 저촉됩니다. 예를 들어 수령인이 지시해도 말입니다. 일단 배달해서 수령 서명을 받고 그 뒤에 열라고 지시받는다면 위법은 아닙니다. 그리고 오해받고 싶지 않아서 하는 말인데, 나는 교수의 수입이 얼마인지 관심이 없습니다. 다른 사람의 일에 참견하지 않습니다. 어쨌든 분기배당금이 그렇다면 1년에 3,316달러 수입이 되는군요. 나머지 몇 센트가 몇 달러 될지도 모르겠군요. 좋은 수입이 아닙니까? 좋군요. 원하신다면 당신이 좋다고 할 때까지 맡아두지요. 그런데 교수님, 요즘 어머니는 어떻습니까? 아직 함께 살고 있습니까?"

이 질문에 맥코메르의 박쥐 귀가 세워졌다. 피부 밑에 벌레라도 기어가듯이, 하얀 대머리에 힘줄이 하나 달렸다. 그는 어깨너머로 돌아보고 깜짝 놀란 눈으로 퀠치를 올려 보았다. 마치 무서운 쇼크를 받은 얼굴이다.

아마, 어머니를 깊게 사랑하기 때문일 것이다. 어머니 이외의 여자를 사랑한 적이 없을지도 모른다.

"아직 함께 살고 있냐고?"

그가 말했다.

"어머니는 20년 전에 죽었소. 당신은 어머니를 모를 거요. 왜 그런 것을 묻지요?"

"그러면 그분은 교수의 부인이었나요?"

퀠치가 말했다.

"아니, 어쩌면 여자가 아니라 나이 든 남자였는지도 모르겠군요. 그날은 비가 지독히 내렸지요. 우체국 유리창에 비가 튀고, 교수님의 스테이션 왜건 창도 젖어 있었죠. 바깥 경치도 잘 보이지 않았고, 차 안도 확실히 보이지 않았습니다. 때문에 그렇게 신경 쓰지 않았습니다. 그래도 핑크색 입술에 미소를 띤, 밝고 파란 눈을 한 노인이 교수 옆 조수석에 타고 있는 것을 보았습니다. 당신은 차에서 내렸고 그분은 크고 두꺼운 오버코트를 입고, 숄을 어깨에 걸치고 있었습니다. 그리고 붉은 넥타이를 하고 있었습니다. 그러면 역시 남자였군요."

"아."

맥코메르가 입을 열었다.

"당신이 본 남자는 스큅스요. 옛날부터 데리고 있던 집사로 나이는 여든이 넘었소. 같이 여름을 보내기 위해 찾아온 것이오. 하지만 시골생활이 힘들다고, 일주일도 되지 않아 돌아갔소. 나는 완전히 혼자 살고 있소, 퀠치 국장."

그는 조금 사이를 두고 계속했다.

"일선에서 은퇴한 독신 노인이오. 정원을 가꾸고 글을 쓰고 독서로 시간을 보내고 있을 뿐이오. 사람과 만나는 것은, 존 플레일이 잡일을 해 주러 오는 정도요. 그 플레일도 말이 적은 인디언이고, 지금은 이 세상 사람이 아니오. 나도 젊었을 때는 결혼을 생각한 일이 있지요. 그러나 언제나 일이 생겨 방해를 하더군요. 결국 한 번도 결실을 맺지 못했소."

"교수님도 나처럼 고양이를 기르세요."

퀠치가 말했다.

"그렇게 하면 이야기 상대가 되지요. 함께 오신 그 노인을 보았을 때, 그런 것을 생각했지요. 스큅스 씨라고 했나요? 마치 나를 생각나게 하는군요. 이야기 상대인 회색 고양이를 무릎에 얹고. 그러나 고양이를 기르려면 우유가 필요합니다. 아니, 그분도 돌아가셨다면 안됐지만……."

퀠치는 여기에 시체가 누워 있는 것을 보고도, 계속 떠들어서 맥코메르를 화나게 했다. 하지만 내가 보기에 웰치가 계속 연설하는 것이 오히려 좋았다. 살인범이 트레핀을 사용해 피해자의 머리에 무엇을 하려고 했나 또 한 번 보려는 중이었기 때문이다.

엘리너 대리가 나타난 것은 그때였다. 세인트에이메를 사랑한 여자. 이제 그와 결혼할 수 없는 여자. 우리가 시체를 검사하는 곳으로 그녀가 걸어왔다.

손이 없는 팔을 습지에서 발견했을 때 이상으로 험악한 상황이었다.

차의 헤드라이트 빛 안에서 우리는 세인트에이메의 시체를 내려다보고 있었다. 사악한 살인광에게 뼈까지 부서지고, 새디스틱한 도구로 얼굴 피부가 벗겨졌으며, 머리에 구멍이 뚫린 상태로 통나무 길에 누워 있었다. 광택 있는 개버딘양복도 진흙투성이고 하얀 실크셔츠도 습지의 물로 갈색으로 물들어 있다. 코네티컷을 지나 버몬트를 목표로 신혼여행 가는 도중에는, 사랑매듭 커프스로 장식한 세인트에이메의 왼손이 운전석 등받이에 가볍게 놓이고, 핸들을 잡은 엘리너 대리의 등을 지키려고 한 것이 틀림없다. 그리고 같은 커프스가 장식된 오른손은 지금 없다.

나는 미스 대리를 잠시 잊었다. 시체의 모양에 기분이 나빠진 탓이다. 의사가 이렇게 되는 것이 이상하다는 사람이 있다면 직접 한번 의사를 해보라고 말하고 싶다.

마침 검시를 완료했을 때였다. 그럴 필요도 없겠지만, 부검 이외의 가능한 일은 모두 했다. 맥코메르는 시체를 가운데 두고 내 맞은편에 있었는데 어깨너머로 퀠치의 이야기에 대답했다. 로젠블랏 경감은 이마에 주름을 만들며 모자를 후두부에 누르고 잠자코 앉아, 작업을 하는 내 손을 계속 보고 있다. 둘러 싼 사람들도 말없이—퀠치를 제하고—검시를 지켜보고 있다.

퀠치는 세인트에이메의 시체를 보고, 우체국을 방문했을 때의 세인트에이메와 비교해 어쩐지 많이 다른 것 같다고 했다. 그때보다도 늙어 보인다고 했다. 그것에 대해 맥코메르가 죽음은 사람의 나이를 알 수 없게 한다고 대답한 것 같다. 한편 나는 피해자의 죽음에 대해 알아야 할 것을 모두 끝내고 드디어 일어서려 했다. 그때, 엘리너 대리의 목소리가 들렸다.

"이니스!"

아, 이런! 퀠치는 바보같이 그녀를 차로 여기까지 데려온 것이다!

20대에서 50대나 되는 차가 주차된 길을 따라 차 하나에 그녀를 남기고 온 것이 틀림없었다. 손목을 두드리거나 턱 끝을 가볍게 치면서 여기에 착한 아이처럼 얌전히 있으라고 말한 것이 틀림없다. 하지만 퀠치는 여성을 어르고 달랠 수 있는 인물이 아니다. 그런 일을 해도 겨우 웃음거리가 되거나 같이 웃는 남자일 뿐이다. 때문에 그녀도 차에서 내려 무언가 발견했다고 듣고 여기까지 온 것이다.

"이니스, 어디 있어요, 이니스? 아, 그는 어디 있죠?"

아, 어떻게 하지?

미스 대리는 이미 발견된 차 바로 뒤까지 와서 앞으로 돌아오려 하고 있다. 하얀 코트를 입고 검은 눈동자로 앞을 보면서 주위를 더듬듯이 두 손을 허공에 올리고 있다. 마치 눈이 멀어 보이지 않는 듯한 자세다. 내 바로 앞에서 입술을 비틀며 웅크리고 앉아 있는 맥코메르가 날카로운 눈을 그녀 쪽으로 향했다. 그러자 그 얼굴이 곧바로 창백해졌다. 로젠블랏 경감까지 기절할 것 같은 표정이 되었다.

더 안 좋은 것은, 멍하니 서 있는 주위 사람들 일부가 그녀를 위해 길을 열어주는 것이었다.

"이니스!"

그녀는 다시 소리쳤다.

"여기에 있어요? 도대체 무슨 일이에요? 어째서 대답하지 않아요?"

오, 무슨 일인가! 얼마나 슬픈 대사인가? 몸이 찢어지는 듯하다. 오른손이 없는 시체가 된 연인을 부르는 여성의 목소리. 살아 돌아오지 않을 사람을 부르는 외침.

맥코메르가 입술을 다문 채 나에게 눈으로 지시했다. 나는 로젠블랏 경감 뒤에서 변함없이 웃음을 띠고 있는 스톤 경관에게 눈짓을 했다.

"당신 일입니다, 스톤 씨."

입술 끝으로 중얼거렸다.

"그녀를 여기에서 데려가요. 빨리!"

그리고 미스 대리를 향해 "일부러 나왔어요? 차를 발견했을 뿐입니다. 스톤 경관이 가르쳐 줄 겁니다. 차 안을 보아도 좋아요. 남아 있는 핸드백은 당신 건가요?" 하고 말했다.

나는 일어서 스톤 경관과 함께 그녀 쪽으로 가서 앞을 가렸다. 그리고 둘이서 몸을 끼듯이 해서 데리고 갔다.

"발자국을 발견했어요."

나는 계속 설명했다.

"그것을 조사하는 중이오. 당신 약혼자는 아직 희망이 있습니다. 조금 상처를 입었는지는 모르지만 그렇게 걱정할 정도는 아닙니다."

미스 대리는 숨이 막히는 듯 두 손을 내 가슴에 댔다.

"오, 리들 선생님! 그를 발견하지 못했다고요? 나를 속이려는 거예요? 제발! 그를 발견했다고 누가 말하는 것을 들었어요! 부탁이에요, 거짓말하지 말아요."

"거짓말하지 않아요. 정말 아직 발견하지 못했소. 누군가 다른 말을 한 것을 잘못 들은 것 아니오? 약혼자는 틀림없이 괜찮을 거요. 무사히 어딘가에 있을 것이오."

"틀림없이 그럴 거예요."

미스 대리가 말했다.

할 수 없다. 양심의 판단은 사람에 따라 다르다. 나머지는 신의 심판을 기다릴 수밖에 없다.

"그러기를 나도 바랍니다!"

미스 대리는 나와 스톤 사이에서 조금 비틀거리면서 순찰차 쪽으로 갔다.

"리들 선생님, 나는 그의 목소리를 들은 것 같아요!"

그녀가 말했다.

"정말 들은 것 같아요! 여기에 있다고 생각했는데 대답이 없다니! 기분 나빠요! 내가 이렇게 부르는데 대답하지 않는 것은 틀림없이 좋지 않은 일이 있기 때문이에요! 싫어요! 더 참을 수 없어요. 아, 더 이상 이런 곳에 있기 싫어요."

아직 히스테리가 남아 있는 그녀를 스톤이 차의 조수석에 밀어 넣었다. 그녀에게 일어난 일을 생각하면 무리도 아니다. 그때, 그녀의 불안정한 상태를 안정시키기 위해, 간단하게 알려야 했을지도 모른다. 당신이 알고 있는 이니스 세인트에이메는 죽었다. 때문에 이제 만날 수 없다고.

하지만 너무 심한 말이다.

나는 스톤에게 차를 빼라고 끄덕였다. 그녀를 다시는 여기에 오지 못하도록. 스톤은 그녀의 몸 너머로 손을 뻗어 이유도 없이 나와 가벼운 악수를 한 후 차를 출발했다.

우리는 조금 떨어진 곳에 있는, 존 플레일의 타르지를 친 오두막에서 옛날 군용이었던 간이침대를 운반해 왔다.

플레일의 오두막 안은 돼지우리같이 혼란스러웠다. 바닥에는 담요가 흩어져 있고, 장작난로 위에는 커피포트가 끓고 있었다. 장작은 없었지만 난로는 아직 따뜻했다. 테이블에는 차가운 계란 프라이와 감자를 놓은 접시가 있었다. 등받이가 부러진 의자가 두 개 있고, 하나는 쓰러져 있었다.

침대 하나에는 시트를 덮은 존 플레일의 시체가 있었다. 나는 더 이상 보고 싶지 않았다. 침대는 또 하나 있었다. 경관들이 그것을 가져와 세인트에이메의 시체를 올리고 다시 오두막으로 운반했다. 시체는 역시 시트로 덮었다. 인디언의 검은 눈을 가진 플레일과 함께 잠시 그곳에 있는 것을 세인트에이메의 영혼이 특별히 싫어하지는 않을 것이다.

이미 그는 시체가 되어 발견되었다. 공포가 현실이 되기 위해서 발견되어야만 했다. 하지만 이것으로 끝난 것은 아니다. 그의 오른손이 아직 발견되지 않았다. 코르크스크루도 아직 발견되지 않았다.

그러나 머지않아서 발견될 것이다. 이미 백 명 이상이 일대를 수색하고 있다. 부근의 지리를 잘 아는 사람들이다. 램프를 들었고 총도 갖고 있다. 걸어서 도망가는 다리가 짧은 남자를 못 찾을 리가 없다. 외모도 알고 있다. 한쪽 귀가 찢어지고 고양이 같은 이를 하고, 눈이 빨갛고 머리가 헝클어지고, 그 밖의 모든 것을 알고 있다. 사람 눈을 끄는 이상한 복장도 톱날 모양의 이상한 모자 이외에는 모두 몸에 붙인 채 있을 것이다. 번쩍이는 흑백 줄무늬 스포츠재킷, 녹색 셔츠, 야한 넥타이를 버렸다면 모자와 마찬가지로 어디서 발견될 것이다. 예를 들어 숨긴다고 해도 벌거벗으면 더 사람 눈에 뜨일 것이다. 그럼에도 불구하고 그는 지금까지 발견되지 않았다.

이들 모든 단서를 혼자 머릿속으로 반추해 본다. 내 얼굴 이상으로 그의 모습을 잘 알고 있다. 그가 자신의 귀를 잡는 방법. 그의 웃는 얼굴. 새끼 고양이의 시체를 안는 방법. 라틴어를 말할 때의 점잖은 목소리.

해가 지면 다시 떠오른다. 그러나 우리를 위해 희미한 빛도 사라진다. 다만 잠을 자기 위한 영원한 밤이 있을 뿐.

잠을 잔다.

그 작은 남자는 도대체 어느 정도 교양이 있을까! 부랑자라고 하지만 외모만으로 판단할 수 없다. 사람은 모두 그렇다. 신의 아들로 태어난 사람 모두. 악마에게 몸을 맡긴 사람도 예외는 아니다.

나는 그를 잘 알고 있다. 그는 지금 바로 옆에 있다. 코르크스크루 또는 '닥'. 바로 가까이 숨을 죽이고 몸을 숨기고 있다. 눈에는 보이지 않아도 나는 알고 있다. 3미터도 떨어지지 않은 곳에 있다.

어쨌든 그와 만나게 된다. 그것도 이 밤이 끝나기 전에.

만나고 싶지 않다. 하지만 만나지 않을 수 없다. 나에게 선택할 자유는 없다. 신이 선택한 의사인 이상은.

'닥' 또는 코르크스크루는 조용히 몸을 숨기고 있다. 하지만 머지않아 내가 그의 앞에 서게 된다. 그것도 나는 안다. 이 무서운 살인자가 다음에 등장할 때는, 도로에서 엘리너 대리와 세인트에이메 커플 앞에 나타났을 때의 모습이 아니고 놈의 본래의 모습으로 돌아가 있을 것이라고.

맥코메르는 어떻게 해서 그의 정체를 알았다. 맥코메르는 날카로운 두뇌로 코르크스크루에게 너무나 가까이 간 것이다. 살인에 대해 지나치게 많은 것을 알고 있는 노련하고 예민한 두뇌로.

어두운 밤에 싸인 습지가 펼쳐져 있다. 그쪽에서 횃불의 무리가 여기저기 움직이고 있다. 수색하는 사람들의 부르는 소리가 들린다. 맥코메르와 그레고리 우니스테어와 나는, 습지의 수색에는 참가하지 않고 제재소의 톱밥쓰레기를 탐색해 보기로 했다. 제재소 뒤의 지면이 크게 함몰되어 구멍이 난 곳에, 오래된 썩은 톱밥이 대량으로 버려져 있다. 백 년 전, 이 주위의 인구가 현재보다도 훨씬 많았던 시대부터 쌓이고 쌓여온 톱밥이다. 백 년이나 걸려 구멍의 비탈을 덮듯이 큰 산이 되었고, 차가운 불꽃이라고 할 수 있는 부패에 의해 천천히 침식되어 갔다.

맥코메르와 우니스테어와 나는 무릎까지 톱밥에 파묻히면서 계곡 가장자리의 비탈을 오르내리며 일대를 찾았다. 손전등과 곤봉을 들고 있었다. 코르크스크루가 이 구멍 안에 숨어 있을지도 모른다고, 초현실적인 생각을 처음에 말한 것은 우니스테어였다. 하지만 맥코메르가 혼자 찾는 것은 위험하다고 제안해서 셋이서 탐색하게 되었다.

발밑의 톱밥은 언제 눈사태처럼 흘러내릴지 모르는 위험성을 품고 있었다. 우리는 쓰레기 안을 만지작거리며 점차 멀어지고, 각각 멈추어 서서 주위를 보고, 쓰레기가 조금 높거나 꿈틀거리는지 눈을 빛냈다. 오래된 제재소 뒤의 비탈에서 우리는 점점 서로의 거리를 넓혀 갔다.

맥코메르의 손전등이 갑자기 꺼졌다. 꺼지는 것을 나는 보았다. 하지만 우니스테어는 보지 못했다.

"맥코메르 교수님!"

내가 소리쳤다.

"교수님!"

대답이 없다. 곤봉을 쥔 나는 습한 톱밥의 산에 무릎까지 빠지며 서 있었다. 내 손전등을 끄고 옆 걸음으로 진행했다. 몇 초가 몇 시간으로 느껴졌다. 누군가 흉기를 손에 들고 안을 몰래 기어가는 것이다.

"맥코메르 교수님!"

또 불러 보았다.

"어디입니까?"

"어떻게 된 거요, 리들 선생!"

우니스테어가 나를 불렀다.

"어디에 있어요?"

우니스테어의 손전등 빛이 비탈을 구멍 밑쪽으로 향해, 반 정도 내려가는 것이 보였다.

"조심해요, 우니스테어 씨!"

나는 주의를 주었다.

"위험해요! 불을 꺼요! 맥코메르 교수가 보이지 않아요! 교수님, 어디입니까?"

"리들 선생!"

우니스테어가 불을 킨 채 큰 소리로 말했다.

"여기에 뭐가 있어요! 사람의 시체예요! 빨리 와요! 톱밥 안에 파묻혀 있어요. 입과 눈까지 톱밥 속에 파묻혀 있어요!"

나는 톱밥을 가르며 빛 쪽으로 갔다. 빛은 아래로 향해 있

붉은 오른손 **217**

다. 어둠을 보면서 조용히 앞으로 나갔다.

"누구의 시체요? 설마 뤨치 우체국장? 아니면 로젠블랏 경감?"

"틀려요! 주위에 조금 백발이 있을 뿐인 대머리요! 그리고 나이가 많아요! 쳇, 톱밥이 붙어 있어 잘 안 보여. 앗, 이럴 수가! 교수 아닌가? 맥코메르 교수예요! 선생, 빨리 와요!"

손전등이 내 쪽으로 방향을 바꾸고 좌우로 크게 흔들렸다. 우니스테어의 흐느끼는 숨소리가 들려왔다. 나는 손전등을 끈 채 앞으로 갔다.

"조심해요!"

메마른 목에서 거친 숨과 같이 목소리를 냈다.

"불을 끄는 것이 좋아요!"

"선생! 교수가 죽어서 파묻혀 있어요, 이런 곳에! 이런."

우니스테어의 손전등 빛이 갑자기 보이지 않았다. 내게서 6미터 정도 떨어진 곳이다. 모든 것이 어두워졌다. 발밑에서 톱밥이 흐르는 소리만 들렸다.

내 손전등을 켜고 주위를 비춰 보았다. 습한 톱밥의 산이 무너져 내리고 있다. 느린 바다처럼 아래로 일제히 움직인다. 3미터 앞에 우니스테어가 쓰러져 있는 것이 보였다. 몸의 반이 이미 톱밥에 파묻혀 있다. 움직이는 비탈에서 두 다리가 올라와 있다. 머리는 아래로 향하고 있다. 목 주위가 많은 피로 빨갛게 물들어 있다. 웃는 호랑이의 입속 같은 커다란 상처가 벌어져 있다.

손전등을 비추어 주위를 경계하면서 나는 드디어 도착했

다. 우니스테어의 목에서는 계속 피가 솟고 있다. 눈은 나를 보고 있다. 하지만 이미 죽어 있다.

몸을 굽히고 손전등을 주위로 돌렸다.

"좋아, 살인자! 자, 여기 있다. 와라!"

하지만 웬일인지 아무도 공격해오지 않았다. 범인도 톱밥의 사태 때문에 움직일 수 없는지도 모른다. 습격하려고 해도 충분히 자유롭지 않고, 도망가는 경우에도 그렇다고 생각하는지도 모른다. 오히려 자신의 안전을 지키기 위해 빠져나가려고 고투하는 것은 아닐까? 또는 내가 감시하는 것을 알고 빠져나가지 못하는 걸까?

손전등을 다시 끄고 우니스테어의 두 발을 잡았다. 그리고 톱밥이 흘러내리는 것에 거슬러 비탈 위를 향해 그를 끌어올렸다. 한 걸음 가는 중에도 톱밥이 몸 아래에서 격렬하게 흘러간다. 우니스테어를 겨우 딱딱한 지면까지 끌어올렸을 때, 톱밥의 산 전체가 일거에 무너져 흘러 내려갔다.

나는 목소리가 나오는 한 크게 사람을 불렀다.

결국 사람들이 달려와 삽으로 톱밥을 파기 시작했다. 하지만 맥코메르의 시체는 자신의 무게로 더욱 계곡 아래쪽으로 흘러 내려간 게 틀림없다. 우니스테어가 발견했을 때 이미 주위의 톱밥이 천천히 흘러내리고 있었다. 맥코메르의 시체는 습하고 썩은 대량의 톱밥더미에 깊게 파묻힌 게 틀림없다.

위대한 두뇌를 갖고 있으면서, 눈까지 톱밥에 덮여 바닥을 모르는 깊이에 누워 있다.

이런 것을 삽으로 넓게 파내는 것은, 손가락으로 호수의 물을 전부 퍼내는 것과 같다. 시체가 된 교수의 얼굴에서 습한 톱밥을 제거하고, 공포의 외침소리로 나를 부른 우니스테어. 그의 손전등이 어느 지점을 비추었는지—즉 그가 교수의 시체를 찾은 지점을 나는 정확하게 가리킬 수 없다. 수색대원을 모두 동원해서 발굴해도 며칠 걸릴지도 모른다.

소리를 들은 사람들이 달려왔다. 톱밥 쓰레기장 끝에서 우니스테어의 시체 옆에 서 있는 나에게 경관이 말했다. 로젠블랏 경감이 나에게 맥코메르의 집으로 돌아가도록 했다고. 수색하는 동안 경감은 나를 경찰 옆에 두고 싶은 것 같다.

그래서 나는 지금 여기에 있다.

로젠블랏 경감이 집에서 뛰어나가고 벌써 한 시간 이상 지났다. 주름이 많은 퍼그 강아지 같은 얼굴에 화난 표정으로 스톤 경관에게 큰소리로 지시하면서 나갔다. 존 플레일의 오두막 쪽에서 퀠치 우체국장의 비명을 들었기 때문이다.

경감은 방충망 문을 나가 포치로 달려갔다. 차도와 헛간, 돌투성이 목초지 비탈에 있는 물탱크, 집 뒤에 있는 숲을 지나 작은 길로 향했다. 습지와 존 플레일의 오두막이 있는 방향이다.

그 길은 습지와 플레일의 오두막으로 가는 지름길 같았다. 집 앞길에서 스웜프로드를 지나가는 길의 절반도 안 되는 거리가 된다. 만약 어제 저녁, 존 플레일이 문제의 차가 오기 전에, 맥코메르 집에서 이 지름길로 갔다면 그는 지금도 살아있을 것이다. 하지만 언제나 집 앞길을 사용한 것 같다. 유령을 무서워하는 지도 모르겠다. 그 플레일도 지금은 자신이 유령이 되었다.

로젠블랏은 집에서 뛰어 나갈 때, 스톤 경관이 거실 옆의 침실에 있다고 생각한 것 같다. 스톤은 수사 때문에 한잠도 못 자서 침실에서 잠깐 눈을 붙이고 있다고 생각했을 것이다. 나도 확실히 그렇게 생각했다.

"미스 대리에게서 눈을 떼지 말게, 에드."

로젠블랏은 밖으로 나가면서 소리쳤다.

"이번에야말로 놈을 잡겠어!"

스톤 경관 같은 남자라면—그와 같은 훈련받은 경찰관이라면—방문이 닫혀 있어도, 경감의 지시를 듣자마자 30초 안에 침실에서 뛰어나왔을 것이다. 깊이 잠들었어도 바로 일어나 총을 잡고, 구두를 벗고 있었다면 신는 시간마저 아까워 그대로 뛰어나왔을 것이다.

틀림없다. 잠들어 있는 젊은 여자를 지켜야 한다. 경비견처럼 확실히 방어하고, 어느 램프는 끄고, 어느 램프는 켜두라고까지 지시했을 것이다. 살인자와 마주쳤을 때의 대책도 이미 서 있다고 생각한다. 그는 총을 갖고 있고, 만약의 경우 나에게도 도움을 부탁했을 것이다. 악마 같은 놈을 맞아 싸우려면 두 사람의 힘이 필요할 것이다. 상대는 흉기를 갖고 있고 보통 사람의 배나 되는 강한 놈이 틀림없다.

스톤에게 뒷일을 맡길 생각으로 집을 나간 것은 로젠블랏 경감의 실수였다. 동시에 스톤이 일어나지 않는다고, 경감을 바로 불러 세우지 않은 내 실수이기도 했다.

나는 맥코메르의 책상 앞에 앉아, 스톤이 침실에서 나오는 것을 기다리면서 사건의 의문점을 머릿속으로 정리하고, 지금까지의 과정을 노트에 쓰기 시작했다. 침실문 안에서 스톤이 움직이는 소리를 분명히 들은 것 같다. 아마 램프라도 찾아 불을 켜거나 넥타이를 고쳐 매거나 머리를 빗고, 바로 나올 것이라고 생각했다.

노트를 하면서 10분, 20분 기다렸다. 60초 더 기다렸을 때에는 이미 연필이 움직이지 않았다. 스톤은 침실에 없다는 것을 드디어 알았다. 그렇게 알았을 때 작은 쇼크가 왔다.

미스 대리를 깨우거나 무섭게 하지 않도록 주의하며 작은 소리로 옆방을 향해 불러 보았다.

"스톤 경관?"

하지만 역시 반응이 없다. 나는 일어서서 문 가까이 가 손잡이에 손을 댔다. 몸이 먼저 문을 열었다. 하지만 침실에는 아무도 없었다.

창이 열리고 방충망이 떼어진 상태였다. 침대는 비어 있었다. 나는 거실 문을 활짝 열고 거실 램프의 하얀 빛으로 침실 안을 비추며 조심스럽게 들어갔다. 얼굴을 돌려 좌우를 보고 눈 끝으로 주위를 보며 그림자가 뒤에 생기지 않도록 주의하면서 나갔다. 침실의 창을 닫고 잠갔다. 그리고 다시 거실로 들어왔다.

스톤이 어떠한 경위로 침실에서 나가게 되었는지는 명백하다. 우선 침대 옆의 창을 똑똑 두드리는 소리가 난 것이 틀림없다. 그는 바로 일어났다. 창 밖에 모르는 사람의 얼굴이 있다. 하지만 코르크스크루는 아니다. 살인자의 얼굴은 아니라고 바로 알았다. 어쨌든 그는 그의 모습을 머리에 기억하고 계속 쫓아왔기 때문이다. 창 밖에 본 것은, 눈이 붉은 살인자를 쫓는 것을 돕는 누군가의 얼굴이었다. 또는 수사에 협력해준 누군가였는지도 모른다. 범행시간에는 현장 이외의 곳에 있었던 누군가였기 때문이다. 즉 알리바이가 있는 인물이었다.

'스톤 씨! 스톤 씨! 나예요! 거실에 있는 로젠블랏 경감이 미스 대리가 눈치채지 못하도록 당신에게 알리려는 게 있습니다! 죽은 신랑의 연못 맞은편 숲에서 세인트에이메 씨의 손을 발견했습니다! 경감은 당신이 그곳으로 가서 현장지휘를 하라고 합니다. 미스 대리 옆에는 리들 선생이 있지만, 그녀에게는 절대 모르게 하라고 했습니다. 자, 서두르세요!'

또는 '로젠블랏 경감의 지시입니다. 스톤 씨, 당신은 세인트에이메 씨의 모자를 갖고, 수색에 협력하는 사람들을 한 사람씩 만나보라고 합니다. 그 모자가 딱 맞는 사람이 있는지 어떤지를 밝혀내는 겁니다. 다만 너무나 눈에 뜨이지 않도록 그리고 미스 대리는 모르도록 해 주세요.'

또는 '경감의 지시입니다. 미스 대리에게 알리면 곤란하니, 이웃집 전화를 빌려서 펜실베이니아의 스파다스버그 경찰서에 전화해서 옛날 런치 왜건에서 일했던 거스라는 남자에 대해 알아보세요. 도움이 되는 정보를 얻을 때까지요.'

어쨌든 의미는 없지만—그럴듯한 구실을 갖고 스톤을 맥코메르 집에서 오랜 시간 떨어지게 하려고 한 것이 틀림없다. 그는 쓸데없는 탐색에 달려가 로젠블랏 경감 혼자 집을 지키게 된 것이다.

또는 이렇게도 생각할 수 있다. 스톤 경관은 홀스터에 총을 차고, 창의 방충망을 열고 두 발을 밖으로 내고, 손을 대고 지면에 내려서려고 했다. 그러자 밤의 어둠 속에서 기다리고 있던 누군가가 몰래 들고 있던 나이프로 그를 살해했는지도 모른다.

나중에 로젠블랏 경감도 의심했듯이 스톤은 침실에 없었다. 그리고 범인은 스톤 다음에 로젠블랏까지 이 집에서 끌어냈다.

총은 물론이고, 집 안에는 무기가 될 만한 것이 아무것도 없었다. 놈은 빵 나이프 비슷한 칼을 갖고 있을 텐데 여기 주방에는 그것도 없다. 나이프와 비슷한 것이 하나도 없다. 난로의 부지깽이마저 없다. 도어스톱(문이 소리 내어 닫히거나 벽에 부딪쳐 흠이 나는 것을 막기 위해 문에 괴는 것) 같은 무겁고 단단한 것조차 없다. 격투에 이용할 만한 도구는 어느 사이에 주의 깊게 하나도 남김없이 가져간 것이다. 물론 범인이 오늘 밤 어느 시점에서 한 짓에 틀림없다. 어느 정도 무게가 있어 사용할 수 있는 것은 내 눈앞 책장에 늘어선 책 정도다—명사인명록이나 또는 맥코메르가 쓴 살인에 관한 여러 가지가 기록되어 있는 저서 등이다. 하지만 그것으로 범인을 때려도 깊은 상처를 입힐 수는 없을 것이다.

조금 전 차에서 크랭크핸들을 갖고 오려고, 포치 앞의 차도에 세운 드라코 쿠페가 있는 곳으로 가보았다. 하지만 크랭크핸들은 보이지 않았다. 수술도구도—어느 것이나 그다지 강력한 무기는 될 것 같지 않지만—트렁크 안에는 없었다. 엘리너 대리와 만나기 전에 도둑맞은 것이다. 없어진 것을 안 것은 죽은 신랑의 연못 옆에서다. 이 집에 돌아왔을 때 차를 잠근 것은 그것 때문이다.

무기가 될 것을 더 찾아보려고 하지는 않았다. 헛간까지 가는 것은 위험하고 마당도 안심할 수 없다. 그리고 미스 대리를 혼자 남겨두어서는 안 된다. 첫째 어둠 속에서 범인과 만나도, 먼저 상대를 볼 수 있을지 어떨지—그것도 충분히 빠르게—모른다. 나는 시력이 상당히 좋지만 범인도 나에 못지않은 눈을 갖고 있다. 밤의 어둠 속에서도 고양이 눈처럼 인간 이상의 능력을 발휘하는 눈을 갖고 있다.

내 뒤에는 이 거실에서 작은 현관 홀로 나가는 문이 있는데, 거기에는 자물쇠가 걸려 있다. 더 앞의 현관문에는 못을 박고 자물쇠까지 채워져 있다. 침실의 창문은 잠겨 있다. 내 바로 옆 창에는 구리 방충망이 있어, 하얀 가루투성이 몸에 눈이 주홍색인 나방들이 날아와 부딪치고 있다. 하지만 사람이 들어올 수는 없다. 주방의 방충망 문도 내가 잠가두었다.

이 거실의 책상 위에는 가솔린 램프가 하얗게 켜져 방 전체를 밝게 비추고 있다. 주방에는 싱크대 위의 선반에서 석유램프가 노란 불을 피우고 있다. 연료가 들은 램프는 집 전체에 그것뿐이다. 연료는 아마 밖의 헛간에 있을 것이다.

전화가 가끔 기분 나쁜 벨소리를 낸다. 하지만 어떤 의미가 있는 것이 아니다. 전화선은 이미 잘려 있기 때문이다.

주방 의자를 하나 부수어, 다리를 하나 들었다. 그것을 지금 무릎에 놓고 있다. 그렇게 무겁지는 않다. 나이프의 공격을 피하기 위한 것에 지나지 않는다. 그래도 이것을 손에 들고 있으면 조금은 마음의 의지가 된다.

범인은 집 밖에서 나의 빈틈을 노리고 있다. 그렇다면 불을 전부 끄고 발소리가 울리기 쉬운 집 안에서 신경을 쓰며 기다리는 게 좋지 않을까? 하지만 그렇게 하면 지켜야 하는 미스 대리를 볼 수 없다. 상대는 고양이 같이 어둠에 익숙한 눈을 갖고 있다.

범인이 총을 갖고 있다고는 생각하지 않았다. 총은 커다란 소리를 낸다. 그리고 탄환에는 강선의 흔적이 남는다. 즉 흔적이 남기 쉽다. 발사했을 때, 화약가루가 손등이나 손목에 부착해서 나중에 검출되는 일도 있다.

그렇다. 범인은 힘이 강하고 자신의 완력을 믿고 있다. 어둠 속에서 소리 내지 않고 나쁜 일을 하는 것을 좋아하는 남자다. 사람을 죽이는 데도 흔적이 남지 않는 흉기—예를 들어 길가에서 주운 돌—를 사용하는 것이 범인의 특징이다.

다만 그 톱날나이프는 범인이 댄버리 부근에서 1달러 15센트에 산 것이다. 불쌍한 엘리너 대리를 죽이기 위해서.

나는 지금, 모든 상황을 기록했다.

하나도 빠짐없이 모든 것을.

사람에게는 직관적인 번득임이 격렬하게 뇌리에 솟아나는

일이 있다. 번개보다 빠르고 무서운 직관의 섬광이, 어느 광경을 세부에 이르기까지 선명하게 비추고 있다. 하지만 그것은 잠시 후 꺼지고 나중에는 커다란 암흑이 남을 뿐이다.

그러한 직관을 믿어서는 안 된다. 오늘 밤 나의 뇌리에는 직관의 번득임에 의해, 아담 맥코메르의 모습이 몇 번 나타났다. 갈색 박쥐 귀를 세우고, 주름에 싸인 파란 눈, 이가 없는 입으로 알아듣기 힘든 말을 하고, 창백한 피부 밑에서 늙은 호랑이 같은 근육을 부드럽게 움직이며 살인에 관한 많은 지식을 가진 거대한 두뇌를 구사하는 맥코메르. 그 사람이 나를 죽이려는 장면을 그려보았다. 스웜프로드 입구에 교수와 둘이 갔을 때, 거기에 서 있는 차를 수리한 뒤, 나는 빌린 렌치를 돌려주었다. 그러자 그는 이가 없는 입으로 "이것을 자네에게 주어도 좋은데." 하고 말했다. 어디에서 올빼미가 울었다. 그 뒤 나는 그 장소에서 몇 걸음 떨어진 곳에서 크랭크핸들을 주웠다. 갑자기 머리를 든 방울뱀을 일격에 죽인—그때는 그것을 몰랐지만—그 크랭크핸들이다. 돌아보니 교수가 바로 뒤에 있었다. 커다란 돌을 들고. 그는 돌을 손에 든 채, 나는 크랭크핸들을 든 채. 상당히 오랜 시간이 지난 후 드디어 그가 바위를 풀 안으로 던졌다.

이 집에 돌아오는 길의 차 안에서 나는 계속 크랭크핸들을 무릎 위에 놓고 오른손으로 그것을 반쯤 잡고 있었다.

그렇다. 눈이 아찔할 정도로 번득이는 직관은, 그가 나를 죽이려는 것은 아닐까 하는 생각이었다. 여기 정원에서 처음 만났을 때부터, 이유도 없이 그렇게 느꼈다. 그렇게 생각되는 상황이 오늘 밤에 몇 번 있었다. 그 중에도 톱밥에 덮인 구멍의 비탈에서 그의 손전등이 갑자기 사라졌을 때는, 가장 강하게 살의를 느꼈다. 하지만 그것도 우니스테어가 그의 시체를 발견할 때까지의 일이다.

아담 맥코메르, 사람을 죽이는 사람의 심리상태를 자세하고 명쾌하게 분석한 책 《살인심리학》을 쓴 사람이다. 그 사람이 어떤 원인으로 광기에 빠진 것은 아닐까? 나는 이렇게 생각했다. 과학 분야가 낳은 가장 빛나는 재능을 가진 사람이고, 그 정도 명석한 두뇌가 광기에 빠졌다고는 쉽게 생각할 수 없다. 그가 이 집에서 조용히 살며, 때때로 전화에 쉰 목소리로 큰소리 칠뿐으로, 이웃에 친구도 거의 없고, 단지 정원 가꾸기와 집필에만 마음을 기울이는 것을 나는 잘 알고 있다. 아주 성실한 생활이다.

눈이 아찔할 정도의 직관의 번득임. 하지만 이것을 신뢰할 수 없다. 여기에 있는 것은 사실뿐이다. 그것을 나는 힘들여 쓰고 있다. 아무리 작은 요소나 하찮게 보이는 일도, 남김없이 노트에 썼다. 그러면 그들 모든 것 중에서 단 한 사람 진짜 범인이 떠오른다. 그는 사건 처음부터 등장했다. 그의 이름은 세인트에이메. 자신을 S. 이니스 세인트에이메라고 부른 인물이다. 아니 사실은 존 존스나 또는 저드키스 스미스라는 이름일지도 모르지만.

처음부터, 그가 처음 등장했을 때부터 세인트에이메가 이 사건의 유일무이한 범인이다. 다른 사람이 범인일 리가 없다.

그가 덱스터를 원조하기 위해 계약한 생명보험이 이상하다. 자금사정이 좋지 않은 영세사업자 덱스터는 세인트에이메에게는 단순히 체스의 피스에 지나지 않았을까? 세인트에이메는 덱스터를 발견하고 접근해 보험금 사기계획을 세웠다. 덱스터를 수령인으로 하고 생명보험을 들고, 자신이 죽은 것처럼 꾸민다. 그리고 덱스터가 보험금을 받는 계획이다. 아마 덱스터는 자기 몫으로 10에서 20퍼센트 정도 받을 것이다.

우선 세인트에이메가 적당한 보험대리점을 선정해 창구를 찾는다. 평판이 좋은 대리점으로 오너가 나이가 많고 소규모이지만 성실하게 영업하는 곳이 좋다. 너무나 머리가 좋은 오너라면 곤란하기 때문이다. 나의 아버지의 사촌인 폴 리들은 아버지보다 훨씬 나이가 많고 성실하게 영업하는 인물이다. 보험 검진의도 상당히 나이가 많다. 그리고 세인트에이메는 건강 그 자체였다. 특별히 검사해도 나쁜 곳을 찾을 수 없는 몸이다. 때문에 결과적으로 보면 의사의 나이는 아무래도 좋았는지도 모른다.

보험대리점의 접수담당은, 다름 아닌 여기에 있는 순진하고 귀여운 여성이다. 그녀는 가족도 없고 친구도 없다. 그리고 남자경험이 한 번도 없는 것을 세인트에이메는 알았다. 어떤 남자라도 그런 것을 알 수 있다. 그는 미스 대리를 그날로 점심식사에 초대했다. 그녀에 대해 알게 되면서, 자신을 실제 이상으로 부자로 믿게 해, 보험가입 고객으로서 충분하다는 것을 그녀를 통해 보험대리점에 믿게 했다.

'세인트에이메라는 젊은 손님 말인데, 미스 대리, 2만 5천 달러의 보험을, 사고사의 경우에 배액보장 조건으로 제출했는데, 도대체 어떤 사람이지? 자신의 일은 자네가 알고 있다고 말한 것 같은데.'

'아니오, 저는 잘 알지 못해요, 리들 씨. 하지만 오클라호마에서 석유채굴을 하는 분의 아들로 많은 유산을 물려받았다는데, 그다지 이야기는 하지 않았어요. 어머니가 스코틀랜드인과 인디언 혼혈 같아요. 그분은 투자가라고 할까요? 주식시장에서 기회를 노려 주식을 매매해서 돈을 버는 것 같아요. 그 밖에도 많은 사업에 손을 대고 있는 것 같아요. 사이드 비즈니스로 하는 사업은, 덱스터 씨라는 자동차 정비기사의 발명에 자금을 지원하는 것 같아요. 덱스터 씨는 아주 많은 물건을 발명한 사람으로—저는 기계에 대해서 전문적인 것은 잘 모르지만—세인트에이메 씨가 말하기에는 완성되는 날에는 막대한 벌이가 될 거라고 했어요. 물론, 아직 초기단계지만요. 어쨌든 그런 식으로 여러 가지에 투자하는 것 같습니다.'

'아, 그 덱스터 씨라면 나도 이야기를 들었어, 미스 대리. 세인트에이메 씨는 덱스터 씨를 보험금 수령인으로 지정했어. 이 점이 이번 생명보험에 들고 싶은 가장 큰 이유 같아. 즉 보험으로 덱스터 씨의 사업을 보호하고 안심감을 주려는 거지. 현금을 확보해주는 것보다, 그렇게 하는 것이 좋다고 변호사가 권했다는군. 변호사의 이름까지 말했는지 어떤지는 잊었지만. 덱스터 씨의 사업가로서의 신용평가는 아주 낮은

편이지만, 우리가 계약하는 것은 세인트에이메 씨야. 그 사람에 대해 더 자세한 것을 알고 싶네. 자네, 그 사람의 어머니에 대해서도 여러 가지 들었나?'

'아니오, 그렇게 자세히 들은 것은 아니에요. 오클라호마에 계속 살았고 이미 돌아가셨다는 것만 알아요. 아까 어머니가 스코틀랜드인과 인디언의 혼혈이라고 말했지만.'

'음, 세인트에이메 씨의 눈동자가 검은 것은 나도 알아. 틀림없이 어머니에게서 물려받은 것이겠지. 여러 가지 자세히 알려줘 고맙네, 미스 대리. 자네, 그 사람이 마음에 든 것 아닌가?'

'리들 씨, 그런 것은 아니에요. 언제나 그런 말을 해서 저를 놀리는군요. 그분은 나이가 많아요. 서른세 살이라고 했어요. 물론 그렇게 나이 들어 보이지는 않아요. 그렇게 말하는 리들 씨도 일흔아홉 살이지요? 그런데 젊게 보이잖아요. 그분도 내가 보기에, 나이를 먹었다는 것뿐이에요. 그리고 한두 번 저녁 식사를 같이했을 뿐이에요.'

엘리너 대리는 이 남자가 오클라호마의 부자의 아들 이니스 세인트에이메라고 믿었다. 이 남자는 생명보험에 들었다. 나중은 자신이 죽은 것처럼 보이고 덱스터의 손에 큰돈이 떨어지도록 하면 된다. 그리고 덱스터에게는 10에서 20퍼센트 주면 된다.

그는 자신이 어떤 식으로 죽을까 하는 것까지 확실히 계획했다. 우선 사람 눈에 잘 뜨이는 덱스터 소유의 차를 빌려서 여행을 간다. 도중에 부랑자를 한 명 태운다. 외모가 좋지 않은 남자일수록 좋다. 그리고 가능한 한 많은 사람들에게 이 인물을 목격시킨다. 그 후 외진 곳에서 부랑자를 살해하고 옷을 갈아입는다. 그리고 어두운 황혼 때에 공포의 도주 장면을 연출해 보인다. 부랑자의 모습으로 운전하고 무서운 표정으로 클랙슨을 울린다. 진짜 부랑자의 시체는 그의 옷을 입고 조수석에서 늘어져 있다. 그의 코트를 입고 고급 파나마모자로 얼굴을 덮고—정말 죽은 모습으로. 사실 죽어 있었다. 그리고 그는 어디론가 차와 함께 사라진다.

다음 날 아침이나 하루 이틀 뒤라도 좋다. 경찰이 마을을 벗어난 곳에 버려진 차를 발견한다. 차 안에는 핏자국이 있다. 경찰은 차번호를 보고 주인을 수배한다. 주인 덱스터는 사정을 진술한다. 세인트에이메의 부탁으로 차를 빌려주었는데 그 후 연락이 없어, 걱정하는 중이라고.

경찰은 차의 행방을 추적한다. 눈에 잘 뜨이는 차이기 때문에 세인트에이메가 타고 있는 것을 목격한 사람은 꼭 있을 것이다. 그리고 결국 그를 태운 차를 부랑자가 운전하고, 심상치 않은 모습으로 달려갔다는 목격담이 들어온다. 세인트에이메가 도중에서 부랑자를 태운 것도 밝혀진다. 하지만 부랑자가 누구인지는 알 수 없다. 그들은 원래 배경을 알 수 없는 사람들이기 때문이다. 그 이상은 추적할 수 없다. 왜냐하면 그때는 이미 살해되어 어딘가의 산속 계곡에 파묻혀 있기 때문이다.

이렇게 세인트에이메는 살해된 것처럼 많은 증거를 남기고 행방불명된다. 흔히 일어나는 사건으로 생각하게 된다. 얼마 후, 그가 미리 지정해둔 강에서 익사체가 발견되고, 덱스터 는 세인트에이메라고 신원확인을 한다. 그리고 보험금이 덱 스터에게 지불된다.

이처럼 생각하면 세인트에이메의 행동이 모두 이해된다. 상당히 대담한 수법의 범죄다. 도움을 주어 덱스터를 끌어들 이고, 신분을 모르는 부랑자 한 명을 죽이는 것이다. 두뇌가 명석한 범인일수록 대담한 방법으로 성공시키는 것이다. 그 리고 보험회사는 속기 쉽다. 계약자의 죽음이 확정되면 보험 금을 지불할 수밖에 없다.

불쌍한 것은 작은 남자 코르크스크루다. 차에 치여 죽은 새끼고양이를 불쌍하게 생각해, 시체를 안고 길가에 서 있었 을 뿐이다. 캐딜락을 타 보고 싶어 했을 뿐이다. 불쌍한 코 르크스크루. 불쌍한 '닥'.

하지만 왜 세인트에이메는 미스 대리와 같이 가야만 했을 까? 이렇게 사랑스럽고 사람을 의심할 줄 모르는 순진한 여 성을, 왜 데리고 가야 했을까? 그녀를 이용해서 리들 보험대 리점에 자신이 신용할 수 있는 사람이라고 생각하게 한 뒤에 는 그녀를 버려도 좋지 않았을까?

그녀의 역할은 이미 끝났다. 세인트에이메는 애정을 중요 시하는 남자는 아니다. 그는 여러 점에서 그것을 보이고 있 다. 미스 대리도—남자에 대해 얼마나 무지한지—그가 여성 에 대해 불쌍한 기분을 갖지 않는 남자라는 것을, 본능적으로 알고 있었던 것은 아닐까? 그에게 애정은 하찮은 것이고 여자도 또 지루한 것일 뿐이다.

그렇다면 왜 그녀를 끌어들였을까?

대답은 미스 대리가 소액이지만 저축이 있기 때문이었다. 그녀는 은행에 적어도 2,500달러 이상 저축하고 있다. 할머니의 집을 팔고 받은 돈이라고 했다. 생명보험으로 얻는 금액과 비교하면 분명히 작은 돈이다. 하지만 만약 손에 넣으면 용돈으로는 상당하고 그것도 보험과 달리 힘들이지 않고 손에 넣을 수 있다. 세인트에이메는 자칭하듯이 분명히 사업가였다. 돈이 된다면 무엇에든 손을 내미는 점에서는.

하지만 그녀에게 돈을 빌리는 방법을 사용해서는 안 된다. 부자라는 자신의 캐릭터에 상반되는 일이고, 본래의 목적을 망쳐서는 안 된다. 그래서 전화도청이나 증권사기 방법도 사용할 수 없다. 세인트에이메가 생각한 것은 그녀가 자신의 돈을 인출하러 은행에 갔을 때, 함께 가는 방법이었다.

그녀가 수표를 끊을 때 언제나 날짜부터 먼저 기입하는 버릇이 있는 것을 다른 때에 봐서 알고 있다. 날짜 다음에 서명을 하고 조금 사이를 두고 5달러로 할까, 7달러 50센트가 좋을까 생각한다. 세인트에이메는 은행에 같이 가서—자신도 그 은행에 예금이 있다고 하고—그녀 옆에서 수표를 끊는 흉내를 내면서, 그녀가 20이나 25라는 금액을 쓰는 것을 본다. 그리고 그녀가 금액을 쓴 순간에 더구나 횡선이나 #로 그것을 마감하기 전에, 자신이 수표를 인출하면서 그녀의 것도 인출해준다고 한다.

그러면서 갑자기 그녀의 팔을 잡고 말한다. 이상한 남자가 은행 앞에 주차해 놓은 차를 들여다보고 있다고 거짓말을 한다. 그리고 그녀에게 차를 감시하도록 하고 자신은 혼자 다른 카운터에 가서 그녀의 수표에 숫자를 추가해 2,500달러로 기입하고 재빨리 창구에 가서 현금을 인출한다.

그녀의 얼굴을 알고 있는 창구담당이라도 상관없다. 만약 의심하는 것 같으면—그녀의 계좌잔고를 거의 인출하기 때문에 의심받아도 할 수 없다—변명하기는 쉽다. 엘리너 대리는 집을 사거나, 어디에 투자할 것이라고 말하면 된다. 그리고 그녀를 향해 끄덕이고 "엘리너는 저기에 있습니다." 하고 덧붙인다.

미스 대리는 그가 끄덕이는 것을 보고 미소를 보낸다. 그녀는 차에서 시선을 떼고 창구로 돌아온다. 세인트에이메가 그녀와 동행인 것을 알고 창구담당은 신용한다. 창구담당 소여는 세인트에이메에게 현금을 지불하면서 미스 대리가 새로운 출발을 하는군요. 행복을 빌겠어요. 하고 친절하게 말한다.

은행 밖으로 나와서, 씀씀이 좋은 부자처럼 보이기 위해 그녀에게 50달러 지폐를 한 장 준다. 그리고 말한다. 당신의 청구서는 이제 필요 없으니 찢어버렸다고. 분명히 필요는 없다. 하지만 받은 돈을 미스 대리가 지금까지 계속 갖고 있는 것을 그는 예상하지 못했을 것이다. 그에게는 있을 수 없는 일이다. 왜냐하면 그녀는 지금까지 살아있으면 안 되기 때문이다. 살아있으면 중요한 목적인 보험금 횡령을 할 수 없게 된다. 때문에 그녀를 죽여야 했다. 그리고 시체를 숨길 생각이었다.

가족도 친구도 없는 젊은 여자다. 아무도 찾지 않을 것이다. 아무도 모를 것이다.

처음 만났을 때부터 세인트에이메는 그녀를 깊게 사귀려고 노력했다. 저녁식사나 영화를 보러 가고 때로는 스테이튼 아일랜드까지 가서 동물원 구경을 하기도 했다. 결국은 계획의 마지막 단계까지 가기 위해―즉, 죽일 장소로 그녀를 데려가기 위해―결혼이야기를 꺼낸다. 그리고 생각할 여유를 주지 않고 서둘러 여행을 떠난다.

어느 날, 특별한 음식으로 점심을 먹은 후, 갑자기 이렇게 말한다.

'결혼합시다! 바로 합시다. 오늘이라도! 지금부터 시청에 가서 서류를 제출하고, 오후에 결혼식을 올려요!'

그것이 주법으로 인정되지 않는 것은 물론 이미 알고 있다. 남자를 잘 모르는, 순진한 미스 대리는 이 제안에 어쨌든 감격했다. 바로 두 사람은 시청으로 가지만 생각대로 할 수 없다는 것을 알게 된다. 이때 세인트에이메는 흥분상태를 깨뜨리지 않고 절박한 듯이 이렇게 말한다.

'그래, 코네티컷 주가 좋아! 자동차를 타고 신혼여행 가는 거야!'

하지만 오늘 출발하기에는 너무 늦었어요, 하고 미스 대리가 말한다. 그래서 그는 내일 아침에는 꼭 출발하자고 하고 공중전화로 덱스터에게 연락해서 차를 빌리도록 수배한다. 물론 덱스터에게는 그녀에 대해 자세히 말하지는 않고, 살인을 범할 생각을 흘리지도 않는다. 그녀의 이름도 말하지 않고 주소만 알려준다. 그러면 다음 날 아침 덱스터가 차를 보내고, 그녀는 그것을 운전해서 세인트에이메를 데리러 간다. 출발하기 전에 그는 먼저 은행에 들러 그녀의 저금을 빼돌리는 계획을 실행한다. 그리고 드디어 결혼과 신혼여행을 하려고 두 사람은 출발한다.

미리 계획했던 대로 그날 오후 늦게 댄버리에 도착했다. 하지만 거기에서도 결혼은 바로 승낙되지 않는다.

"뭐, 상관없어. 버몬트 주까지 가지! 자, 또 출발이다! 이미 여기까지 왔어. 지금 무엇을 망설이지? 돌아가면 결국 결혼할 수 없게 돼. 그래, 당신이 걱정한다면 대부호 존 R. 뷰캐넌 씨의 집에 가자―그 사람 당신도 들어서 알지? 그래, 누구나 알고 있는 사람이지. 버몬트 주에 뷰캐넌 씨의 여름 별장이 있어. 그 소문도 들은 적이 있나? 뷰캐넌 씨라면 우리를 위해 틀림없이 멋진 결혼식을 준비해 줄 거야. 더구나 그 사람이 산 속에 갖고 있는 훌륭한 통나무집에서 신혼을 보내는 거야. 이런 경우에는 빌려준다고 전에 약속했어. 결정하고 가기만 하면 돼. 호텔에 묵지 않아도 돼. 귀찮은 숙박수속이 나는 싫어. 먹을 것을 어느 정도 사서, 가는 길에 피크닉 할 수 있는 곳에서 식사하면 좋지 않을까?"

만약 뉴욕에서 "결혼식은 버몬트에 가서 합시다!" 하고 말했다면 지독히 먼 곳까지 여행한다고 그녀는 생각할 것이다.

뉴욕에서 사흘 동안 기다리는 것이 좋다고 말할 것이다. 함정은 흥분상태를 유지한 채, 서서히 쳐야 한다. 그리고 마지막 목적지까지 이끌어 간다. 어딘가 외딴 곳, 검은 호수가 있는 곳이 좋다. 그런 장소라면 그녀의 시체에 돌을 매달아 가라앉히면 발견되지 않을 것이다.

죽은 신랑의 연못. 우체국장 뤨치로부터 그 지명을 들은 순간, 미스 대리는 조금 무서웠다고 했다. 하지만 세인트에이메는 오히려 재미있는 이름이라고 생각했을 게 틀림없다.

순진한 젊고 아름다운 여성에게 왜 이런 짓을 했을까? 도저히 인간이라고는 생각할 수 없다. 사람의 마음을 갖지 않은 남자다. 이 남자를 낳은 어머니는 신에게 저주 받은 여자가 틀림없다.

미스 대리 이전에도 여자들에게 같은 짓을 했을 것이다. 놈이 선물한 반지가 그녀의 손가락에는 맞지 않았다. 하지만 진상은 모른다. 앞으로도 알 수 없을 것이다.

댄버리까지 왔을 때, 그녀는 거의 돌아가려고 했다. 어두운 그림자가 쫓아오는 생각이 들었다. 그녀는 이유를 몰랐지만 세인트에이메에게 두려움을 느끼기 시작했다. 또는 마음 깊은 곳에서는 처음부터 계속 그를 무서워하고 있었는지도 몰랐다. 본능으로 느꼈는지도 모른다. 세인트에이메는 그것을 알고 존 R. 뷰캐넌의 이름을 말하고 안심시키려고 했다. 결국 두 사람은 10센트 잡화점에 들러 먹을 것과 피크닉용 식기들을 샀다. 세인트에이메는 나이프를 샀다.

그리고 미스 대리는 그와 같이 갔다. 그가 자신을 죽일 계획을 세운 줄도 모르고.

댄버리를 막 나온 지점에서 길가에 서 있는 작은 부랑자와 만났다. 세인트에이메의 처음 계획으로는, 자신이 죽었다고 보이는 것은 아마 이때보다도 조금 뒤의 시간으로 정했을 것이다. 계획에 부수해서 들어온 돈을 감쪽같이 손에 넣고서 하려고 했을 것이다. 하지만 여기에서 만난 부랑자는 오싹한 인상에, 한 번 보면 잊기 어려운 이상한 옷차림, 지나쳐 보내기에는 너무나 아까운 남자였다. 그래서 돌 하나로 두 마리 새를 동시에 잡으려고 결심했다. 또는 나이프 하나로.

불쌍한 것은 작은 남자 코르크스크루다! 점잖은 목소리로 말하고 죽은 새끼고양이를 불쌍하게 생각하고, 예의 바른 라틴어까지 알고 있다. 이 '닥'이야말로 불쌍하다. 도대체 그는 어디에서 온 사람인가? 정말 의사였을까? 높은 교육을 받았다고 타락하지 않는 것은 아니다.

사람을 타락시키지 않는 것은 교육보다도 오히려 본인의 강한 의지다. 강한 의지는 이런 식으로 생각할 수 있다. '사람은 사실과 마주쳐야 한다. 그 모자는 분명히 내 것이다. 흉행에 사용된 흉기는 내가 도둑맞은 수술도구다. 죽은 신랑의 연못 주위의 피 웅덩이에서 리들 선생에게라고 쓴 50달러 지폐 50매가 들은 하얀 봉투가 발견된다면 그것도 당연히 내 것이다. 내 주머니에서 떨어진 것이다. 하지만 나는 그 자동차와 만나지 않았다. 그것만은 인정할 수 없다. 그런 차는 절대 목격하지 않았다. 이것만은 맹세코 부정할 수 있다.'

세인트에이메는 미스 대리를 죽이려고, 검은 호수 가까이에서 그녀와 함께 차에서 내렸다. 부랑자는 차 안에 남았다. 나중에는 그 남자도 죽이고, 옷을 갈아입고 도주할 생각이었다. 호숫가에서 살짝 몸을 숙이고 있는 그녀를 죽이려고 돌을 들려고 했다. 주위에는 땅거미가 내리고 눈앞에는 검은 수면이 펼쳐져 있다. 그때 미스 대리가 갑자기 소리 질렀다.

"안 돼요!"

세인트에이메는 그녀가 눈치챘다고 생각했다. 하지만 바로 두 사람 위의 바위에서 부랑자가 얼굴을 내밀고 있는 것을 보았다. 이 남자는 아마 이상한 분위기를 느끼고 두 사람 뒤를 계속 따라왔을 것이다.

귀찮게 되었다. 위험하다. 범행을 목격당했다. 세인트에이메는 화를 내며 그에게 달려갔다. 미스 대리를 죽이는 것은 나중으로 미루고.

그는 코르크스크루의 귀를 잡고 그 자리에서 살해했다. 희생자는 비명을 질렀다. 약혼자를 쫓아간 미스 대리가 들은 소리가 그것이다. 세인트에이메는 황혼의 산길에 사람이 오지 않나 주의하며, 서둘러 옷과 모자를 바꾸어 입었다. 그 시점 이후, 낡은 누더기 줄무늬 옷을 입고 챙이 톱날처럼 들쑥날쑥한 파란 모자를 쓴 살아있는 부랑자가, 길에서 사람들에게 목격된다. 동시에 고급 개버딘 양복을 입고 파나마모자를 쓰고 죽은 세인트에이메의 모습도. 부랑자는 키는 작지만 다행히 어깨 폭이 넓고 또 각각의 모자도 서로 머리에 쓰기에 충분한 크기였다. 테를 들쑥날쑥 자른 파란 모자는 사이즈가 7과 8분의 3인치여서 세인트에이메의 머리에는 조금 컸지만 눈 깊이까지 써서 얼굴을 숨길 수 있어서 오히려 형편이 좋다. 그의 파나마모자는 챙을 아래로 하고 코르크스크루의 머리에 씌웠다. 조금 작다고 이 남자가 불평할 리 없다.

그는 30초에 옷을 바꾸어 입어야 했다. 옷을 바꾸어 입고 이번에는 미스 대리를 죽이려고 바로 호숫가로 돌아왔다. 그러나 그녀는 공포에 떨며 숲에 몸을 숨겼다.

세인트에이메는 나이프를 손에 들고, 그녀를 찾아 큰소리로 부르면서 석양의 숲을 돌아다녔다. 잠시 후, 그녀가 벗은 코트를 발견했다. 그녀는 두근거리는 가슴을 억누르고 몸을 낮게 숙이고 숲 속을 기듯이 해서 도망갔다.

미스 대리는 세인트에이메의 목소리라고 알지 못했다. 그가 그녀 앞에서는 사용한 적이 없는 지독한 욕을 했기 때문이다. 비슷하다고 생각했어도 부랑자가 세인트에이메의 목소리를 흉내 내는 것이라고 생각했을 것이다. 또는 옷을 바꿔 입을 때, 목소리도 조금 바꾸었는지도 모른다. 아니 그 정도는 틀림없이 했을 것이다.

어쨌든 미스 대리는 그를 알아보지 못했다. 근시였기 때문이기도 하고, 챙이 들쑥날쑥한 모자와 낡은 옷으로 숨긴 외모를 자세히 볼 수 없었기 때문이다. 눈동자마저 차가운 창백한 색이라고 생각했다. 부랑자라고 생각해 의심하지 않았다. 다른 사람이라고는 생각하지도 못했다.

세인트에이메가 그녀를 찾는 동안에 어둠이 짙어졌다. 그는 도망가야하고 사람들에게 목격되어야 하는 단계였다—물론, 지나치게 목격되어도 안 된다. 미스 대리를 죽인다면 주위가 완전히 어두워지기 전에 해야 한다. 하지만 그녀가 보이지 않아서 찾는 것을 포기했다. 그녀는 어쩌면 호숫가에서 정신을 잃을지도 모르고, 물에 빠져 익사할지도 모른다. 숲으로 너무 깊이 들어가 돌아가는 길을 잃을 가능성도 있다. 방울뱀에게 물릴 수도 있다.

어쨌든 다른 계획 때문에 더 이상의 추적은 단념할 수밖에 없었다. 만약 그녀가 사람들 앞에 나타나 약혼자가 자기를 죽이려 했다고 이야기해도 히스테리라고 받아들일 것이다. 그때 그는 이미 죽어 있는 것이 된다. 그 때문에도 자신의 죽음을 여러 사람에게 보여야 한다.

그리고 공포의 도주 장면이 전개된다. 기분 나쁜 클랙슨 소리, 등을 구부린 무섭게 생긴 운전자, 불쾌한 웃음소리, 줄무늬 누더기 옷에 챙이 들쑥날쑥한 모자, 옆 자리에는 좋은 옷을 입고 파나마모자를 쓴 남자. 개를 치어 죽이고 초현실주의 그림을 망가뜨리고 오싹한 웃음소리와 기분 나쁜 클랙슨을 울리며, 맥코메르의 집 앞을 힘차게 달리고, 길가의 사람들과 마찬가지로 노교수를 위협했다. 길을 터덜터덜 걷고 있는 존 플레일을 치어 죽이고—아마 그때, 파란 톱날 모자를 버렸을 것이다—계속 도주한다. 주위에 인가가 없는 곳까지 오자, 부랑자의 시체를 처분하고, 다음에 줄무늬 옷을 버린다. 차는 80킬로미터 더 가서 외딴 곳에 버리면 된다. 며칠 후에 사람들이 발견할 것이다. 한두 달 후, 세인트에이메의 시체가 발견된다.

하지만 그는 실수로 스웜프로드로 들어왔다. 이 부근의 지리를 잘 모르기 때문에 잘못 들어와 막다른 길을 만난 것이다. 살해된 세인트에이메의 시체가 있어야 했다. 만약 시체가 없으면 세인트에이메는 정말 죽지 않은 것이 된다.

그래서 시체가 또 하나 있어야 했다. 이 말은 존 플레일 외에 또 한 명 누군가를 죽여야 했다. 그리고 어떤 이유가 있어서, 그 시체의 오른손을 자를 필요가 있었다.

그러면 코르크스크루의 시체는 어떻게 됐을까?

습지에서 발견한 눈동자가 검고 갈색 얼굴이 엉망이 된 그 시체는 도대체 누구일까?

세인트에이메는 도대체 지금 어디에 숨어 있을까?

그리고 무엇보다도 왜 나는 스웜프로드 입구에서 그가 탄 차를 목격하지 못했을까? 그 대답은 그의 차가 내가 있는 곳까지 오지 않았기 때문이다. 그는 존 플레일을 치어 죽이고 모자를 길에 버렸다. 코르크스크루가 그곳을 지난 증거를 만들기 위해서다. 뺑소니를 한 것이 코르크스크루라는 증거를 만들기 위해서다. 그리고 그 장소에서 어딘가로 사라졌다. 조금 더 앞까지 갔다면—아주 조금 더 갔다면 스웜프로드 입구에서 차를 세우고 있던 나와 만났을 것이다.

오클라호마에서 왔다는 이니스 세인트에이메는 어떤 모습을 하고 있을까? 머리는 검고, 눈도 검고, 얼굴은 그을린 갈색이고, 좋은 옷을 입고, 키는 180센티미터쯤. 하지만 여름에 햇볕에 노출되면 대부분 얼굴은 갈색이 된다. 머리색도 네 사람에 한 명은 검은머리다. 누구라도 좋은 옷을 입기도 하고 나쁜 옷을 입기도 한다. 키라면 내가 오늘 밤 만난 사람들의 대여섯 명이 180센티미터쯤이다. 스톤 경관도 그렇고 뤨치도 그렇다. 키가 작은 것은 로젠블랏 경감과 나 정도다.

다만 눈동자가 검은 것은 어느 정도 특징적인 요소라고 할 수 있다. 특히 세인트에이메는 아주 검은색이라고 했다. 아버지의 사촌 폴 리들도 그것을 기억하고 있을 정도다. 그러나 그의 검은 눈은 시력이 상당히 나빠, 조그만 장애물에 잘 부딪친다. 물론 정말 검은 눈동자는 이 세상에는 없다. 즉, 사람이 검은 눈을 하고 있다는 것은 짙은 갈색 눈의 다른 말에 지나지 않는다. 눈동자 색에는 원래 파란색과 갈색이 있고, 거기에 섞인 녹색의 농담에 따라 다양한 색이 만들어진다. 진짜 의미의 검은 눈동자는 존재하지 않는다. 있다고 하면 검은 유리 콘택트렌즈를 끼는 것이다.

즉 그의 눈 색은 적어도 검정이 아니다. 그의 외모를 추측할 수 있는 것은 이것뿐이다. 그 검은 유리 콘택트렌즈를 빼면, 어둠 속에서도 보이는 고양이 눈으로 변한다.

그가 자신의 몸 대신 유기한 그 시체는 얼굴이 심하게 손상되어 있는데, 내 수술도구로 그것을 한 솜씨는 그다지 좋다고 할 수 없다. 손목 절단 방법도 그렇다. 만약 의술을 익힌 사람의 짓이나, 해부학 지식이 있는 아담 맥코메르가 했다면 도저히 자랑할 수 있는 솜씨는 아니다. 이 범인이 내 전문분야에서 한 일보다 내가 저 드라코 쿠페를 수리한 작업이 훨씬 뛰어나다. 엔진을 한 번 보았을 뿐으로 어떤 구조이고, 어떻게 하면 분해할 수 있을까 정도는 바로 짐작이 갔다. 즉 나는 의사로서는 상당히 좋은 자동차 정비기사라고 할 수 있다. 그러나 놈은 정비기사로서—.

아니, 기다려, 왜 자동차 정비기사라는 말이 떠올랐을까?

왜 나는 범인이 정비기사라고 생각했을까?

주방의 전화가 또 기분 나쁜 벨소리를 낸다. 도주에 사용된 차의 소유자 덱스터는—뉴욕 시 44에 있는 덱스터 자동차 정비공장 사장 A. M. 덱스터는—여기에서 160킬로미터나 떨어진 곳에 있다. 내가 처음 이 집에 왔을 때, 맥코메르가 그에게 전화해서 차에 대해 확인했다. 그것이 무엇보다 확실한 알리바이 아닌가?

그럼에도 불구하고 전화 저쪽에서 마른 금속적인 소리를 냈던 그 정비업자가 왜 불길한 그림자를 느끼게 할까?

잠깐, 이 불길하다는 말이다!

이니스 세인트에이메라는 이름은—.

S. Inis St. Erme. 그의 퍼스트네임은 분명하지 않다.

S—I—N—I—S—T—E—R—M—E.

SINISTER ME. 이렇게 되는 것 아닌가? S가 하나 많을 뿐이다. 사람이라면 자주 범하는 실수다.

별명을 사용하는 사람은 본명의 일부를 남기는 경우가 많다는 것을 더 빨리 알았어야 한다. 시니스터라면 왼쪽을 의미하고 덱스터는 오른쪽을 의미하는 말이 아닌가?(라틴어 sinister는 왼쪽, dexter는 오른쪽을 의미하고 의학용어로서도 사용한다) 라틴어를 더 빨리 생각했어야 했다!

세인트에이메—왼쪽의 나—의 정체는 자동차 정비업자 A. M. 덱스터였다.

분명히 세인트에이메는 오른손을 갖고 있었다. 진짜 오른손을.

누가 그의 진짜 얼굴일까? 머리가 벗겨진 중년남자—그것이 덱스터의, 세인트에이메의 그리고 살인자의 얼굴이다.

어제 아침 엘리너 대리가 흑인소년을 덱스터 정비공장에 데려다 주었을 때, 거기에서 만난 주간근무 정비기사 거스가 이렇게 말했다고 한다. 덱스터 씨는 나보다 배나 몸이 크고, 나의 배나 수수한 사람이라고. 또 미스 대리는 소년에게 내 운전을 덱스터 씨가 걱정할까? 하고 물었다—그녀의 사랑스러운 사람 이니스 세인트에이메가 바로 덱스터인 것도 모르고. 그가 기다리고 있는 호텔의 주소가 생명보험 계약을 위한 주소로 사용된 것은 꿈에도 모르고.

몸이 크고 체력도 뛰어난 머리가 벗겨진 남자. 검은색 눈이 아닌 남자. 머리가 필요하면 가발을 사면 된다. 퀠치가 말했듯이 이발소에서도 혀를 내두를 정도로 잘 만든 가발이 있다.

귀가 너무 크다면 약품으로 머리에 딱 붙여서 눈에 뜨이지 않게 할 수도 있다. 긴 검은 머리카락으로 덮어도 좋다. 귀는 원래 얼굴 모습 가운데도 가장 특징을 나타내는 것의 하나다.

그런데 A. M. 덱스터의 이니셜 두 개는 무엇의 약자일까? 즉, 퍼스트네임과 미들네임은 무엇일까?

예를 들면 내가 지금 주방에서 전화를 들고 핸들을 돌려 교환원을 불러 모단트 2-8385에 연결해달라고 부탁한다고 하자. 그러면 그곳의 전화 주인이 나와서 이렇게 대답할 것이다. "네, 덱스터입니다." 그리고 내가 말한다. "맥코메르 교수요. 지금 코네티컷의 집에서 걸고 있네." 하면 상대가 말한다. "무슨 일입니까? 교수?"

마른 금속적인 목소리로 그렇게 말할 것이다. 나는 손목시계의 커다란 초침이 움직이는 것을 눈으로 쫓으면서 주소록을 폈다.

또는 "덱스터입니다." 하고 상대가 말한 뒤, 2초 동안 잠자코 있어도 좋다. 또는 "타임스퀘어의 보리 작황은 어떤가?" 라고 말해도 좋고 "랄랄라" 하고 노래해도 상관없다. 여기서 어떻게 말하던 상대는 역시 2초 사이를 두고 "무슨 일입니까, 교수?" 하고 반문할 것이다.

그렇다. 교수, 그때 당신은 도대체 무슨 일이 있다고 했지?

그 이외에도 번호가 몇 개 있었다면 어떨까? 여러 가지 상황에 따라서 번호마다 달리 대답하게 되어 있었다면, 덱스터는 결국 뉴욕에 있는 듯이 보일 수 있다. 결국 자신의 고향에 있는 듯이 가장한다. 예를 들어 2,500달러를 벌 수 있어도 어딘가 시골에는 결코 가지 않을 수 있다.

그 때문에 어느 종류의 장치—아마 구술녹음기에 전선과

전지를 붙인 장치일 것이다—가 이 집 전화에도 사용되었을 것이다. 전화가 걸려와 긴 벨소리가 다섯 번, 짧은 벨이 다섯 번 울리면, 그리고 2초 사이를 두고, 장치의 소리가 전화 송화구를 향해 이렇게 말한다. "맥코메르 교수요. 작업을 방해하지 마! 귀찮게 하지 마! 어떤 일이 있어도 전화하지 마! 나는 글 쓰는데 바빠!"

지금 덱스터에게 전화해서 확인할 수는 없다. 전화선이 끊어져 있기 때문이다.

하지만 확인할 필요도 없다. A. M. 덱스터는 아담 맥코메르 덱스터의 약자가 아닐까?

그 단서는 사실 내 눈앞에 있었다. 기록해 두어야 한다. 그리고 나중에 찾을 수 있도록, 책상 위의 압지 밑에 꽂아두자. 그가 나타나기 전에, 빨리해야 한다.

그것은 정말 내 눈앞에 있었다.

언젠가 맥코메르 교수가 떨리는 글씨로 썼다. 어느 살인사건의 가해자에 관한 자료적인 메모다.

A의 사례. 부유한 가정환경에서 자라 교육도 많이 받고, 두뇌가 뛰어나다고 믿는 45세 남자. 사업에 모두 실패하고, 돈에 욕심이 있고, 자신의 삼촌을 죽여서 많은 유산을 받을 계획을—.

A는 누구를 말하는 걸까? 그는 세부까지 알지 못하는 사례를 저서에 사용하지는 않을 것이다. 그리고 사람을 익명으

로 다룰 때에는 실제의 이니셜을 사용할 것이다. 그렇다면 A
는 교수의 조카에 해당하는 인물―교수의 이름을 받아 아담
이라고 이름 지은 사람―이 아닐까?

이 책상 위의 메모지에 다음과 같은 글이 보인다.

점심식사 후, GU 9-6400, 칼 버나비 앤 버나비 사무실
에 전화할 것
편지 건에 대해 문의
존 플레일에게 집과 헛간을 페인트칠하라고 시킨 뒤
오수 탱크 청소, 쥐똥나무 가지치기 시킬 것
설탕, 성냥, 감자, 오렌지, 베이컨, 딸기, 빵 구입할 것

점심식사 후에 전화? 언제였을까? 아마 5월 28일이나 29
일? 이 집에 살기 시작해 아직 며칠도 지나지 않았을 때다.
조카에게 차를 운전시켜 처음 이 집에 온 이후, 살의를 품은
조카와 함께 여기에서 며칠을 살았다. 전화는 유언장 교체에
대해 상담할 생각이었음에 틀림없다.

밝은 파란 눈에 뺨이 붉고 여윈 노인이 맥코메르 교수의
스테이션 왜건에 동승한 것을 우체국장 퀠치가 보았다. 여름
별장으로 산 이 집에 교수가 처음 도착한 날이다! 그날은 비
가 내리고, 노인은 두꺼운 코트와 숄을 걸치고 차 안에 있었
다고 했다. 한편 머리가 벗겨지고 박쥐 같은 귀를 한 조카는
차에서 내려 우체국에 들어와 대학교수 맥코메르라고 소개하
고 우편물을 우체국에서 맡아달라고 의뢰했다! 당연하다! 배

달부가 와서 편지들이 가득 차 넘치는 우편함을 보거나 현관 입구에서 뭔가 이야기하거나 하면 상황이 나빠지기 때문이다.

존 플레일은 분명히 집과 헛간의 페인트칠을 했다. 오수탱크도 청소한 것이 틀림없다. 하지만 산울타리의 가지치기까지는 하지 않았다. 맥코메르 교수를 자칭하는 박쥐 귀의 남자가 지시하지 않았기 때문이다. 남자는 동거하는 노인을 자신의 아버지라고 설명했을 것이다. 말이 없고 무관심한 인디언 존 플레일은 수상하게 생각하지 않았다. 그리고 그의 집에 들어가거나 하는 일은 결코 없었다. 리더 가의 유령을 무서워하기 때문이다.

노인은 자신의 이름을 사칭하는 악랄한 조카와 동거하는 이 집에서, 이 방의 이 책상 앞에 앉아 있었다. 자신을 구출해 줄 사람은 아무도 없고, 누구에게 연락할 수도 없었다. 처음에는 조카가 자신을 죽이지는 않을 거라고 생각했을 것이다. 대화를 통해 멈추게 할 수 있을 거라고 생각했겠지. 하지만 조카의 결심이 절대로 흔들리지 않는 것을 깨달았다. 그래서 도어스톱 등의 흉기가 될 만한 물건들을 눈에 띄는 곳에서 필사적으로 숨겼을 것이다.

그 때문에 나는 무기가 될 만한 것을 손에 넣을 수 없었다. 노인은 지금쯤 잘못했다고 생각할 것이다. 그 노인이 나를 도와주었으면 했다. 그러나 이미 이 세상 사람이 아닐지도 모른다. 노인—즉 아담 맥코메르는 살인자조차 이미 손이 닿지 않는 곳으로 간 것이다.

우니스테어가 톱밥 가운데 사람이 파묻혀 있는 것을 발견했을 때, 바로 맥코메르의 시체라고 한 것은 어떤 단서가 있었을 것이다. 아니면 초현실주의적인 상상력으로 직감했을까? 어쨌든 우니스테어가 그곳에서 살해된 것은 노인의 시체를 발견했기 때문이다. 맥코메르 교수가 이미 우유를 마실 수 없게 된 것을 말했기 때문일까?—분명히 우유는 노교수를 위해 산 것이 틀림없다. 또는 우니스테어가 살인범의 초현실적 초상을 그리기 위해 열거한 여러 가지 화제 가운데, 가끔 가발과 유리 의안이 포함되어 있기 때문도 아닐 것이다. 그것만으로도 아담 맥코메르를 놀라게 하기에 충분하지만…….

맥코메르가 이 책상에 앉아, 이 메모를 남긴 것이 언제였는지는 마지막 한 줄에서도 알 수 있다.

'베이컨, 딸기'

8월에 딸기라니!

그 딸기는 모두 주방의 싱크대에 썩어 있었다!

덱스터가 뉴욕에서 이 집에 돌아온 것은 다시 아담 맥코메르를 연기해야 하기 때문이다. 노교수의 필적을 흉내 내는 연습을 하고, 먼 곳에 있으면서 고문변호사를 속이고 교수의 재산을 뺏으려고 생각했다. 당연한 일이지만 날마다 식품조달이 문제가 된다. 댄버리에서 미스 대리에게 한 달 정도의 식료품을 사게 한 것은 사실 그 때문이었다. 그녀의 배급수첩까지 이용했다.

내가 그와 함께 정원에서 집 안으로 들어갔을 때, 뒤의 포치에 식료품 같은 것이 많이 있었던 것도 그 때문일 것이다!

그는 전화로 덱스터의 알리바이를 만든 뒤, 나와 같이 밖으로 나가 엔진이 멈춘 차 있는 곳까지 갔다. 그때 나는 상자 안에서 바나나를 하나 떼어 먹었다. 어디에서 조달했을까 하는 것은 아픈 머리로는 생각할 수도 없었다.

맥코메르의 가늘고 긴 필체를 그는 완전히 마스터하지 못했다. 변호사가 보낸 빠른 등기우편을 퀠치에게 받았을 때, 서명을 거절한 것은 그 때문이다. 그것이 계속 내 마음에 걸렸다.

처음 내가 집을 방문했을 때, 그는 식은땀을 흘린 게 틀림없다. 어쨌든 내가 맞은편에서 이 길을 왔는데 차를 보지 않았다고 했으니까! 차가 분명히 통과했다고 보이기 위해서 그가 준비한 존 플레일의 뺑소니 시체마저 나는 목격하지 않았다. 플레일이 겨우 기어서 도랑에 떨어진 것을 그는 알지 못했다.

그런데 그곳에서 자동차로 친 인물은 존 플레일이 아니었다. 아담 덱스터는 코르크스크루의 시체를 태운 차를 운전했다. 그곳을 통과해서 갔다고 보이기 위해서 교수 집에서 조금 전진해서 모자를 길에 떨어뜨렸다. 그때, 앞을 걷고 있는 존 플레일을—라기 보다도 당연 존 플레일이라고 생각되는 인물을—보았다. 평소대로 교수 집에서 잡일을 한 뒤, 자신의 오두막으로 돌아가는 길이라고, 그는 생각했다. 그곳에서 그 인물을 차로 치었다. 그 장소를 통과한 증거로서, 모자보다는 코르크스크루가 치어 죽인 플레일의 시체가 좋다고 생각했다. 동시에 코르크스크루가 살인자라는 근거도 된다.

그리고 플레일을 살려두면 그가 사람들에게 뭔가 말할지도 모른다. 예를 들면 이 집에는 처음에 나이 든 사람이 살았는데, 어느 사이에 사라졌다는 것을. 아무리 말이 없고 무관심한 남자라고 해도 입은 살아 있다.

하지만 존 플레일은 사실 그때 자신의 오두막에 있었다. 한 시간 전에 그가 스웝프로드를 걸어가는 것을 내가 목격했다. 덱스터가 차로 치고, 나중에 그와 내가 도랑에서 죽어 있는 것을 발견하게 되는 인물은 존의 동생, 즉 '두 손가락 피트'라고 불리는 피트 플레일이었다. 도랑에서 시체를 발견했을 때, 덱스터는 자신의 실수를 알았다. 그는 나에게 시체에 손을 대지 말라고 주의를 주었다─한 손에 손가락이 두 개밖에 없는 것을 보이면 곤란하기 때문이다.

동시에 그의 머리에는 다른 일이 갑자기 떠올랐다. 두 손가락 없는 손만 없으면 이 시체를 세인트에이메로 보일 수 있다는 생각이다. 세인트에이메는 시체가 되어 발견될 필요가 있었다. 만약 존 플레일이라면 이 용도로 사용할 수 없다. 존은 나이가 많고 피부가 거칠고 주름도 있고 얼굴이 너무 알려져 있다. 내가 집을 나온 후, 그는 경찰이 이미 피트의 행방을 조사하는 것을 알고 당황해서, 차를 헛간에서 꺼내 플레일의 오두막으로 급히 갔다.

오두막에서는 존이 저녁식사를 하고 있을 때였다. 덱스터는 존의 머리를 돌로 때려 죽였다. 시체를 운반해 도랑 안의 동생 피트의 시체와 바꾸었다. 피트에게는 세인트에이메의 옷을 입히고, 내게서 훔친 수술도구로 얼굴에 상처를 냈다.

피트라고 알아보지 못하게 하고, 또 나에게 혐의를 씌우려고 한 것이다. 물론 두 손가락이 있는 손도 절단했다. 그 손도 지금쯤 발견되었을 것이다.

덱스터가 노린 것은 차가 맥코메르 집 앞길을 지나 스토니 폴즈까지 빠진 듯이 보이고, 며칠 후에 차를 발견되게 하는 것이다. 그는 이 계획이 완벽하게 실현되리라고 생각했다. 플레일을 치어 죽이고, 코르크스크루의 모자를 길에 떨어뜨린 후, 캐딜락을 맥코메르 집까지 갖고 와서 차고에 넣었다. 타이어가 펑크 난 스테이션 왜건을 헛간에서 꺼내고 대신 캐딜락을 넣은 후에 문을 닫고, 스테이션 왜건을 바로 문 앞에 세웠다. 며칠 후에 사람 눈에 뜨이기 쉬운 장소에 캐딜락을 몰래 버릴 생각이었다. 그러나 당장은 일시적으로 햇빛에 닿거나 비가 차 안에 들이치지 않도록 하고 싶었다. 그 정도 애착이 가는 차였다.

플레일을 치어 죽이고, 조금 더—아주 조금이지만—차를 앞으로 전진했다면, 내 차를 발견하고, 그의 계획이 틀어진 것을 알았을 것이다.

그가 집으로 돌아와 마당에서 흙을 파고 있는 곳으로, 내가 찾아갔다. 엔진이 멈추어 1시간이나 서 있었다고 도와달라고 했다. 그는 즉시 세인트에이메의 시체를 태운 코르크스크루의 대형 회색 차가—사실은 헛간에 잘 숨겼지만—스토니 폴즈로 도주했다고 보일 계획이 수포로 돌아간 것을 깨달았다. 나와 만나기 전에 스윔프로드로 빠져나갔다고 하는 것이 남은 단 하나의 방법이다. 그런데 내 차는 그 스윔프로드의 입구에 서 있었다. 따라서 캐딜락은 그 길도 지나가지 않은 것이 된다.

캐딜락이 스토니폴즈로 빠져나갔다고 할 수도 없었고, 내가 말하는 것이 거짓말이라고 증명할 수도 없었다. 그래서 궁여지책으로 차를 나중에 스웜프로드 안으로 몰래 가져가 어떻게 그 길로 들어갔다고 하는 기정사실을 만들려고 생각했다.

모든 단서가 눈앞에 있었다. 다만 그렇다는 것을 몰랐을 뿐이다.

갈색 버크람 제본을 한 맥코메르의 저서 《살인심리학》에는 '여동생 에바에게'라는 헌사가 붙어 있다. 동시에 가장 비참한 사례의 하나로서 E. D.로 이름을 붙인, 살인을 즐기는 여성의 사건을 들고 있다. 이 여성에 관해서 교수는 상당히 자세한 정보를 얻은 것 같았다. 이 'E. D.'는 에바 맥코메르 덱스터의 약자는 아닐까? 그 책을 다시 한 번 찾아봐야겠다. 아니면 1,287페이지를 모두 다시 읽거나.

또는 밝은 녹색 표지의 《정원의 화초 심기와 재배》라도 좋다. 이 집의 차도에 내가 처음 들어왔을 때, 삽으로 흙을 두드리는 소리를 생각하면 된다! 튤립을 8월에 심는 것인지 어떤지 조사해보고 싶다. 그리고 어떻게 심는지도.

또는 《미국 인명록》 최신판을 찾아보는 것도 좋다. 덱스터는 이미 문제가 되는 페이지를 찢었을지도 모른다. 하지만 그도 거기까지는 생각하지 못한 것을 알 수 있다.

여기에 나와 있다.

맥코메르, 아담 드와이트. 심리학자. 출생지 미주리
주 오라이언.
생년월일 1862년 6월 7일. 학력…….

1862년에 태어났다고? 덱스터의 외모는 지금 생각하면 마
흔다섯 아래로는 보이지 않는다. 그가 예순다섯이라고 말하
면 그렇다고 믿을 것이다. 그러나 여든다섯이라면 아무도 믿
지 않을 것이다. 그 하얀 피부 밑에서 움직이는 근육을 생각
하면.

정원 일을 하며 한 여름을 보냈을 남자가 그런 하얀 피부
를 하고 있는 것 자체가 이상하다.

지금 내 눈앞의 책상에 큰 헤드라인이 있는 신문이 있다.
댄버리에서 발행되는 지역 석간이다. 퀠치의 말에 의하면 댄
버리의 신문이 우편으로 여기에 도착하는 것은 다음 날 아침
이라고 한다. 스톤 경관과 로젠블랏 경감은 신문을 가져오지
않았다. 나도 물론 신문은 사오지 않았다. 내가 엘리너 대리
를 만났을 때, 그녀도 신문을 갖고 있지 않았다. 그렇다면
바로 알았어야 했다. 내가 세인트에이메의 이름을 들었을
때, 그는 이미 이 집까지 와 있던 것을. 댄버리에서 미스 대
리와 같이 아이스크림 가게에 들어갔다고 하니, 거기에서 3
센트 내고 신문을 샀을 것이다. 그것을 차 안에 넣고 다음에
잡화점에 들어갔다.

세인트에이메 이외의 누구도 이 신문을 여기에 갖고 올 수
없다. 댄버리에서 여기에 온 사람은 그밖에 없기 때문이다.
모든 것을—여러 단서를, 더 빨리 알았어야 했다.

여기에 그의 이름을 적어 두자.

> 범인은 A. M. 덱스터다. 그는 이너스 세인트에이메인
> 동시에 지금은 죽은 삼촌 아담 맥코메르크로 가장하고 있
> 다. 진짜 교수는 시체가 되어 톱밥 안에 잠들어 있다.
> 덱스터를 놓치지 마라. 러들.

이 메모를 여기에 놓고 위에 압지를 올려두자.

압지 밑에는 이미 다른 종이가 있다. 거기에는 가늘고 긴
필체로 이렇게 쓰여 있다.

> 지금 내 뒤에서 조카 아담 M. 덱스터가 몰래 다가오고
> 있다.
> 나를 죽이려고.
>
> A. 맥코메르크.

그는 알고 있었다. 살인에 관해 많은 지식을 갖고 있던 이
사람은 그렇게 알고 있었다. 그런데 자신을 구할 수는 없었
다. 때문에 이 책상 앞에 앉아서 이 메모를 쓰고 나중에 사
람들이 발견할 수 있도록 압지 밑에 꽂았다.

그리고 지금—.

나는 범인의 마수에서 미스 대리를 지켜야 한다. 그는 지금 내 뒤로 다가오고 있다. 책상 위의 책장 유리에 가까이 오는 모습이 보인다. 박쥐 같은 귀, 이 없는 입, 손에 든 나이프가 보인다. 그가 미스 대리보다 나를 먼저 습격하려는 것이 다행이다. 압지 아래의 메모에 쓴 이름을 누군가 발견하기를—덱스터—아담 맥코메르의 이름을—희생자 모두를 죽인—.

그는 어두운 침실에 계속 숨어 있었다. 스톤 경관이 침실에서 나오지 않아서 나는 20분을 기다리고 들어가 보았는데, 그때 그는 이미 거기에 있었다. 틀림없다. 그가 들어왔을 침실 창을 그때 내가 닫고 잠그기까지 했으니 그 후에는 들어올 수 없다.

옷이 걸려 있는 벽 구석의 커튼 뒤에 숨어 있거나 또는 내가 들어가려고 연 문 바로 뒤에 있었는지도 모른다. 어쨌든 그의 냄새가 분명히 있다. 글자 그대로 냄새가. 그때 나는 내 뒤를 신경 쓰면서 이쪽저쪽 돌아보았다. 하지만 커튼 뒤까지 가서 무거운 옷이 가득 걸린 행거를 옆으로 치우고, 나이프를 손에 든 그를 찾지는 않았다. 문 뒤도 확인하지 않았다.

그때 그는 왜 바로 나를 공격하지 않았을까? 내가 쫓는 것을 기다리고 있는지도 모른다. 하지만 나는 주위를 경계하며 발소리를 죽여 앞으로 갈 뿐이었다. 주위의 그늘이나 벽에 가까이 가려고 하지 않았다. 거기에서 상대는 조금 나중까지 기다리는 것이 좋다고 생각했다. 나는 창을 잠그고 바로 방을 나와 문을 닫았다.

만약 그가 문 뒤에 숨어 있다가, 나중에 이 거실에 들어왔다고 하면 왜 경첩이 마찰하는 희미한 소리가 들리지 않았을까? 자동차 정비기사인 그는 오일 캔 같은 것을 침실에 갖고 온 것이다. 때문에 경첩도 소리가 나지 않았다.

지금, 노트의 페이지에 그림자가 느껴진다. 앞유리에 그의 모습이 비치는 것을 알고 있다. 차가운 파란 눈을 빛내며 갈색 박쥐 귀를 세우고 이가 없는 입을 가진 남자의 얼굴이.

이 거실에서 소동을 일으키는 것은 좋지 않다. 만약 미스 대리가 눈을 뜨고 비명이라도 지르면 날카로운 칼로 그녀를 잠들게 할지도 모른다.

덱스터는 여기에서 나를 죽이고 싶지 않은 것일까? 책상과 카펫에 피가 떨어지기 때문이다. 오히려 바깥이 형편이 좋을 것이다. 노란 장미꽃이 핀 정원에서 나를 죽이고, 바로 검은 흙 속에 깊게 파묻을 수 있다. 코르크스크루의 시체 옆에라도. 그리고 내가 갑자기 사라졌다고 보이게 할 것이다.

그와 나는 바깥의 어둠 속에서 대결하는 것이 좋다. 이 점에서는 의견이 일치했다.

연필을 놓고 하품을 하고 두 팔을 조금 뻗었다. 그것마저 주의 깊게 해야 했다. 그는 내 몸짓 하나하나를 모두 알고 있다. 오늘 밤, 나를 계속 관찰하고 무엇을 생각하는지, 미세한 표정이나 동작에서 읽으려는 것이 틀림없기 때문이다.

나는 한 손을 뒤로 하고, 후두부를 문지르고 점점 아래를 만졌다. 갑자기 배가 고픈 흉내를 냈다. 의자에서 일어났다. 무릎에 놓고 있던 의자다리가 카펫 위에 떨어졌지만 상관하지 않았다. 책상 바로 옆의 주방으로 가는 문을 열고 그 문 앞에 서서 주방 안을 보았다. 바로 앞에도 안에도 이상한 사람은 없다고 확인하는 척 했다. 주방에 들어가 방충망 문까지 갔다. 방충망 문에는 의자가 하나 있어 출입을 방해하고 있다. 의자 위에는 냄비와 팬까지 올려져 있다. 그들 전부를 바닥에 놓고 의자를 치우고 방충망 문을 열었다. 포치에 나가서 상자 안에서 바나나를 하나 꺼냈다. 포치에서 밖으로 내려가는 계단 바로 위까지 가서 바나나 껍질을 벗겼다.

"여기다!"

그가 작은 소리로 불렀다.

"뒤에 있다."

이가 없는 입으로 웃는 소리를 냈다. 아마 나와 처음 정원에서 만났을 때를 생각했을 것이다. 그때 그는 불쌍한 코르크스크루를 묻은 흙을 삽으로 두드려 다지고 있었다. 갑자기 내가 부르는 소리에 오싹한 게 틀림없다. 내 목소리가 코르크스크루와 비슷해 그를 깜짝 놀라게 한 것이다.

그는 이렇게 생각했을 것이다.

'정말 소리가 났을까? 아니면 잘못 들었을까? 황혼의 정원에서 들려왔나? 아니면 땅속에서 들려왔나?'

지금 그가 한 말도 그때 내가 한 말을 흉내 내고 있다.

나는 바나나를 벗기던 손을 멈추고 놀란 얼굴로 천천히 돌아보았다. 자신의 귀를 의심하듯이 믿지 못하겠다는 얼굴로. 돌아서서 그와 마주보면서 조금씩, 아주 조금씩 마음이 가라앉았다. 뒤에서 찔리는 것보다는 눈앞에서 당하는 것이 좋다. 다만 목을 잘리는 것은 싫지만.

당황하지 마, 리들.

"계속 나를 쫓아왔군."

그가 우물우물 말했다.

"자네는 처음부터 알았어. 이 집에 처음 왔을 때부터! 그 황혼 때, 차도 입구에서 딱새가 무언가 두려워하는 것을 보고 자네는 알았어. 딱새는 사람과 친숙한 새로, 상대가 계속 여기에 살던 사람이면 무서워하지 않지. 딱새가 자네에게 알려주었지."

"나는 조류학자가 아냐!"

내가 대답했다.

"자네는 알고 있었어! 처음부터 알았어. 그래서 나를 쫓아오려고 했어. 아담 삼촌이 기르던 불쌍하게 우는 고양이를 보고, 자네의 의심은 깊어졌지. 그 고양이는 잠시 먹이를 주는 사람이 없었어. 더구나 목에 방울을 달고 있어서 쥐를 쫓을 수도 없었지. 그놈이 울면서 도망가는 것을 보고 자네는 알았어. 그 재수 없는 고양이가 자네에게 알려주었어."

"나는 동물학자가 아냐!"

"자네는 알고 있었어! 처음부터 나를 의심했어. 나는 그 눈을 보고 알았어. 내가 삽으로 흙을 다지는 것을 보고 8월에 튤립 뿌리를 심는다고 의심했어. 그게 자네에게 알려주었지."

"나는 식물학자가 아냐!"

"자네의 그 조용하고 부드러운 목소리!"

덱스터는 이 없는 입으로 말했다.

"그 눈이 붉은 작은 남자가 자랑스럽게 라틴어를 말했을 때의 목소리와 똑같아. 그때 정원에서 자네 목소리를 듣고, 내가 왜 무서워했는지 알았을 거야. 그 작은 남자의 목소리를 구분할 수 있는 사람은 엘리너와 세인트에이메뿐이지. 나는 정말 세인트에이메라고 생각했어.

자네는 이렇게 말했지. '당신 뒤에 있습니다.' 하고. 그 작은 남자의 시체를 마당에 막 파묻었을 때였지. 그때처럼 땀이 차가운 적은 없었네. 자네는 알고 있어, 처음부터 알고 있었어. 내가 알려주었지. 자네 머리에 지금까지 몇 번 알려주었지. 무덤을 판 것은 나 자신이었어. 어때, 모든 것이 지금 말한 대로지!"

"분명히."

내가 대답했다.

"분명히 처음부터 알았다고 할 수 있지. 분명히 당신이 알려주었어. 여러 가지에 대해서 셀 수 없을 정도로 많이 알려주었지. 나는 범인의 꼬리를 잡았다고 느꼈어. 어둠 속에 던진 것이 당신에게 맞았지. 풀 안에 숨어 얌전히 있어야 하는데 갑자기 뛰쳐나온 거야. 머리에 일격을 맞고 죽은 뱀과 마찬가지야."

"하지만 자네는 다른 사람에게 말하지 않았어."

덱스터가 말했다.

"나도 그 정도 바보는 아니야. 그리고 자네보다 힘이 세."

그의 나이프는 내 목을 노리고 있다. 나는 쫓겨서 뒷걸음으로 계단을 내려갔다. 나는 두 팔을 넓게 폈다. 하지만 머리 위로 올리지 않고 눈높이에 멈추었다. 틈만 있으면 언제라도 나이프를 뺏으려고 했다. 한 걸음 또 한 걸음 뒤로 내려갔다. 어두운 정원에서 노란 장미 향기와 검은 흙의 냄새가 났다. 나는 결국 지면까지 내려갔다. 우리 모두가 태어나고 우리 모두가 언젠가는 돌아가는 대지로.

하지만 나는 오늘 밤 거기로 돌아갈 수는 없었다. 재미있는 것은 그를 처치한 것은 바나나 껍질이었다. 그에게 쫓겨 내 차를 목표로 뒷걸음치면서 어둠 속에서 바나나 껍질을 던졌는데 그것이 나를 살렸다.

하지만 꼭 그 덕분만은 아니다. 내가 그를 잡는 것은 시간 문제였는지도 모른다. 스웜프로드에서 그가 돌을 들고 뒤에 섰을 때, 나는 이미 의심했다. 밤 동안 적어도 세 번, 나를 습격할 기회가 있었다. 다만 그는 공포심 때문에 못했던 것이다. 의심받는 것을 알고 있었기 때문이다. 그리고 그 바나나 껍질이 없었다면 어떻게 되었을지 모르겠다. 쫓기고 뒷걸음쳐서 세 걸음째 지면에 오른발이 닿았을 때, 크레이프 바닥 구두 밑에 그 껍질이 없었다면 나이프로 어딘가 잘렸을 것이다.

뒤로 물러나면서 나는 껍질을 밟았다. 몸이 반회전하고 한쪽 발이 허공 높이 오르고 두 팔이 뒤로 던져졌다. 허공에 올라간 다리가 그 바람에 놈의 아랫배를 찼다.

위를 보고 쓰러지면서 뒤로 간 두 손이 바닥에 닿았다. 바로 한 손만으로 몸을 지탱하며 반쯤 일어서려고 했다. 그가 휘두르는 나이프에서는 90센티미터 떨어져 있었다. 나는 나이프를 피하려고 했다. 하지만 그는 나를 지면까지 쫓는다고 생각했는지 나이프를 바지벨트에 재빨리 꽂고 대신 삽을 들었다. 저녁에 나와 같이 주방문에서 집으로 들어갈 때, 포치 바로 옆에 던진 삽이다.

삽을 휘두르면 나이프보다 더 좋은 무기가 된다. 타격의 위력이 강해서, 사람을 때리기에 좋다. 하지만 그렇게 생각한 것이 그의 실수였다. 삽의 날이 나를 향해 내려쳐졌다. 뒤로 물러섰지만 오른쪽 발등에 맞았다.

격통이 온몸을 달렸다. 앞으로 계속 다리가 불편할 거라 생각할 정도로 아팠다. 상대의 무기가 삽이 아니었다면 이렇게 되지는 않았을 것이다. 나이프라면 어떻게 했을 것이다. 칼끝에서 도망가 장미넝쿨이 엉킨 정원을 달려가 큰 소리로 사람을 부르면서, 뒤쪽의 넓은 돌투성이 목초지로 달려갔을 것이다. 그렇게 해서 그를 이 집에서, 미스 대리에게서 떼어놓을 수 있었을 것이다. 마치 코르크스크루가 죽은 신랑의 연못에서 그를 미스 대리에게서 떼어놓았듯이. 다만 불쌍한 코르크스크루의 경우는 도움을 청할 사람이 아무도 가까이에 없었다.

하지만 지금은 나도 발 뼈를 다쳐 도망가는 것이 힘들다. 쫓기고 궁지에 몰렸다. 그 격통으로 한 걸음도 움직일 수 없었다. 하지만 그것이 그가 범한 실수였다.

분명히 상처는 지독히 아프다. 호흡도 신음도 할 수 없을 정도였다. 도움을 청해도 아무도 오지 않았다. 그가 다시 공격하려고 삽을 휘둘렀을 때, 나는 한 손으로 삽자루를 잡았다. 그래도 내리치려는 것을 다른 손으로 필사적으로 막았다. 두 사람이 가슴과 가슴을 대고 삽을 두 손으로 잡은 자세가 되었다.

두 사람 모두 필사적이었다. 나는 내 목숨을 걸고, 그 역시 목숨과 지금까지의 모든 것을 걸었다. 만약 내가 당한다면 이 남자의 정체를 아는 사람은 사라진다. 이 세상에 아무도 없게 된다. 미스 대리도 가발을 쓰지 않은 그의 얼굴을 보아도 몰라볼 것이고, 틀니를 뺏을 때의 소리를 들어도 모를 것이다. 맥코메르로 태연하게 모습을 나타내고 내 증언은 거짓이라고 주장할 것이다. 자신이 리들과 우니스테어와 함께 톱밥 쓰레기장을 찾았을 때, 우니스테어가 누군가의 시체를 발견한 것은 거짓이었다고 할 것이다. 무너져 위험한 톱밥더미를 경찰은 더 이상 수색하지 않을 것이다. 그리고 나는 마당의 흙속에 코르크스크루 옆에 묻힐 것이다. 숨겨진 묘 하나에서 시체 두 구는 결국 일체화된다. 노란 장미가 뿌리를 뻗는 검은 흙 안에서 사라진다. 그것이 나와 코르크스크루의 운명이다.

덱스터의 힘은 강했다. 하지만 의사인 나도 손힘은 강하다. 그는 넓고 단단한 어깨를 갖고 있고, 밧줄 같은 근육을 갖고 있다. 차의 보닛 밑에서 엔진을 가볍게 들어 올리거나 차체를 뒤에서 완력으로 들어 올리는 직업이다. 한편 나는 유연하고 민첩한 몸을 갖고 있다. 그는 나보다 체중이 20킬로그램 더 나가고 키가 15센티미터 더 크다. 하지만 그는 마흔 다섯, 나는 스물일곱. 앞으로 더 오래 살고 훨씬 밝은 미래를 갖고 있다. 우리는 삽을 뺏으려고 격투했다.

우리는 서로 힘을 썼지만 그는 아주 강했다. 그 몸에서 나는 땀이 언제까지나 머릿속에서 떠나지 않을 것이다. 이가 없는 입과 무서운 파란 눈도. 놈의 흐르는 땀과 내뱉는 호흡, 근육과 뼈의 딱딱함. 다친 다리의 통증은 눈이 빨갛게 불이 날 정도였다. 아, 그는 아주 강했다. 무서운 상대다. 하지만 나는 열여덟 살이나 젊고, 적의 근육과 뼈의 질이 어느 정도인지 알았다. 천천히 몸을 밀고 삽을 잡은 손에 힘을 주어 그것을 뺏었다.

그는 삽을 잡은 손을 놓고 허리띠의 톱날 나이프를 다시 뽑았다. 채찍을 때리듯이 재빠른 움직임으로, 비명을 지르고 돌격해 왔다. 하지만 나는 그보다 빨리 삽을 그의 머리 위로 올렸다. 그리고 내리쳤다. 결말은 삽이 만들어 주었다.

그렇다, 진짜 결말이다. 정말 이 장소에서. 다리가 아팠지만 삽을 다시 내리쳤다. 현기증이 나고 토할 것 같았다. 세 번째 공격은 더 이상 필요 없었다. 구토는 사라지고 현기증도 없어졌다. 정원의 검은 흙 냄새를 맡거나 또는 노란 장미 향기를 맡을 때, 내 발은 언제나 아플 것이다. 내가 살아있는 날까지는 계속.

로젠블랏 경감은 시가를 하나 권했다. 내가 특히 좋아하는 부드러운 감촉의 녹색 아바나 코로나다. 나는 그다지 담배를 피우지 않는다. 의사는 신경과 눈을 언제나 예민하게 하고 있어야 하고, 뇌도 칼처럼 날카로워야 하기 때문이다. 하지만 경감은 권하면서 이런 경우에는 피워도 괜찮다고 말했다.

나도 그렇게 생각한다. 경찰관에게서 시가를 받는 것도 괜찮다. 하지만 나는 다른 것을 원했다. 아직 거실에서 잠자고 있는 젊고 사랑스러운 미스 대리에게서. 그 기회는 기다릴 수밖에 없다.

Da mi mille basia, diende centum.

고대 로마 시인 카툴루스가 읊었다. 이 부분의 다음에 오는 것이 '해가 지면 잠을 자며 긴 밤을 보내는 인간의 운명'을 읊은, 그 멜랑콜리한 일절이다. 라틴어에 자신이 없는 나로서는 미스 대리에게 번역을 부탁하는 것이 좋다고 생각한다. '나에게 천 번의 키스를 해주오, 그리고 다시 백 번을'—이런 것일까? 하지만 역시 그녀에게 확인해야 한다.

로젠블랏 경감의 동생이 탬파(플로리다 주 중서부의 탬파 만에 면한 항구 도시) 시의 경사인데 이렇게 고급 시가를 구할 수 있는 것은 동생 덕분이라고 한다. 분명히 플로리다의 명물은 오렌지 꽃과 시가다.

경감은 스톤 경관에게도 시가를 권했다. 내 다리의 상처보다도 오히려 스톤의 상처가 걱정이었다. 그는 오른쪽 귀 뒤를 심하게 다쳤다. 정수리와 관자놀이 뼈의 봉합선 후부, 즉 삼각형 봉합의 바로 앞부분이다. 보통사람이라면 사망했을 중상이었다. 그는 침실 바깥의 키가 큰 풀 속에 쓰러져 있었는데 방으로 데려와 침대에 눕히기 전, 의식을 찾아서 신음소리를 냈다. 부서진 뼈 조각을 제거하고 환부를 금속판으로 보강해야 할 것이다. 그래도 상관 않고 시가를 피웠다. 스톤이 돌에 맞아 기절한 것을 로젠블랏 경감은 재미있다고 생각했다. 이석일조라고 할까? 돌 두 개가 독수리 한 마리를 떨어뜨렸다. 유머의 척도는 사람마다 다르다.

그 독수리는 스톤이 침실 침대에서 자고 있을 때, 그의 머리 옆의 창유리를 손톱으로 긁어 눈을 뜨게 하고, 밖에 있는 자신의 얼굴을 보였다고 한다. 잠깐 잠들었던 스톤은 우니스테어가 톱밥더미에서 진짜 맥코메르 교수의 시체를 발견한 것도, 더구나 그 발굴 작업이 시작된 것도 알지 못했다. 창밖에 있는 남자가 이 집 주인 맥코메르 교수라고 믿었다. 교수는 수색대 일부를 지휘까지 하는 인물이다. 밤이 되고 계속 협력하고 있다.

덱스터는 창문의 방충망 너머로 스톤에게 속삭였다.

'로젠블랏 경감의 지시요. 화가 우니스테어 집에 가서 전화를 빌려 프레지던트 호텔에 연락해서 세인트에이메라는 손님에 대해 물을 것. 특히 묵었던 방에서 그의 지문을 얻을 수 있는지 조사해 달라. 그렇다면 이쪽에서 발견한 참살시체의 지문과 조회하겠다. 미스 대리에게는 모르게.' 하고 덧붙였다.

아직 잠이 덜 깬 스톤은—그는 완전히 잠을 깼다고 주장하지만 어쨌든—판단력 있는 지시라고 생각했다. 그는 맥코메르 교수와 합류할 생각으로 창문으로 살짝 빠져나갔다.

내 상상대로 두 손으로 창틀을 잡고 발끝이 바깥 지면에 닿자마자 덱스터가 습격했다. 스톤이 기억하는 것은 눈이 번쩍이는 충격뿐이었다.

스톤을 기절시킨 뒤, 덱스터는 집 뒤의 숲으로 달려갔다. 존 플레일의 오두막으로 통하는 통로에 들어가서 로젠블랏 경감을 불러내려고 소리를 질렀다.

"퀠치다! 도와줘! 도와줘! 수상한 놈이 나타났다!"

그리고 숲 그늘에 숨어서 로젠블랏이 눈앞을 지나가는 것을 보고, 몰래 집으로 돌아와 이미 방충망 문이 열린 창을 통해 침실로 들어와 그곳에서 내가 경계를 늦추는 것을 기다렸다.

로젠블랏 경감은 그 비명소리가 정말 퀠치의 것이라고는 조금도 믿지 않았다. 퀠치가 자신을 말한다면 '국장 퀠치'라고 할 것이고, 죽음에 이르는 경우마저 그럴 것이다. 때문에 그 비명은 살인자의 것—경감은 코르크스크루나 세인트에이메 중 한 명이 틀림없다고 생각했다. 그렇다면 빨리 가서 잡아야 한다고 생각했다. 범인이 퀠치의 이름을 속여 비명을 지른 것은, 경찰견을 데리고 방황하고 있는 수색대를 습지에서 멀어지게 하려 한다고 생각했다. 경감 자신을 밖으로 불러내기 위한 방법이라고는 생각하지 않았다. 때문에 바로 집으로 돌아오지 않고 퀠치를 계속 찾았다. 미스 대리의 경호는 침실에서 나온 스톤이 해줄 것이라고 믿었다. 만약 그렇지 않으면 내가, 경감이 집에서 너무 멀어지기 전에 불러 세웠을 것이기 때문이다.

스톤을 믿었던 자신의 실수를 경감은 인정했다. 하지만 내 실수도 분명하다.

어쨌든 스톤 경관은 덱스터가 내리친 돌에 맞아 기절했다. 그 후, 덱스터는 나를 죽이려고 삽을 사용했다. 두 손가락 피트 플레일을 죽일 때는 차를 사용하고, 존 플레일 때는 스톤과 마찬가지로 돌로 머리를 때렸다. 부랑자 코르크스크루는 맨손으로 목을 졸라 죽이고, 살해 후에 나이프를 사용해 시체를 손상했다. 차와 노면에 핏자국을 남기기 위해. 그가 살인에 나이프를 사용한 것은 한 번뿐이었다. 톱밥 쓰레기장에서 우니스테어를 습격했을 때다. 가까이 흉기가 될 만한 것이 없어서 할 수 없이 나이프를 사용했다. 맥코메르의 시체를 발견한 우니스테어를 단숨에 처치해야 했기 때문이다.

그래도 그 나이프가 주는 공포는 충분하다.

"모든 것을 생각해 보면."

로젠블랏이 계속했다.

"범죄자가 한 연극으로서는 상당한 연기라고 할 수 있지요. 덱스터는 삼촌 맥코메르 교수와 같이 처음 이 집에 왔을 때부터 자신이 교수인 것처럼 행세했습니다. 그 후, 두세 달 계속 여기에 사는 것처럼 연기한 것도, 훌륭하다고 할 수 있습니다. 다만 존 플레일이 증언할지도 모른다는 게 걱정되었지요. 잘 되면 그 차가 이 헛간에 숨겨져 있는 것도 아무도 모르게 끝낼 수 있을지도 모른다─존 플레일을 치어 죽이고, 이 집 앞길을 도망간 것이 될지도 모른다고 생각했습니다. 그 모든 행동은 정말 잘해 왔지요. 미스 대리의 돈도 갖고 있습니다. 그녀를 죽이는 것은 실패했지만 은행계좌가 비어 있는 것이 나중에 밝혀져도 그를 사기꾼으로만 생각하겠지요. 그리고 덱스터 본인으로 돌아오면 아무 문제도 없지요. 그는 세인트에이메에 대해 그다지 잘 알지 못한 것으로 되어 있으니까요. 그렇다면 결국, 세인트에이메의 사망보험금도 그의 것이 될지도 모릅니다. 예를 들어 시체가 발견되지 않아도요. 그러나 피트 플레일의 시체가 손에 들어 온 것은 상황이 좋아진 것이죠. 사람의 사망을 증명하려면 시체가 있어야 하니까요."

"살아있는 동안이라도 몸이 없어지는 것은 곤란하지요."

내가 말했다.

"나는 가끔 내 영혼이 몸에서 빠져나가─그렇다는 것을 인식하지 못한 채─방황하는 것이 아닌가 생각한 일이 분명히 있습니다. 하지만 경감, 스웜프로드 입구에 내가 계속 있었던 것은 지금 생각해도 틀림없습니다. 덱스터의 차가 그곳을 지나가지 않은 것도 틀림없습니다. 그렇게 말해서 경감을 화나게 한 것은 죄송하지만."

로젠블랏은 웃었다.

"지금은 믿습니다. 그러나 당신이 무언가 단서를 잡고 있는 것 같았습니다. 다만 그것이 무엇인지 읽을 수 없었지요. 지금 보면 정말 단순명쾌한 일입니다. 당신이 주머니에 넣었던 카드처럼 말입니다. 여기에는 처음부터 범인의 이름이 있었습니다."

"카드라니?"

내가 질문했다.

경감이 명함 하나를 꺼냈다.

"당신이 제재소에 갔을 때, 당신의 쿠페 좌석에 상의를 놓아두었지요. 그것이 눈에 보였습니다."

미안한 일을 한 듯이 말했다.

"이 명함이 주머니에 들어 있었습니다. 여기에 살인자의 이름과 주소가 있습니다."

나는 그것을 받아들고 보았다. 죽은 존 뷰캐넌 저택의 가정부가 준 명함이었다. 차를 갖다 줄 딜러의 주소가 있는 것으로 나는 보지도 않고 수술비 봉투와 같이 주머니에 넣었다. 지금 보니 이렇게 쓰여 있다.

> 덱스터 자동차 정비공장
> 뉴욕 시 웨스트 14번지
> 전화 모던트 2-8350
>
> 자동차 매매. 최고가격
>
> A. M. 덱스터
> 자동차 공학 프로페서
> 대표

여기에 가정부가 추가한 것이 있다. 이름을 화살표로 가리켜 '이 사람'이라고 첨부했다.

이런 것이 내 주머니에 계속 들어 있었다니.

한마디도 하지 않고 명함을 돌려주고 생각했다. 남 코네티컷 주립대학 학생이었을 때, 하버드대학에서 온 어느 강사 말이다. 자신을 교수(프로페서)라고 부르는 것을 싫어한다고 언제나 말했다. 프로페서는 고등학교의 기술실습 교사이고, 싼 술집의 피아노 연주자를 의미하고, 벼룩 서커스 구경거리를 의미하는 말이다. 《살인심리학》의 저자 아담 맥코메르도 또 그 정도 뛰어난 두뇌와 높은 명성을 갖고 있음에도 불구하고 자신을 결코 교수라고 부르지 않았다. 우편함에도 그렇게 적혀 있지 않고, 표지가 붉은 《미국 인명록》에도 교수라고 실려 있지 않고, 저서의 타이틀 페이지에도 이름이 없었다. 그 호칭으로 불릴 정도라면 죽는 것이 좋다고 생각할지도 모른다.

사실, 그처럼 죽었다. 누구도 그 사람과 얼굴을 맞대고 교수나 박사로 부르지 않았을 것이다. 살인의 심리에 대해 깊게 알고 있는 위대한 두뇌 아담 맥코메르도 그렇다. 때문에 파란 눈을 한 대머리의 무뚝뚝한 그 악당은 황혼의 정원에서 처음 만났을 때 '대학교수 맥코메르요.' 하고 나에게 자기소개를 했다. 분명히 숙련된 사람이다. 다만 자동차공학에 대해서만. 그런 남자에게 나는 우연히 차 수리를 도움받은 것이다.

로젠블랏이 일어나 전화를 걸기 위해 침실을 나가려고 했다. 나는 거실 쪽으로 고개를 돌렸다.

"미스 대리가 눈을 뜨면 어떻게 이야기할 생각입니까?"

"글쎄, 뭐라고 하면 좋을까요?"

경감이 말했다.

"나쁜 꿈이었다고 말해야겠지요."

내가 말했다.

"현실이 아닌 악몽이었다고요."

"네, 그렇지요."

미스 대리와 나는 계속 그런 관계일 것이다. 그녀의 인생에 한 남자가 나타났다가 사라졌다. 나는 삽에 맞아 다리를 다쳤다. 노란 장미 향기와 정원의 검은 흙 냄새를 맡으면, 나는 언제나 다리를 절뚝거릴 것이다.

〈끝〉

화요추리클럽

장경현

　한마디로 매우 신비롭고 악몽 같은 이야기입니다. 기이한 분위기가 무겁게 깔려 있으면서 모든 것이 실시간으로 진행되는 듯한 터질 것 같은 긴장감이 처음부터 끝까지 흐르고 있습니다. 뭐랄까, 무언가 지적하고 말해야 할 것 같으면서 차마 말을 할 수 없는 그런 답답함이 전반적으로 독자를 압박합니다.

　그리고 독특합니다. 이와 비슷한 소설을 찾기가 어려울 정도입니다. 매우 정교한 트릭이 사용되었으면서도 몽환적이고 공포감을 조성합니다. 아마도 사건 개요만 본다면 러브크래프트(1890~1937: 환상적이고 섬뜩한 단편소설을 쓴 20세기 고딕 공포소설의 대가)의 작품이 아닐까 생각될지도 모르겠습니다. 반인반수의 악마, 어떤 광기에 사로잡힌 듯한 사람의 기록, 잔인한 악마성의 폭력, 파헤칠수록 이해할 수 없는 기괴한 함정……

　이 작품의 줄거리는 기이합니다. 의사 해리 리들의 수기 형식으로 이야기가 전개되는데, 도시에서 멀리 떨어진 어떤 작은 마을에 리들이 잠시 들르게 되었다가 끔찍한 사건과 맞닥뜨리게 됩니다. 행복한 예비 신혼부부의 차를 얻어 탔다가 남자를 잔인하게 살해하여 오른손까지 잘라 버리고 시체를 실은 채 신혼부부의 차를 몰고 질주하여 마을 사람들까지 죽게 만든 괴물 같은 남자……붉은 머리칼에 찢어진 귀, 새빨간 눈, 뒤틀린 다리, 뾰족한 이를 가진 남자…….

여러 사람들이 목격하고 치를 떨고 있었지만 리들만은 그 남자를 목격하지 못했습니다. 차가 질주한 경로로만 보면 당연히 리들이 봤어야 했는데도. 게다가 주변 사람들이 조금씩 묘사하는 리들의 외모는 그 남자와 매우 비슷합니다. 심지어 리들이 처음 발견하고 구한 예비 신부는 그를 보고 비명을 지르기까지 합니다.

리들이 마을에서 만난 저명한 범죄학자는 이러한 리들에 대해 뭔가 의구심을 품고 사건을 조사합니다. 경찰과 범죄학자, 마을 주민 등이 그 악마 같은 남자와 피해자의 시신을 찾아 수색을 벌이나 행방이 묘연하고 그 과정에서 또 다른 피해자들이 발생합니다. 도대체 이 정체불명의 괴물은 누구이며 어째서 행복한 연인을 이토록 잔인하게 습격한 것일까?

이야기는 처음에 매우 제한된 정보만을 제공하며 시작합니다. 그리고 조금씩 인물들의 과거 행적이 밝혀지며 미스터리가 늘어갑니다. 갈수록 접점이 줄어들고 범인의 살인 동기도 이해하기 어려워집니다. 게다가 뭔가 좀 알 듯한 인물은 바로 살해되어 버립니다. 그러면서 미지의 살인마의 손길이 남아 있는 이들을 점점 조여오는 공포감이 증가합니다.

도대체 어떻게 이야기를 마무리하려고 이렇게 마구 늘려가나 싶었는데, 따라가다 보니 놀랄 만한 진상이 기다리고 있었습니다. 기괴해 보였던 비합리적인 상황들조차도 정교한 복선이었던 겁니다. 참 오랜만에 접해 보는 '뒤통수 치는' 결말입니다.

1945년에 나온 작품이라는데 정교한 플롯이나 트릭뿐 아니라 그 기괴오묘한 분위기와 공포감을 증가시켜 가는 솜씨는 조금도 빛을 잃지 않습니다. 인물들의 과거 이야기가 많은 비중을 차지하긴 하지만, 쓸데없는 곁가지 없이 실시간으로 일어나는 사건 하나만으로 이렇게 힘있는 이야기를 끌고 나가는 데다가 참으로 깔끔하게 마무리 짓는 작가의 수완은 탄성을 자아냅니다.

초자연적으로 보이는 사건과 이성적인 추리를 결합시키려는 시도는 헤아릴 수 없을 정도로 많았습니다만, 이 작품은 참으로 그 중에서도 우뚝 설 만큼 완벽한 성공을 거두었다고 해도 과언이 아닐 것입니다. 독자를 마음대로 가지고 논다고 할까요. 그것도 러브크래프트적인 설정을 가지고.

독자를 마음대로 갖고 논다고 했는데, 이 작품의 가장 뛰어난 점이 바로 이것입니다. 독자가 몰입하게 되면서도 뭔가 껄끄러운 부분이 있어 깊이 빠지도록 하지 못하며 뭔가 속고 있는 게 아닐까 하는 의심을 끊임없이 하게 됩니다. 과연 내가 읽고 있는 것이 있는 그대로의 것일까, 아니면 엄청난 실수를 저지르고 있는 건 아닐까. 이런 것을 느끼게 만드는 소설은 그리 많지 않죠.

이 작품이 무슨 심오한 메시지를 담고 있는 것은 아니지만, 다 읽고 나면 우리가 갖고 있는 선악의 개념이 얼마나 경박한 것인가에 대해 생각해 보게 됩니다.

퍼즐 미스터리를 발전적으로 계승한
기념비적인 걸작

이동윤

당신은 그의 붉은 오른손에 의해 계획되고 통제된
비극적인 계획의 사소한 도구에 지나지 않아

<Red Right Hand> - Nick Cave & The Bad Seeds

호주 출신의 뮤지션 닉 케이브의 밴드 닉 케이브 앤 더 배드 시즈의 대표곡 목록에는 〈Red Right Hand〉가 빠지지 않고 올라 있다. 이 곡이 조엘 타운슬리 로저스의 소설 《붉은 오른손》과 제목이 같다는 점은 흔히 있을 수 있는 우연일지도 모른다. 이 둘은 음악과 문학이라는 아주 다른 분야의 작품들이고 발표 시점도 큰 차이가 있다는 점을 감안하면, 굳이 양자를 한데 묶어 언급할 필요는 없을 것이다. 하지만 로저스의 작품을 읽은 상태에서 닉 케이브의 이 노래를 듣는다면 기대 이상으로 두 작품의 분위기가 흡사하다는 사실에 놀랄 수도 있다. 단지 분위기뿐만 아니라 노래의 가사 또한 소설의 줄거리와 상당 부분 유사한 점이 발견되기 때문이다.

　이쯤 되면 이 두 작품 사이에 숨겨진 이야기가 존재할 것이라는 흥미로운 의문 제기를 할 수 있을 것이다. 하지만 그런 기대와는 달리 닉 케이브가 로저스의 작품을 읽고 《붉은 오른손》을 자신의 곡 작업에 있어 모티브로 삼았다는 이야기는 들리지 않는다. 그리고 당연하게도 조엘 타운슬리 로저스가 자신이 사망한 후에 발표된 이 곡을 듣고 자신의 작품에 대한 아이디어를 떠올렸을 리는 없다. 약 50여 년의 차이를 두고 발표된 소설과 노래가 서로 비슷한 분위기를 풍기고 이야기 또한 비교적 닮아있다는 점은 그저 우연의 장난으로 치부하고 넘어가는 것이 가장 속 편한 해결책일지도 모른다.

　하지만 우연이라는 답이 추리소설 애독자라는 사람들을 만족시키지는 못할 것이다. 더 나아가 이들은 미심쩍은 문제를 가만히 덮어둘 사람들이 아니어서 어떻게든 이를 설명할 수 있는 답을 찾으려 들지도 모른다. 그리하여 이 두 작품의 연관관계를 추적하다가 밀턴의 《실낙원》에서 '일시 중단된 복수가 재차 우리에게 재앙을 내리려 그의 붉은 오른손에 무기를 든다면?' 이라는 구절을 발견하고선 쾌재를 부를지도 모른다. 사실 닉 케이브의 곡이 《실낙원》에서 모티브를 따 왔다는 것은 널리 알려진 사실이다. 하지만 조엘 타운슬리 로저스의 추리소설의 경우에는? 이 작품 또한 밀턴의 고전에서 영향을 받았다고 해석하는 것이 그럴듯한 모양새가 될 테지만, 뚜렷한 증거가 없는 한 확언할 수는 없으니 만족스러운 해답은 되지 못한다. 여전히 이 두 작품 사이의 공통점은 순전히 우연일 가능성도 높다.

우연? 그렇다. 조엘 타운슬리 로저스의 《붉은 오른손》은 우연적 요소가 강하게 가미된 정통 퍼즐 미스터리이다. 작품 속에서 그야말로 우연이라고 할 수 없는 일들이 거듭 발생하는 모습을 보면 이 작품이 퍼즐 미스터리라는 것에 대해 의구심이 생기는 것은 당연하다. 퍼즐 미스터리의 세계는 작가에 의해 구축된 인공적인 무대장치 위에서 구성되고 작품 속에서 벌어지는 사건을 구성하는 요소들은 모두 긴밀한 연관 관계를 갖고 배치된다. 그리하여 사건 발생에서 해결로 이어지는 이야기는 하나의 일관된 개연성을 부여받는다. 이러한 일련의 과정이 필연성을 획득하게 되면, 퍼즐 미스터리 자체는 작가가 정교하게 빚어낸 인공적인 작품임에도 역설적으로 작위적이라는 딱지를 떼어버릴 수 있게 된다.

하지만 《붉은 오른손》에서 조엘 타운슬리 로저스는 온갖 우연적인 현상들을 작품 안으로 적극 끌어들인다. 이로써 작품은 처음부터 끝까지 흙먼지가 휘날리는 듯한 황량한 공기 속에 알 수 없는 에너지로 가득 찬 기괴한 분위기가 떠도는 모양새를 띠게 된다. 그리하여 독자들은 작품 곳곳에 작가가 세심하게 배치해 놓은 단서들은 그저 우연히 그 자리에 존재하는 것이 아닌지, 몇 가지 단서를 조합하여 도출해낸 결론을 과연 믿어야 하는지, 더 나아가서는 과연 이 작품을 퍼즐 미스터리로 받아들여야 하는지 혼란스러워할지도 모른다. 살인사건을 구성하는 각종 단서에 주목하게 되기보다는 일련의 우연적인 일들이 빚어내는 몽환적인 분위기에 먼저 휩쓸려

버리게 된다. 그리하여 처음에는 1인칭 화자의 진술을 의심하고 나중에는 작품의 분위기를 의심하게 되어, 심지어는 작가가 어떤 의도로 이런 작품을 썼는지 의심하는 지경에 이르게 되는 것이다.

작가의 우연적인 요소를 적극 도입하는 일차적인 목적은 바로 이처럼 독자들을 혼란시키는 데 있다. 1인칭 화자를 따라가는 서술 또한 시간 순서가 뒤죽박죽이 된 채로 전개되는데, 서술의 시간적 배열 순서는 우연성이 점차 중첩되어 몽환적인 악몽을 강화시키는 방식으로 구성된다. 그리하여 독자는 사건 흐름을 따라 작품을 읽기보다는 분위기의 흐름에 발맞춰 조금씩 이러한 정서 속으로 빠져들게 되어 종국에는 빠져나갈 길을 찾지 못하는 처지에 이르게 된다. 구성은 퍼즐 미스터리이지만 이야기를 풀어나가는 스타일은 공포소설 쪽에 좀 더 가까우며, 이는 고전 퍼즐 미스터리의 전형적인 패턴을 살짝 둘러가는 방식이다. 따라서 고전 추리소설의 이야기 전개 패턴을 읽어 범인의 정체를 짐작하던 독자들은 조금 당황스러워할지도 모른다.

하지만 이 작품의 분위기가 어떠하든 그 본질은 뼛속까지 퍼즐 미스터리라는 사실은 변하지 않는다. 작은 마을 안에서 펼쳐지는 정교한 미스터리의 플롯은 황금기의 고전들과 비교해서도 전혀 손색이 없을 정도로 잘 짜인 구조를 갖고 있다. 마을 하나를 통째로 떼어내어 만든 밀실 안에서 등장인물들의 동선은 교묘하게 겹쳐지고 엇갈리며 비껴간다. 적재적소에 추리를 위한 단서와 복선이 배치되어 있으며, 진상에 도

달할 수 있는 상징적인 암시는 발밑에 흘러내릴 정도로 넘쳐 난다. 우연적인 사건들이 촘촘히 박힌 외피를 걷어내고 나면 트릭의 구조와 무대장치만으로도 매력적인 시나리오를 짜맞 출 수 있을 정도로 짜임새 있는 골격을 갖고 있기도 하다.

여기에 독자들의 머리를 혼란스럽게 만들었던 초자연적이기까지 한 사건들의 일부는 논리적으로 연결되어 사건 해결에 공헌한다. 작품 전체를 통하여 꾸준하게 등장했던 우연적인 현상들은 사건의 얼개가 드러나면서 필연성을 획득하게된다. 그럼에도 초반부터 착실하게 쌓아올린 기괴한 분위기자체는 변하지 않는데, 이는 일부 우연적인 현상은 여전히우연인 채로 남아 작품의 주제를 상징적으로 제시하기 때문이다. 이렇게 숱한 우연적인 요소들의 일부는 사건 해결을위한 단서로, 일부는 분위기를 일관성 있게 유지시키기 위한장치로 기능한다. 이러한 구조는 작품 말미까지 여러 번에걸쳐 중첩되어 상호작용을 이뤄, 이 기괴하고 악마적인 이야기를 놀라운 결말로 이끌게 된다.

하지만 무엇보다 이러한 우연적인 요소가 작품에 가장 크게 공헌하는 점은 바로 독자들이 작품을 읽으며 느끼는 당혹감을 작중 등장인물 또한 그대로 체험한다는 데 있다. 특히사건에 깊숙하게 관여한 탐정과 범인이 그러한 영향을 가장직접적으로 받고, 그럼으로써 이들은 앞선 세대의 고전 퍼즐미스터리와는 사뭇 다른 사건 양상을 경험하게 된다. 물론반세기도 더 지난 오늘날에는 이 차이가 그리 두드러지게 보이지 않을지도 모른다. 하지만 1945년에 발표된 이 작품을

1920~30년대 융성했던 황금기의 퍼즐 미스터리의 완성된 형식미와 비교해 보면 작지만 두드러진 차이점을 발견할 수 있다. 그리고 이러한 차이점은 퍼즐 미스터리가 쇠퇴하기 시작한 시대에 등장했다는 점에서 의미를 갖는다.

고전 퍼즐 미스터리에서 범인과 탐정은 서로 맞서고 있는 것 같지만 실제로는 대립하지 않는다. 한쪽은 사건을 일으켜 수수께끼를 발생시키고 다른 한쪽은 그 수수께끼를 풀어내어 사건을 수습한다는 점에서, 이들은 완벽한 한 쌍이자 작가의 이란성 쌍둥이 자식인 셈이다. 그렇기 때문에 범인은 자신의 목적을 대부분 이루어 수수께끼를 완성하기 전까지 탐정에 의해 방해받지 않는다. 탐정의 번뜩이는 통찰력은 범인이 자신의 솜씨를 유감없이 드러낸 이후에야 비로소 드러난다. 범행이 완전한 성공 직전까지 충분히 진행되어야 이를 해결하는 탐정의 솜씨가 보다 부각될뿐더러, 범죄에 의해 흔들린 질서가 복원되는 고전 추리소설의 목적 또한 좀 더 효과적으로 달성되는 것이다. 그리하여 왜 탐정은 죽을 사람이 다 죽고 나서야 사건을 해결하느냐는 독자들의 해묵은 불평은 대부분 만족할 답을 얻지 못한다.

하지만 이 작품에서 범인과 탐정은 작가의 든든한 후원을 거의 얻지 못한 채 혼자 고군분투하게 된다. 특히 범인은 일반적인 퍼즐 미스터리 속의 악당들처럼 정교한 계획을 짜고 불굴의 행동력으로 이를 실행하려 하지만, 그 또한 독자들을 혼란 속에 빠뜨린 여러 우연적인 사건 속에 빠져 허우적댈 수밖에 없는 운명에 처한다. 그럼으로써 이 작품의 전개는 범인과 탐정의 불꽃 튀는 지략 대결이 아닌, 여러 돌발 상황 속에서 등장인물들이 각자 최선이라고 여기는 길을 찾아가는 갖가지 행동으로 이루어진다. 이런 등장인물들의 상호작용으로 인하여 이야기가 전개되고 트릭이 창조되며 서스펜스가 형성된다. 작가는 범인과 탐정을 양쪽 손에 하나씩 틀어쥐고 세심하게 합을 맞추는 대신, 자신이 꾸며놓은 기괴한 무대 안에 자유롭게 풀어놓고 그들로 하여금 스스로 이야기를 만들어 가도록 몰아가는 것이다.

이처럼 작가가 등장인물을 완전하게 통제하고 있는 것처럼 보이지는 않지만, 역설적으로 이 때문에 이 작품은 좀 더 공정한 퍼즐 미스터리가 된다. 퍼즐 미스터리에서는 기본적으로 작중 인물들이 겪는 사건과 그러한 사건을 통해서 얻게 되는 정보를 독자들에게도 공평하게 제공한다. 하지만 이 작품에서는 그보다 한 발 더 나아가서, 등장인물 대부분, 심지어는 범인과 탐정의 눈높이마저 독자들의 시선 아래에서 형성된다. 그리하여 이 작품 속에서는 등장인물을 건너뛰어 독자들에게 직접 작용하는 트릭은 없으며, 이러한 사실은 이 작품에 사용되는 트릭의 특성을 감안하면 놀라울 정도로 정직한 태도로 비춰진다. 그리하여 이 작품의 미스터리를 풀어내기 위해서는 등장인물이 겪는 온갖 기괴한 우연적 요소들을 걷어내는 대신 오히려 적극적으로 작품 내에서 벌어지는 모든 일을 추론 과정에 포함시켜야 한다.

따라서 이 작품에서 독자가 머리싸움을 벌이는 대상은 작가가 아니다. 이 작품을 읽는 목적은 범인과 탐정을 대리인으로 내세워 작가가 정교하게 구축한 미스터리의 구조를 파악하는 데 있지 않다. 독자가 대결하는 대상은 작품 속 범인에 한정된다. 등장인물뿐 아니라 독자 또한 기괴하고 몽환적인 분위기, 이런 분위기 조성에 일조하는 단서와 용의자, 우연적 요소 때문에 빗나가기 시작하는 범인의 계획 같은 돌발적인 상황에 포섭되어 버리기 때문이다. 범인이나 탐정이 작가가 그려놓은 교묘한 장치 속에서 허우적대는 것처럼, 독자들 또한 무대 안에서 이들과 똑같은 상황에 처해 사건을 대하게 된다. 따라서 사건의 얼개를 추론해 내고 범인의 정체를 지목할 수는 있을지라도, 범인과의 대결에서 승리한 것이지 작가와의 머리싸움에서 이겼다고 할 수는 없을지도 모른다. 작가가 제시한 수수께끼를 풀어냈다 한들 작가에게 당했다는 느낌은 여전할 것이다.

이처럼 황금기 퍼즐 미스터리의 유산이라고 할 수 있는 인공적인 무대장치와 정교한 플롯을 그대로 이어받았음에도 등장인물을 작가가 전적으로 통제하지 않고 어느 정도 손을 떼고 있다는 점이 이 작품의 가장 큰 특징이다. 이를 위하여 작가가 사용한 방식은 바로 우연적인 요소의 적극적인 활용이며, 이는 퍼즐 미스터리의 플롯을 한층 더 발전시켰을 뿐만 아니라 작품의 분위기 형성에도 지대한 공헌을 하였다. 그리 길지 않은 분량임에도 장편 미스터리에 걸맞은 정교한 플롯을 제공하고, 그 분위기만으로도 이야기를 긴박감 넘치게 이끌어가고 있으며, 이런 무대 위에서 뛰노는 등장인물들은 그 어떤 고전 추리소설에서 등장했던 캐릭터보다도 자유롭게 활동한다.

이런 모습은 1940년대의 퍼즐 미스터리가 앞선 황금기 시대의 작품들에게 고하는 묵직한 대답이기도 하다. 20세기 초의 고도로 형식화된 퍼즐 미스터리는 시간이 지남에 따라 점차 그 빛을 잃기 시작했다. 사실, 1920~30년대는 개인의 욕망 대 욕망이 부딪치는 퍼즐 미스터리의 구도와는 그다지 상관없는 조직화된 대규모 범죄가 주류로 등장하였던 시대였다. 이런 시기에 황금기를 맞이한 퍼즐 미스터리는 당시의 사회 현실과는 관계없는 낭만적인 도피라는 비판을 받았던 것도 사실이다. 하지만 1930년대 후반부터 퍼즐 미스터리의 돌파구를 찾으려는 시도가 여러 형태로 등장하기 시작하였다. 이런 시도를 통하여 등장한 작품들은 퍼즐 미스터리 장르의 쇠퇴를 막지는 못했을지언정, 전통을 충실히 계승하면서도 관습적인 도식을 깨트리는 장르 내적인 발전을 이루게 된다. 《붉은 오른손》이야말로 그러한 결과물의 선두에 선 작품인 것이다.

붉은 오른손

2010년 08월 10일 초판 발행

지은이   조엘 타운슬리 로저스
옮긴이   정태원
펴낸이   이경선
펴낸곳   해문출판사

등 록   1978년 1월 28일 제3-82호
주 소   서울시 서초구 서초동 1328-11 도씨에빛 2차 1420호
전 화   325-4721
팩 스   325-4725

값 10,000원

ISBN 978-89-382-0510-0

※ 잘못 만들어진 책은 바꾸어 드립니다.

국립중앙도서관 출판시도서목록(CIP)

붉은 오른손 / 조엘 타운슬리 로저스 지음 ; 정태원
옮김. -- 서울 : 해문출판사, 2010
  p. ;   cm.

원표제: Red right hand
원저자명: Joel Townsley Rogers
영어 원작을 한국어로 번역
ISBN 978-89-382-0510-0 03840 : ₩10000

미국 소설[美國小說]
추리 소설[推理小說]

843.5-KDC5
813.54-DDC21   CIP2010002693